上種紅菱下種藕

王安憶 著

本書榮獲
2002年聯合報讀書人最佳書獎文學類
2002年中國時報開卷好書獎十大好書中文創作類

王安憶經典作品集 6

上種紅菱下種藕

作　　者　王安憶
編輯委員　王德威　凃玉雲　陳雨航
責任編輯　胡金倫

發 行 人　凃玉雲
出　　版　麥田出版
城邦文化事業股份有限公司
100 台北市中正區信義路二段 213 號 11 樓
電話：(02) 2356-0933　傳真：(02) 2351-9179、(02) 2351-6320

發　　行　英屬蓋曼群島商家庭傳媒股份有限公司城邦分公司
104 台北市中山區民生東路二段 141 號 2 樓
客服服務專線：02-25007718；25007719
24小時傳真專線：02-25001990；25001991
服務時間：週一至週五上午09:30-12:00；下午13:30-17:00
劃撥帳號：19863813；戶名：書虫股份有限公司
讀者服務信箱：service@readingclub.com.tw

香港發行所　城邦（香港）出版集團有限公司
香港灣仔軒尼詩道235號3樓
電話：852-25086231　傳真：852-25789337
E-mail: hkcite@biznetvigator.com

馬新發行所　城邦（馬新）出版集團【Cite(M) Sdn. Bhd. (458372 U)】
11, Jalan 30D/146, Desa Tasik, Sungai Besi,
57000 Kuala Lumpur, Malaysia.
電話：603-90563833　傳真：603-90562833
E-mail: citecite@streamyx.com

印　　刷　禾堅有限公司
初版一刷　2002年 5月1日
二版一刷　2006 年2月1日

ISBN：986-173-023-0
售價：300元
Printed in Taiwan
本書如有缺頁、破損、裝訂錯誤，請寄回更換

前青春期的文明小史——

讀王安憶《上種紅菱下種藕》

王德威

王安憶是海峽兩岸近況最好的作家之一。這幾年她佳作不斷，而且每能發抒新意。自一九九六年的《長恨歌》以來，王安憶推出了一系列以上海爲背景的中、長篇作品，如《妹頭》、《富萍》、《憂傷的年代》等，描述海上歲月，細說洋場今昔，識者譽爲「海派文學傳人」，可謂實至名歸。但王安憶顯然不願爲這樣的名頭所限，就在「海派」成爲目前文化界的熱門行當之際，王的筆鋒一轉，推出了《上種紅菱下種藕》這樣的新作。

《上種紅菱下種藕》的故事發生在浙江一個叫做華舍的小鎮。這個小鎮離較具規模的柯橋有段距離，再遠的紹興、杭州、溫州則是鎮上人心嚮往之的大城了。但比起像沈漊那樣的村子，華舍這些年的改變算是突飛猛進；工廠林立，商業進駐，一派文明氣象。有社會主義特色的市場經濟顯然已在小鎮裏大展宏圖起來。

王安憶安排了一個小名叫秧寶寶的小女孩作爲故事的主人翁。秧寶寶一家來自沈漊，爸爸媽媽要到溫州作生意，因此把女兒托給華舍的李老師家暫住。整部小說就由秧寶寶初到李家起，寫她與李家家人的穿衣吃飯，還有學校、朋友、和街坊的形形色色。一幅江南村鎮的風俗畫，於焉展開。

秧寶寶是王安憶經王琦瑤、妹頭、富萍之後，又一個精采的女性人物造型。這個女孩單眼皮，窄鼻梁，十歲不到的年紀還看不出是俏是醜，但她的心思已經不簡單。她的神情總有一抹憂鬱。小女孩的一切是多麼矜貴，寄人籬下的生活哪裏能盡如己意？更何況外面的世界新舊雜陳，不由得人不眼花撩亂。敏感的要強的秧寶寶必須用全付精力應付這許許多多的刺激。有委屈，有歡樂，一年之後當秧寶寶準備離開華舍時，她已不知不覺的長大了。

王安憶揣摩小女孩的心態，細膩感人，但行文之間她顯然有更大的企圖。藉著秧寶寶行走交遊的動線，她觸及華舍鎮的裏裏外外：凋蔽迂迴的老街，粗糙新穎的鄉鎮企業；燒香拜佛的善男信女，離鄉背井的男工女工；東北來的藥材商，西南來的苗族家庭；端午中秋應時節慶，卡拉ＯＫ沙龍攝影。嘈雜的市聲，異臭的河道，還有那神出鬼沒的女子黃久香，無所不在的黑衣郎……。秧寶寶視界紛亂躁動，然而透過王安憶的組織，赫然亂中有序，並指向了一種無可遏抑的歷史脈動。

讀者對秧寶寶的生活白描，應會投以有情眼光。就算她蠻不講理的時候，我們了解她的不安與自尊。她與李老師家女性成員的妳來我往，還有她與同學蔣芽兒、張桑柔間的合縱連橫，在在使我們驚異她的人小鬼大。但退一步看，這是一個孤獨的小女孩的人生第一課，一路走來磕磕碰碰，我們畢竟要覺得不忍。寫人際關係的細密曲折，王安憶已是老手；尤其寫女性之間的交情起伏，在她的《長恨歌》、《妹頭》等作裏，都已有先例可循。這一回，王安憶倒似要追根究柢，探勘那些女性的虛榮與冒險、世故與脆弱，到底是怎麼來的。從這個角度看，《上種紅菱下種藕》的故事就有了社會學式的縱深，它不只是一個小女孩的成長故事，也是一類江南女子的前青春期造像。

自《長恨歌》以來，王安憶有意自絢爛歸於平淡。她一再強調要用最素樸的方式，探觸生命最實在的層次。這裏有一種十九世紀寫實主義式的，返璞歸眞的姿態。而在強調人物的典型意義時，她不自覺呼應了共和國當年社會主義現實主義的法則。《富萍》一作應是最好的例子。在後現代光怪陸離的風格中，王安憶以退爲進的作法，反倒讓我們覺得歷久而彌新了。

然而那個寫實／現實主義的世界，卻畢竟是在崩解中。這爲《上種紅菱下種藕》帶來了極大張力。小說所要描寫的不是個天長地久的世界，而是一個悖動的，不斷改頭換面的世界。秧寶寶的家庭因爲鄉鎮企業的興起而暫時拆散；她所寄住的李老師一家，她的姊妹淘蔣芽兒的父母，還有她所遇見的男男女女，也無不各有打算，各行其是。倫理的變動與地理的變動必須相提並論；小說中人物的來來去去，決不是進場出場而已，而暗示這從一個場域（商場、職場……）跨入另一個場域的必然結果。

小說中的華舍鎮被王安憶寫得鉅細靡遺，彷彿成了新現實主義裏的典型城鎮。但王安憶不忘提醒我們，華舍從無到有，不過是幾年間的事。它的喧鬧還透露著鄉氣，它的繁華也缺乏底蘊。但更重要的，華舍是千千百百人們來往的中點站。外鄉人在此歇歇腳，稍作盤整，繼續奔向紹興、杭州。就算本地人一旦眼界開了，也有了見異思遷的打算，這座城鎮存在的意義，竟在於它的過渡性質；小說所誇張的寫實，原來是歷史因緣際會的偶然，註定是留不住的。由是觀之，華舍讓我想起了王安憶寫她那一輩文革下放知青一度流連的城市（《蚌埠》），或是人人各懷異志的（《文工團》）。

而在掃描從鄉鎮到城市的社會經濟遷徙路線時，《上種紅菱下種藕》縱然只觸及了像華舍、柯橋這些小地方，卻不能不投射一座巨大城市——上海——的隱約光影。故事裏的人物還沒有遠赴上海的計畫，他們的野心最多止於紹興、溫州、杭州。但那繁華的都會可曾在午夜夢迴的時刻，浮上他（她）們的心頭？因爲有了上海這樣雖不能至，心嚮往之的目標，一切努力似乎才有了準頭；也因爲上海所樹立的標竿遙不可及，任何地方性的模仿，突然顯得寒磣起來。但到底什麼是上海呢？是當代中國「眞實」的最後渴望？還是「幻魅」的最初鏡像？海派的王安憶以迂迴的方式，托出了那不可說的上海。

近一百年前李伯元（1867～1906）寫出了《文明小史》（1905），講述晚清中國各地追求現代化可啼可笑的怪現狀。即在彼時，黃浦江頭的上海已兀自豎立了都會氣派，引得江南大小城鎮的仕商百姓朝聖也似地麕集斯地，或甚至落腳定居。一百年後的上海又一躍成爲新中國的欲望之都，幅射著無限魅力。寫過了四十到八十年代艷異滄桑的上海（《長恨歌》），五、六十年代素樸沉悶的上海（《富萍》），九十年代向錢看的上海（《妹頭》），王安憶的眼光現在瞄準了江南小市鎮——那些上海的腹地，使洋場神話得以成眞的基礎。比起上海，這些小地方的一切都是如此具體而微卻又似是而非。但誰知道呢，也許這正是後社會主義的發軔階段，一段新文明小史的前奏。

而於此同時，我們《上種紅菱下種藕》的主角秧寶寶完成了她前青春期的過渡儀式，即將進入另一段人生歷程。毫不意外的，她將離開華舍，經過柯橋，到紹興去上學。然後呢？她會由紹興轉往杭州吧。有一天，她會覺得杭州也嫌侷促，而要轉往上海麼？她會又成爲一個「上海寶貝」麼？「上種紅菱下種藕」，一派江南好風光。秧寶寶的故事結束時，一個「本名」叫夏靜穎的女孩的故事正要開始。

江南物事

王安憶

讀小學和中學時，曾經去上海郊區住過幾回，至今還記得那裏的草木灰氣味，和飯米微酸的蒸氣味。這是後來我所插隊的淮河流域鄉村所沒有的，那裏的氣味要貧瘠得多。有時候，偶爾地，嗅見這一股氣味，心裏便陡然地一動，似乎又去到那道路逼仄、房屋擁簇，屋前屋後種瓜種豆的村莊。你要定神尋去，那氣味又消散了。這股氣味有一種質樸的富庶，用流汗的勞動換來的衣食飽暖。看見過農人吃飯嗎？那樣堆尖的一大碗飯，手張開托住了底，大口大口地往嘴裏扒，香，富足，而且理直氣壯。看他們勞動，便明白了，那一粒粒的白米，都是拚足力氣掙來的，曾經在浙江桐鄉的烏鎮，那修葺整新後又作舊的青石板街上，走來一個精瘦的老人，頸後扛一架車轅，壓得彎了腰，他呼哧呼哧調勻著呼吸，腳頭很重地踏在石板上，從這一條多少是像舞台布景的、壅塞了觀光客的街道穿行而過，人們紛紛爲他讓道。他顯得辛勞，可是不凄苦。同樣是在這個江南的潮寒的天氣裏，一個老太，蹲在門前的地坪上砸羊骨，凍紅的手握一柄斧，將羊肋骨、羊腿骨砸成小塊，口裏呼出白氣，在髮梢掛了霜，可額頭上卻冒了汗，血水流在地坪上，粉紅的鮮嫩的羊骨，整齊地歸在一邊，壘起來。這勞動裏，就有了一些膏腴的氣息，不是那麼寒素。在這江南地方，勞動與收成都是可靠的，不僅可靠，而且，甚至，還有那麼一點剩餘。所以，相應就有了那麼一點享樂主義，可是，毫不過分，是辛勞的回報。

在桐鄉時，搭出租車去石門鎮，出城時出租車司機要查驗身分證、駕駛執照，因治安不夠好。但其實，作案都是流竄過來的外鄉人。司機，一位圓臉架了副近視眼鏡、很有些書生氣的年輕人，說：本地人不會作案的，家裏什麼都有，錢也不缺，想吃什麼就去買些來吃好了。這話奇異地令人感動，有著對生活的知足，是微小的享樂，可是安居樂業。

這樣勞動與回報的相互忠誠，人生就會變得簡單和正直。還是在烏鎮，有一名青年指引我越過公路，去到還未開發旅遊業的那一半鎮上，可看見昔日的面貌。過了公路，頓時沉靜下來，正是中午，各家掩著門或起炊，或吃飯。有一扇門敞著，是理髮舖子，一名中年男子坐在迎門的條案旁邊，低頭打瞌睡，是已經吃過飯了，還是正等家人做熟了飯來喚他。在他的頭頂上方，掛了兩幅炭筆肖像，恭敬地配了鏡框。聽到有人佇步張望，他抬起頭來，恍惚地朝我一笑，這鼓勵了我，便跨過門檻，問他這上面的人是他的父母嗎？他隨我的手回身向上看一眼，說：是我的師傅和師娘，他的笑臉裏懷著感恩。也許，這剃頭舖子，亦是隨了手藝一同傳給他的，不是生身父母，卻是衣食父母。

走入這個尙處在自然狀態的鎭子裏，雖然房屋破舊，盡是殘垣斷壁，可是卻有著一股飽滿的人氣，是前面公路那一邊的旅遊區所缺乏的。牆面上，用墨筆寫著大字，其實就是廣告的意思，是民間的媒體。刊登最多的是一個道士，稱爲「紹興道士」，然後是呼機號碼與住址，幾乎是三步一小登，五步一大登。並且，附加詞越添越多，先是「紹興吹打道士」，然後「紹興正宗吹打道士」，無限的殷切。中途，有一個「鏈村樂隊，精唱越劇」參加進來，終於敵不過「道士」的恆心與決心，退出了。再接著，又進來一個和尙搶版面，名「清經和尙」，「清經」大約是地名，盛產和尙？未知。名下寫的是手機號碼，可還是敵不過「道士」的強橫的氣勢，識趣而去。我沿了道士自報的地址找到他的住處，鐵將軍把門。攀了窗戶往裏看，無人，一張方桌，一張床，可看見裏面的天井，亮了陽光，可看出這是個勤勉的道士，腳不沾地奔走四方。道士，和尙，鏈村樂隊，競爭的是喪事的市場，牆頭上書寫廣告最多的便是發喪的物事。還有一具「冰棺材」的廣告，問一名婦女「冰棺材」是何意，回答是人死了，放在其中冰鎭著，人——她拍拍自己的身體，無甚忌諱的——人不會壞。死亡這一件陰森慘事，亦變得現實。所以，在這熱騰騰的生活裏，還有著一種通達。

可是，切莫就此以爲他們就是那麼務實，他們卻是信天命。就是那個出租車司機，說：「想吃什麼就去買些來吃」的桐鄉人，很鄭重地說桐鄉有水，卻無山，倘有山，必將更加繁盛。又說石門鎭如今蕭條了，原來是破了風水，運河在哪裏拐過彎？就在石門鎮彎一彎，形成一個斗勢，這是一個金斗，可是，近年，劈中造了座橋，斗漏了底，鎮勢破了，果然，當年，四個鎮長就因腐敗抓了起來，從此，石門經濟走了下坡路。這就有些天人合一的一元論思想了，所以，他們雖然不空談，但也是有哲學。

江南地方，在政治版圖上是偏僻的所在，鎮市多是依著生活需要逐步形成。然而，只要仔細衡量，如此密集的人口，在水網密布，田地狹窄彎曲的地面上居住，生活，你會驚嘆人與自然竟能協調得這般合理。一切都好像有商有量，有謙有讓。在這裏，造橋是最大的德行，所有的橋名，都是以「仁」、「德」、「功」、「慈」、「濟」之類的重褒命名。在水鄉，橋的引渡的意思變成了生活實際的功能，於是，家常裏面，就有了哲學的意味。

青浦縣內的朱家角鎮，放生橋下有幾塊碑，刻有造橋、修橋的情形。說是嘉慶年間，此橋一端爲昆山，一端爲青浦，民眾集資修起，非常不易，所以要加強保護管理；「土丐流民在橋上燒火煨飯，」會薰壞了橋面橋柱，「販牛牽牛者」在橋上拴牛，牛尿會腐蝕石縫間的泥灰，還有橋下的居民在橋塊立木柱覆瓦蓋，即搭建違章建築，漸漸侵噬了橋墩，都是破壞性的，如有犯者，必扭送縣府。到這裏，生存的哲學又以鄉俗民規行政化了。我覺得，他們就好像是在以非常物質化的方式，度著一種內心生活。從河邊廊下走過，聽剪刀一只一只剪螺螄，看女人撿米裏的石子和蟲，或者用一把鉗子，細細地拔去一隻豬蹄上的毛；再走遠些，到了鎮邊，看農人一步步走在秧板上，一把把落穀，你幾乎可以體會到一種佛意，不是用玄思，而是用身、手、四體，諳著人生的要義。

一九九六年，我生病，想找個清靜地方休養，母親建議我去她老友家鄉，她曾在老友的老屋裏度過一段。母親說，那裏的靜裏有點鬧，而鬧呢，亦不是喧鬧。聽母親安排，我便去了。住下一月，領悟到這江南小鎮的亦靜亦鬧，它是可療治虛無的病症，藥方就是生活，那種沒有被剩餘需求遮蔽、又不必爲生存苦爭的生活，它一點一點滋養著安寧的日常快樂。那個小鎮子名字叫做華舍，我在小說《上種紅菱下種藕》中寫的那鎮，就用了它的名字。不過，我自己另爲它畫了一張地圖。當我去時，老屋已經荒了，母親老友一家，搬進了鎮上的新工房。小說中小女主人公所寄居的那屋，就用了這格式。格式裏的人自然亦不同了。我也同裏邊的小人兒一樣去抽了籤，不過是在另一處廟，石佛寺，抽了一張好籤，眞是貼心貼肺，勸我「莫嘆年來不如意」，從那寺後的灶間看出去，正是個埠頭，擱著淘米籮和青菜，灶間裏亦是前頭說過的柴米煙火氣。江南的教事，就是這般人間情味。

這是一種自給自足的生活。精神與物質合爲一體，還未被社會分工割裂。這裏的人性都很耿，其中有一種人，因不合群，思想怪癖，特立獨行，被形容爲「獨」，叫「獨頭」。這是個罵名，我卻覺得有一股精神，與此地的風土很切合。記得多年前，在紹興咸亨酒店裏，一些頭戴氈帽的農人坐著喝酒，他們捲起褲腿，裸出沾了泥巴，患了輕重不同的靜脈曲張的小腿，他們不喝多，四兩黃酒，一碟茴香豆或豆腐干，最奢侈不過加一只茶葉蛋，顯然是常客。當一名記者摸出照相機想拍照的時候，一個精瘦的老人火爆爆地跳起來，跳了腳罵：我叫你照相，我要照像我自己會去照相館照，要你照！他用力拍著口袋，表示口袋裏裝有照相的錢，直罵得那記者落荒而逃。這大約就是紹興人裏的「獨頭」了。現在，咸亨酒店已改造成酒樓，並且漫及全國，那些鄉人們的「下飯」，或者叫「咸頭」，即菜肴的意思，已成了品牌，座客多是觀光者，裏邊再不會看見這些每天一早，步行十來里泥地，坐下喝四兩黃酒疏通筋絡的農人，他們頭上的氈帽已成了紀念品，進了旅遊商店。烏篷船也是載遊客的，沿了岸，跟了遊人的腳踝，聲高聲低地邀：去啊，去太平橋，拍照相很好呢！

二〇〇二年三月十七日

青浦徐涇

上種紅菱下種藕

1

夏靜穎生在出秧的季節，所以小名就叫作秧寶寶。九歲那年，她母親決定跟她父親一同去溫州做生意，把秧寶寶寄養在了鎮上的朋友家裏。這樣，他們在沈溇的老屋就空出了，讓隔壁的公公住進去看房子。

老屋其實已經有點荒落了，但在秧寶寶眼睛裏，卻是繁榮的。院子裏壘著一口雞窩，屋簷下釘著一具鴿籠，石頭條凳上，擱著曬菜籽的空竹匾。房間大床裏面的，有一面牆那麼高和寬的櫥，是爺爺和奶奶從上海帶來的，上面嵌有無數格大小抽屜，要是有興趣一個個拉開來看，就可能找到一些意想不到的小玩意兒。隔著穿廊的另一間屋，原來是爺爺奶奶的房間，現在爺爺不在了，奶奶去紹興的娘娘家住了，所以就專門用來放東西。爸爸媽媽的舊自行車、舊縫紉機，舊的採菱用的長圓形大木盆、米桶、舂米的舂子、一架破紡車，還有一套柳桉木的家具胚子，沒有上漆，壘起來，頂到梁下面了。然後從東西房中間的穿廊走過去，就到了灶間。這裏的光線比較暗，加上牆壁被柴火熏黑了，就顯得更暗，但這卻是老屋裏頭最興旺的一處。黑擦擦的木梁上，七高八低懸了至少有十二隻竹籃，底下一眼大柴爿灶，熏黃的灶身上隱約可見粉紅粉綠的蓮花。灶上坐了生了黃鏽的大鐵鍋，直徑快有一米的木鍋蓋戧在一邊。灶旁邊是液化汽鋼瓶和液化汽灶的鐵架。再旁邊是一口大菜櫥，裝著紗窗紗門，也熏得變了顏色，裏面放著碗、盤、勺、筷、油鹽醬醋，鍋是掛在牆上的，大大小小，有兩排。從廚房的門口走過去，就是後院了。

後院裏，一地的南瓜藤、絲瓜藤、葫蘆藤。架子散了，藤蔓就在地面上錯亂地爬著。南瓜葉子裏，伸出幾株月季花，到了季節，自顧自地一期期開花。在廚房的後窗下，用水泥砌了一方小池塘，專接雨水，在落葉底下，水還是很清的。旁邊呢，還有一眼井。這是家裏的「冰箱」，夏天裏，有怕餿的剩飯菜，就盛一只碗，碗裝在桶裏，放下井去，用繩子吊著。還有西瓜、汽水，也都吊著，冰在井水裏。在院子底的角落裏，有一棵香椿樹，樹冠很大，罩了一片蔭地。樹底下，埋著爺爺的骨灰，還有上海的曾祖父，曾祖母，又有一個早逝的姑婆，他們的遺骨和骨灰也都埋在這裏。所以，這一片的南瓜藤蔓，便微微起伏著。照理說，這後院是有些陰氣重，但因爲他們都是親人，院子又不大，花木藤葉擠擠挨挨的，倒很熱鬧。秧寶寶在南瓜藤葉裏翻，有時候就會翻出一個金黃色的小南瓜紐，是自己落籽長的。她把小南瓜紐很珍貴地放在屋簷下的空鴿籠裏，然後就忘掉了。

在老屋的前後，村民們都蓋了兩層或者三層的新樓，水泥梁，水泥板。在水泥的房簷底下，竟也築了燕子窩。並且，還是舊年的燕子。並且，誰家的燕子還是誰家的燕子，一點不曾出過錯。這都是幾十代的燕子了。傍晚，老燕子領了小燕子學飛，漫漫的一片，從老屋的頂上過去。村民們都說，夏介民一家是要走的。夏介民是秧寶寶的父親，他做輕紡生意。開始在柯橋輕紡城替人看攤位，後來有了本錢，就自己做了。沈漊有不少壯年人出去做工業和做生意，做大了，就不回來了。人們常常問秧寶寶：秧寶，什麼時候走啊？秧寶寶就站住腳，乜斜著眼，不懷好意地笑著：下半天走。走哪裏去？人們再問。走太平洋去！秧寶寶收起笑容，給個白眼，走開了。

這地方的女孩子，多是略有些兩頭尖的鵝蛋臉，小小的。眼睛是細長的單眼皮，俏一些的呢，就有些吊梢，鼻梁緊窄一些，嘴再尖一些。秧寶寶還沒長開，看不出來俏還是醜。而且，和這個年紀的小孩子一樣，皮色很黃，五官就像生氣似地蹙著。神情確實，也有些憂鬱。但秧寶寶還是有她特別的地方，那就是她的頭髮。她的頭髮又厚又密，和她這個年紀很不相符地，黑亮著。因爲怕熱，媽媽就將它們高高地攏在頭頂，盤個髻，繫一圈尼龍絲帶。因爲頭髮扎得緊，將她的眼睛吊了起來，真有些吊梢了。看起來，就像個古代的小姐。人們看見了，都會說：這孩子的頭髮實在好。但也有那麼幾個老婆婆什麼的，卻說：這小孩頭髮這麼多，心思不曉得有多少。

將秧寶寶送去鎮上朋友家的一日，媽媽舀了後院池塘裏的天落水，燒熱了，替她洗了頭髮，自己也洗了。秧寶寶的頭髮原來是隨她媽媽，她媽媽就是這樣一頭厚髮，放下來，滿滿一臉盆。母女倆洗好頭髮，就坐在前院裏的石條凳上晾頭髮，看隔壁公公蹲在院子地上，揀菜籽，一邊和他說話。公公是個耳背的人，問三句，回答一句，還是答錯的。媽媽問：準備下什麼菜籽？公公不響。媽媽又問：時間對不對了？公公不響。媽媽再問：院子裏原先的南瓜、葫蘆，還能不能活？公公說：阿仁家昨晚捉著一匹黃鼠狼。秧寶寶說：公公養不養雞？鴨呢，養不養？還有，白狗養一隻不是好看家嗎，養不養？「白狗」就是鵝。公公也是不響，最後才說一聲：今早來不及去周家橋吃茶了。他們兩下裏就這麼自顧自說著，一點對不上茬。可是，公公在竹匾裏揀著，揀著，忽然間嘟了一句：房子要是無人住，立時三刻塌。這好像和她們的問題有關係了，都是對這老屋的關心。

媽媽將手伸進秧寶寶的頭髮裏試了試，涼陰陰的，還要再晾會兒。公公揀完菜籽，將竹匾拖到太陽地裏，轉身進到房間，抱出他剛搬來的衣物，走到她們跟前，示意她們讓開，將衣物攤在石條凳上，吹吹風。這母女倆，一人披一頭黑髮，站在院子邊上，看公公忙碌，安頓他的新家。

公公的兒子，一個在紹興，一個在杭州，又有一個，過繼給別人的，在上海。前兩個，來接過公公，公公都不肯去。後一個，則提議，一起出錢幫公公翻房子。公公的房子實在太小太破了，眼看著趴到了地面上。公公也不肯，說他是要死的人，要造就造陰穴。現在，秧寶寶家請他來看房子，倒很好。公公不必離開沈漊，又有房子住。他的那間屋，入夏後頭一場雨，就下成了一張篩子。

時候不早了，公公到灶間裏忙中飯去了。公公早年在一間中學裏，給先生們燒過飯，廚上的事會一點，就比較講究吃了。不一時，灶間裏鑽出一股草木煙，很洶湧的，嗆得母女倆在院子裏亂跑。公公是在燒那口大灶了。煙囪也不曉得通不通呢！柴草也是濕的。媽媽拉著秧寶寶跑出院子，站在院牆外邊的水杉底下，給秧寶寶梳頭。水杉也是秧寶寶家的，圍了院牆一周，太陽漸高，投下一團團的影。前邊的空地上，一隻白狗很驕傲地踱著步子，秧寶寶喊牠：鵝娘，鵝娘！牠眼也不斜一下，往淒那邊走去了。從兩排樓房中間的土路望過去，看得見前面河上頭，白花花的一片亮。是河裏邊的塑料泡沫塊，在太陽下反射光線。人們買來彩電、音響、冰箱，還有各種各樣新式的灶具、用品，拆開紙板箱，將東西搬進新樓房，紙板箱或者裝東西，或者疊起來賣錢。那些撐箱的塑料泡沫塊，就沒用了，丟在河邊，叫水帶走，一直帶到淒底，堆積起來。

媽媽替秧寶寶梳了一個雙髻，各在耳朵稍後的上方，繫上粉紅色的尼龍絲帶。這樣，就變成了一個古代的丫環。今天，秧寶寶穿了一件新連衣裙，白色的，裙襬上綴著粉紅的荷葉邊，領口袖口上也綴了花邊，腳上是新的白色皮涼鞋，是出客的裝扮。然後，媽媽回進院子裏，推出自行車，忍著咳嗆，對了後面的灶間喊一聲：公公，我們走了！曉得他聽不見，就不等他答應，帶上秧寶寶走了。走出一截，坐在後架上的秧寶寶回頭卻見，公公正在老屋門口跳腳，手裏揮著一包什麼東西。秧寶寶就喊媽媽停車。媽媽騎著車繞回去，繞到公公跟前，公公將手裏的東西往車前鐵絲筐一放，回進去了。一看，是一塊火腿。媽媽感歎道：公公多講禮數！再將車掉了頭，騎過去，上了小石橋。

這時候，老屋頂上的煙囪出煙了，白色的一縷，升到頂上，輕輕地綻開一朵花，花瓣垂下來，謝落了，然後，新的花又綻開了。

秧寶寶抱著書包坐在車後架上，她的換洗衣服、毛巾腳布、漱口杯，早兩天已經送過去了。走在路上，不時遇到人，招呼說：走啊？有媽媽應著，就輪不到她說話。等那人走過來，朝她笑，她便橫過眼睛，給那人一個白眼。那人還是笑，一邊笑一邊點頭，好像終於被他說中的樣子。秧寶寶氣狠狠的，但心底裏，還是快樂的。到底是出門，總有著些新鮮的人和事在等著她。她直起腰坐得更端正些。這姿勢很配她這身裙子，有著淑女的儀態。麥子熟了，麥芒在陽光下閃閃發亮，風吹過來，麥穗搖擺著，麥芒的光亮就錯亂著，擦出小小的金星。麥田裏，這一邊，那一邊，矗立著水泥牆水泥頂的廠房。隆隆的機器聲從這邊、那邊傳過來，交匯在一起。燕子就在機器聲中沉默地飛翔著。

這些廠房多很簡陋，單薄又粗劣的水泥預製板搭起來，再圍一個院子，石棉瓦拼幾間工棚。車間的水泥地上立著機器，機器也多是舊的，從山東，或者東北，那些破產的國營廠低價拉來。工人呢？是從四川、安徽、河南，甚至廣西招來的。他們停人不停機，一天兩班倒著做。這些廠，大多是布廠，從杭州灣的上海石化廠買來尼龍絲什麼的，織成化纖製品，交貨給溫州、杭州，甚至上海，廣東的布商。這是大的批發買賣。另外還有無數小的零售商，他們雲集在柯橋的輕紡城裏，租一間門面，辛苦勤勉地做，也能做大。秧寶寶的爸爸，夏介民，就是其中的一個。

他們將要去的一家人家是在華舍鎮上，是夏介民在輕紡城交上的一個朋友的老師家。老師姓李，已經退休，小孩子寄在那裏，不僅有吃有住，還有人輔導功課。秧寶寶讀書的小學，就在鎮口上。所以，樣樣事情都是方便。

沈漊到華舍鎮，本來只有三四里路，現在鎮擴大了，一出沈漊的村道，就上了新街。在水網密集的江南，新街顯得不恰當的寬闊。平展的水泥路面，白森森的，沒有一點遮蔭，兩邊的房屋也因此變得低矮了。車輛轟隆隆地從新街駛過，車尾掃起一層層灰塵。新街上的空氣是乾燥的，「實是灰天灰地」，人們從新街走過，就這麼說。新街邊上，有一些廠房，氣派可是要比田間的那些大得多。廠名刻在花崗石的牆壁上，塗上金，門是那種自動伸縮的鐵柵欄門，門衛穿著保安的制服。廠房的外牆，都貼著白色的馬賽克，連體的鋁合金大玻璃窗，三層或者四層。切莫以爲那是什麼大老闆的廠，也都是些二三十歲的小老闆，和秧寶寶的父親一樣，高中畢業，先是給人打工，然後自己做。會做，加上運氣好，就做大了。所以，鎮上有的是大小老闆，人們稱呼那些壯年的男性，不是稱「先生」，不是稱「師傅」，更不是稱「阿叔」，而是叫「老闆」。

這一條新街從西直向東去，從老街邊上擦過，經過一頂水泥橋，就到了鎮東邊的口子上，李老師的家，就住在路南邊的教工宿舍樓裏。樓下是一爿建材商店，旁邊一扇小門進去，向右手一拐，就看到了樓梯。李老師家住在二樓。

2

李老師的家是個大家，李老師，李老師的丈夫，也是老師，顧老師，李老師的兒子、媳婦、女兒、女婿，還有一個四歲的外孫，現在又加上了秧寶寶。

李老師因爲是雙職工，然後自己又出了些錢，所以就得到兩套兩室戶，從陽臺這邊打通。雖然是新樓，還是老派的實惠的風格。沒有廳，也沒有轉彎抹角的花巧，面積都在房間裏，而且四間都朝南，一排展開，所以就有些像學校的課室。廚房、廁所，再有個小小的門廳，是朝北，開一扇門，通樓梯。現在，其中西邊一套房子的門封起來了，進出全在東邊那一扇門裏，再從陽臺的門互相走通。陽臺的門是開在兩間房裏比較大的一間。所以，倘若要到西邊的一套房間裏去，就要穿過東邊的大房間，走到陽臺上，再從西邊的陽臺門進去。

東邊的大房間，因爲進出全在這一套的門裏，所以，這個房間就等於是敞開式的，像弄堂一樣，權作客堂間。吃飯、會客、看電視，都在這裏。伙倉也開在這邊的廚房裏，那邊的廚房則堆東西，米、煤球、乾菜，雜七雜八，一時用不著，卻又不敢扔的東西。兩對小夫妻分別住兩套裏面積略小一點，但卻比較封閉安靜的一間，那一間大的呢？也要供走路的，就住李老師和顧老師。他們的大床的橫頭，依牆新搭起一張鋼絲床，就是秧寶寶的地方了。

這一家人，七八口，老的，小的，進進出出，雜沓而熱鬧。尤其那兩對小夫妻，四個年輕人，雖然不是太大的個子，可血氣旺盛，很占地方，就更顯得逼仄了。秧寶寶跟了媽媽一進去，就覺得家裏穿來穿去的都是人。來不及看清楚形容，一晃就過去了。只是有無數張笑臉，在面前閃著。耳朵裏聲音很多，大人小孩的說話聲，還有電視機裏播放的電視劇，人物的講話。桌上的菜碗也是多的，一直鋪到桌沿，都放不下飯碗。為秧寶寶來，李老師家特地殺了一隻鴨子，拆了骨頭，蒸熟，純精的鴨肉，也只有一碗，放在了客人面前。其他的菜有河蝦、乾菜肉、炒南瓜。茄子、杠豆，百葉切成小方塊，蒸熟，澆上豆腐乳汁。黴漬的莧菜梗，小包裝的奶黃包、豆沙包，店裏買來的熟食：火腿腸、熏魚、牛百葉什麼的。反正，家常人家的下飯菜，都堆攏到這裏來了。

來的時候，秧寶寶是覺得肚餓的，此時，卻吃不下了。飯鍋蓋揭起來，那米飯的微酸的蒸汽，竟有些教她反胃。正午的烘熱裏，夾了些潮氣，也教人沒胃口。秧寶寶低了頭，筷子尖數著飯米粒，碗面上早教各種菜堆滿了。聽大人們說：剛來，陌生，明天就吃得下了。也不以為是在說自己。她變得有些木呢！終於吃完飯，媽媽將她領到李老師的房間，替她換下新裙子，只穿短褲和圓領汗衫。看著媽媽將她的新裙子掛在衣架上，衣架又掛在牆上一顆釘上，就好像看著別人的新裙子。媽媽讓她躺下，搭上一條毛巾毯，然後，湊得很近地看著她的臉。因為離得太近，媽媽的臉變得不像，還變得模糊。

媽媽的頭髮是束在背後的一把，因爲剛洗過頭，鬢角這裏蓬鬆著，裏面藏了兩個金耳墜，垂得長長的，在秧寶寶眼睛裏打秋千。那金的顏色很燦爛，把媽媽還很年輕的臉，襯得黑黃而且乾枯了。

「寶寶，你沒有哭吧？」媽媽小聲說，「李老師很慈祥的，家裏也很熱鬧，過幾天，媽媽會來看你。」媽媽接著說。

秧寶寶並不想哭，好像是，沒有哭的心情。她翻了個身，臉朝牆壁，閉上了眼睛。等她再睜開眼睛，發現自己是睡過一覺了。房間裏光線很強烈，空氣亦是烘熱的。卻有風，拂在身上，涼絲絲的。李老師家裏這時很安靜，窗外的蟬鳴便湧了進來。這裏的蟬鳴也和沈溇的不一樣：嚓啷，嚓啷，有一種金屬聲，爆得很。沈溇的蟬鳴不是那麼響亮，卻綿密和悠長。秧寶寶的床，是朝了陽臺門，順牆放的，陽臺的紗門，在光線的照射下，布著無數個細密的光亮的小孔。透過紗門，可看見陽臺的水泥護欄，那上面的光，耀眼得很，雪亮的一道。仔細地看去，那雪亮的一道，不是靜止的，而是緩緩地在游動。越過去，可看見一點點屋頂，是路對面的房頂，隱約的一道線，亮得要弱一些。看久了，也是游動的。紗門的旁邊，放了一張書桌，那種黃漆面，學校裏老師用的辦公桌，上面一盞紗罩枱燈。紗罩原先大約是粉紅的，現在卻變黃了。燈下有一摞書、一瓶墨水、一個竹節筆筒。還有一個小孩子的吃飯碗，塑料的，上面印著鮮豔的卡通狗，裏面擱著一把勺子，好像是吃飯吃到一半，隨便往上一放，人就走了。書桌上方是一扇紗窗，紗窗和紗門之間的一條牆上，掛著一幅掛曆，掛曆上畫著水墨山水。雪白的臘光紙，在房間裏充沛的光線下，反著光，紙面就顯得不那麼平整，起伏著。不曉得哪裏來的風，吹著，掛曆輕微地一翕一開，一翕一開。

那樣的靜，可是周圍都是人。書桌前面的地上，有一雙塑料拖鞋，亦已經穿久了，鞋上有著一個腳掌的印子，是汗漬和摩擦形成的。這是李老師的拖鞋。書桌前面的大床上，李老師也在睡午覺。人們在各自的房間裏睡午覺，這是一個星期天的下午。秧寶寶想，明天要上學。她想著學校裏那些熟悉的人和事，可是，學校卻變得陌生了。秧寶寶坐了起來，雙臂環了聳起的膝蓋，抵著下巴。這樣，她就看得見對面的房屋，隔著一條寬闊的路。那是幾間兩層和三層的水泥樓房，其中一間，裝著霓虹燈的鐵架和燈管。房頂上，豎著幾杆電視天線。她甚至能看見更遠處，有一個小小的，金燦燦的琉璃瓦尖頂，是哪個老闆的房子。即便是透過紗窗，天還是那麼藍，而且足夠明亮，有一些小黑點在上下飛舞，是田野上的燕子。現在，連燕子也是遙遠的了。

有一個聲音在耳畔輕輕地說：睡覺啊？回頭一看，李老師正伏身在她跟前。她也壓低了聲音：睡過了。李老師又說：起來做功課啊？她就下了床，讓李老師引她到書桌前，坐在一把藤圈椅裏，打開書包。她輕著手腳，生怕弄出一點聲音，吵醒了家裏的什麼人。其實，功課早已經做好了，可她還能做什麼別的呢？李老師不再睡了，走來走去做著什麼，拖鞋底輕輕地擦著地面。最後，她走到陽臺上，從書桌前的窗外走過去，進了那一套房間。

這一個下午，就這麼過去了。秧寶寶很慶幸李老師引自己坐進這張藤圈椅裏，這張藤圈椅將她藏得很好，從後面完全看不見她。房間裏漸漸有了些聲音，陽臺上有些人影晃動著。有人穿過她身邊，走到後邊廚房裏取東西，又走了出來，沒有打擾她。她呢？把自己縮得很小，懸著腳，坐在藤椅的深處，舉著一本語文書看著。藤圈椅也是舊的，顏色磨得又黃又亮，扶手上的藤條已經散了，又續上尼龍絲纏起來。房間裏的光線柔和了一些，秧寶寶心裏的孤寂，也柔和了一些。家裏的人，都聚在那邊的客堂裏，嘰嘰呱呱地說話。李老師過來看了她一回，問她去不去那邊看電視，她小聲說，不去。中間，那小孩子也過來一回，來拿他的小碗。他踮著腳，巴著桌沿，秧寶寶再將碗朝他跟前推推，才夠著，拿到就跑了。有一刻，秧寶寶聽見自己的肚子在叫，感到了肚餓，可還遠不到吃飯的時間。等來叫她吃飯了，肚子又飽了。她穿著短褲汗衫，頭上還梳著雙髻，低頭跟了來叫她的人走過陽臺。上午那穿了新裙子的淑女，此時換了一個人。太陽已經下到路的盡西邊，熱汽蒸發了，風是涼爽的。

這一頓飯，秧寶寶不再是客人了，所以，人們就隨便得多了。說隨便，不是說飯菜上有什麼疏漏，其實也還是中午的那桌菜，但是，吃飯的規矩卻散漫了。後來，又住了幾天，秧寶寶就知道李老師家吃飯就是這樣，不等人的。誰先到了，就坐到桌邊去吃。吃完了，拿開自己的碗放到水斗裏，就走開了。第二個人到了，再坐下來吃。但無論誰先誰後，總是李老師壓陣收尾，最後一個吃。這時候，是李老師的女兒，拿著小孩子的塑料碗，站在桌邊，挑挑揀揀地搛菜。搛好了，將小孩子領到一邊去，餵他吃。其餘的人，有要看電視新聞的，有要洗澡的，李老師又要最後一個吃，結果只有秧寶寶、李老師的媳婦，還有顧老師三個人在桌邊吃。不曉得是誰的筷子，往她的碗裏搛菜。勉強吃了半碗，就停下來了。人們勸她再吃，說：你不是來作客人的啊！秧寶寶搖搖頭，走出房間，聽見身後有尖脆的聲音說：不要勸她，餓了自然要吃了！那是李老師女兒的聲音。秧寶寶的眼睛就潮了。她低下頭快步走過陽臺，進到房間，重新坐回到藤圈椅裏。再拿起語文書，一個字也看不清了。

秧寶寶悄悄地哭著，心裏倒輕鬆了一些。這時，有人從那邊房間過來了，走進門，看了一眼秧寶寶，吃驚地叫道：你哭了？又是李老師的女兒。她托起秧寶寶低下去的下巴，秧寶寶看見了她的眼睛，大，而且圓，譏誚地看著她。秧寶寶掙了一下，她鬆開了秧寶寶的下巴，卻捉住了她的手，將她拖了出去，直拖到那邊客堂裏，對大家說：小人兒一個，在那裏落眼淚，扮林黛玉呢！大家笑了。秧寶寶的眼淚乾了，她拚命掙出手，返身跑過陽臺，回到房間，一下子坐進藤圈椅裏。這一次，她是直直地坐著，腰背挺著，雙手緊緊握著椅把手，眼睛瞪著前方，微微氣喘著，心裏說：怕你！

這一天最後的一點時間，在對李老師女兒的仇恨中過去了。

李老師的女兒叫閃閃，出生時，天上正打著雷閃。她的脾氣也像閃電，急、快、暴，但轉瞬即逝，又雲開日出。她長了一張略方的圓臉，中間有些凹，就顯得比較厲害。她笑起來，嘴大大的，眼睛也大大的，又變得快活和爽朗了。她長得不是頂好看，但卻和本地人帶著些鄉氣的臉相，是另一路的。而且，皮膚很白。所以，從小，人們就叫她「上海人」，儘管，她們家和上海，可說是一點瓜葛也沒有。她從紹興的一所幼師畢業後，先是在華舍鎮政府幼兒園工作，年前應聘到柯橋新辦的「小世界」幼兒園。那是一所「貴族」幼兒園，位置在華舍和柯橋之間，占地很大，像美國「迪斯尼」樂園似的，一座童話宮殿。還沒走近去，已是彩旗飄舞，一條條橫幅上寫：小世界歡迎你。它高薪招聘教師和保育員，紹興、杭州，甚至上海的幼教人員都有來應聘的。收費自然很高，可如今不是老闆多嗎？還不是一般的老闆，你信不信，柯橋樓層最高的賓館，「魚得水」，就是私人老闆開的。所以，「小世界」的生源不成問題。當然，「魚得水」的小孩子不會來「小世界」，他們是要到上海買藍印戶口的，再次一等的，則是到杭州買戶口。

閃閃在家裏很受寵，凡事與哥哥起了爭執，大人就說：亮亮，你讓讓她，她小。其實亮亮只不過大她一歲。長此以往，閃閃就有些嬌慣，但是，同時也養成了比較進取的性格。她很拿得主意，免不了有些獨斷專行，可到底是有腦子的，不瞎來。家裏許多大事情，都要聽她意見，她也就自覺是有責任的。比如，哥哥的對象，陸國慎，就是她找的。是她中學裏的同學，平時並不是最要好的，因爲不能像僕人那麼跟隨著驕傲的閃閃。但其實閃閃，卻不欣賞性格儒弱的人，她暗地裏，有一點服貼班長陸國慎。

陸國慎的長相比較貼近本地人，長圓臉，黑一點，細長眼睛，但到底還是有著自己的特徵。她的眉毛比較濃，嘴唇略厚一些，這就使她稍稍出了那麼一點格，有了一些異域的色彩，好像馬來人的色彩。不過，因爲她的樸素和老實，看上去，依然是一個典型的本地姑娘。一個形容大方的本地姑娘，聰明和才智都是藏在肚裏，外表總是安靜與溫和的。下鄉學農的時候，班上負責幾個豬圈，輪流打掃起圈。鎮上的生活其實和鄉下差不多，班上還有些家在農戶的同學。閃閃在班上是個尖子，就有人自願代她的班，陸國慎卻不讓，對那些要代她的人說：你能代她一次，還能代她一世？閃閃說：聽你說話，好像是我老娘。陸國慎不理她，扔給她把鐵鍬就走了。閃閃雖然嬌，但是個硬氣的人，她一左一右甩了鞋，潑手幹了起來。幹完以後，回到宿舍，卻見陸國慎替她藏了一木桶的熱水，讓她洗了一個澡。高中畢業以後，她倆一個上了幼師，另一個到杭州讀公安學校的委培班。臨去上學的時候，閃閃騎著車找到陸國慎家，直逼逼地問道，能不能和她哥哥談對象。鎮上的婚姻都是易早不易晚，同時，也是自由開放的。有些孩子，高中時就談了對象，叫雖叫早戀，可卻是認眞定終身的。這時，陸國慎也會調皮，說：做你的阿嫂，可不可憐？閃閃認眞地說：我哥哥沒主意，你給他撐腰，我給你撐腰。陸國慎這才紅了臉。

這就是李老師家，這兩個主要成員的情況。

3

禮拜一的早晨，照例是緊張和忙亂的。大的要上班，小的，閃閃的孩子，要跟了媽媽一起走，路上把他放到他的幼兒園。因為路遠，這一對母子是最早出門的。閃閃戴了寬沿草編的遮陽帽，無袖連衣裙外邊繫了一條白紗披風，蓋住裸露的手臂。小孩子呢？穿了有吊帶的西裝短褲，齊膝的白長統襪，鼻子上，架了一副墨鏡。看上去，好像外國來的一對母子。然後，由閃閃的丈夫，小季，將自行車扛下樓，扶一大一小前後上車。雖然早，可路上已經鋪過來一層熱烘烘的光。閃閃馱著兒子，拉長貼地的影子，駛遠了。小季是這家的雜役，送秧寶寶上學的事情，也落在了他身上。他也是做教師的，原本是顧老師班上的學生。閃閃會得幫哥哥找對象，但自己的婚姻大事，倒是聽父母安排的。這就是閃閃的過人之處，曉得是人都難免事中迷，也曉得大人一定是為自己好的。小季上班的中學，與秧寶寶的學校是一個方向，朝西，還不到那麼西，而是在鎮的中心。可是不要緊，他們可以早些出門，送秧寶寶到了校，再折回頭。所以，他們是第二離家的。第三是陸國慎，在鎮南派出所，騎自行車十分鐘就到了。第四，顧老師，就在樓底下的華舍中學，聽見預備鈴響跑去都來得及。最後，是李老師，洗碗、掃地，然後鎖門，去菜市場買菜。回來時，從華舍中學門房間走一走，拿了當日的報紙，回家看報。

秧寶寶又穿上了白色底、粉紅荷葉邊的新裙子。昨天才穿了半天，折痕都沒壓平呢！可她卻沒有了前一日淑女的儀態端方，她低了頭，含著胸，頭上的盤髻打散了，由李老師作主編了一根緊緊的辮子，垂在後頭上。於是，被頭髮牽起的吊梢眼也下來了，微微倒掛著，帶著些受氣的樣子。就這麼，讓小季拎了書包、飯盒、水瓶，走下樓去。

樓下，建材店嘩啷啷地收著捲簾門，門裏就飄出來木材的樹脂味。秧寶寶已經上了小季的車後架，忽聽有人叫她：夏靜穎！不由一驚，心想這裏有誰認得她？回過頭去，卻見捲簾門下面，走出一個人，竟是班上的蔣芽兒。蔣芽兒說：夏靜穎，你怎麼在這裏？秧寶寶也說：蔣芽兒，你也在這裏？蔣芽兒就說：我們搭伴走吧！秧寶寶立刻從自行車後架上滑下來，蔣芽兒呢，也迎上去，勾住秧寶寶的脖頸，一同走了。小季騎車跟了一截，喊她上車，她也不應，好像不認識一樣。倒是蔣芽兒應了他，說：小毛爸爸，你管自去好了。小季只得自己去了。蔣芽兒原不很和秧寶寶接近的，她是沈漊邊上的張墅人，後來她父親爲了做生意方便，搬到了鎮上，不想，就是在李老師的樓下。這時候，她們兩人，就好像他鄉遇故知一般，倍感親切。尤其是秧寶寶，在這陌生環境裏遇到了第一個熟人，一下子安心了許多。

她們切切喳喳地說著話走路，太陽已經從她們的背後升出地面。她們的影子在地上，斜斜長長的，有一些倩影的意思了。寬闊的水泥路兩邊，有些稀朗的店舖，兩三家建材，兩三家摩托車修理，都開了門，門裏也進了些太陽。有手扶拖拉機轟隆隆地過來，上橋去，車斗裏裝著南山挖來的石頭，造房子用的。她們也上了水泥橋，橋下路南邊是菜市場，路北通老街，就有人聲漫過來，氣象蒸騰起來。蔣芽兒告訴著秧寶寶一些鎮上的人和事：那間五金鋪子是誰人開的，賣的全是假貨；這邊巷子裏頭一幢五層樓的大房子，住著一個全國十佳青年企業家，開布廠發的；又指著迎面來的一個黑衣青年說，你知道他靠什麼吃飯？專門抄了報紙上的文章，四處寄出去，賺稿費。

人變得熙熙攘攘起來，自行車鈴聲叮叮地響著，推上橋，再呵嘞呵嘞下橋。橋洞下，不時鑽出一條船，船上放著出空的菜筐，立著一把油布傘，上了歲數的艄公用腳推著櫓，一步一步划出去了。等她倆進校門的時候，上課鈴正好響起來，於是，兩人一同驚呼一聲，手拉手跑了起來。前腳跑進教室，後腳老師就進來，叫「同學們好」，同學們一起站起回應「老師好」，她們可說不出聲來，只顧大口大口的喘氣，互相交換一個眼色，就有一種默契生出來。從這一刻起，她們成了好朋友。

同秧寶寶原先要好的是張柔桑，也是沈漊邊上的張墅人，同進同出。現在，下課時，去上廁所，到走廊裏談心，就是三個人了。女同學總是敏感的，因爲要好，又分外有心，一天下來，就覺出了端倪。放學時，推不同路的理由，張柔桑很自尊地獨自走了，將秧寶寶留給了她的新朋友。要放在過去，秧寶寶就會在意了，可是這一天，許多事情都有了改變，她也有些變了。她與蔣芽兒手挽著手，慢慢往回走。走到近老街的路口，蔣芽兒站住腳，說：帶你去個地方，去不去？秧寶寶說去！兩人就轉個身，走上一領小石洞橋，下了橋，就是老街。

和所有的水鄉鎮子一樣，街市本是沿水而設。現在，鎮區擴大了，新房子和新街快速鋪陳開來，幾乎將舊時的鎮制格局掩埋。只有老街，破爛、朽敗，又所剩無幾，則隱約流露出原先的依水生存的面目。走進老街，眼前就換了畫面，許多顏色都褪去了，褪成黑白兩色。筆觸呢，變得細和碎，而且曲折。下午三時許的光線，因是夏天，還是硬的，吃不進去，就在黑色的瓦稜上，滾來滾去，簷下的粉牆，牆下街面的石板，亦反射著耀眼的白光。所以，還不能像中國畫那樣靜和柔。倒有些像木刻，或者西洋的鋼筆畫，風格比較潑辣。

兩個孩子走在老街，腳步在石板路上敲擊出清脆的聲響。老街此時還沒從午後的酣睡中完全醒過來，很少人。幾爿米店雖然敞著門，卻沒有人。堆尖的米粒在布袋口，亮亮閃閃的，次一成的就略暗些。一等二等的，都不是新米，倘是新米，也是暗，但暗中有光，玉一樣的潤光。剃頭師傅自己坐在椅上打瞌睡，蒼蠅在店堂裏唱著嗡嗡歌。她們又走上一領橋，這領橋比較高大，站在頂上，可看見四面，矮房子後面的樓房、工廠，還有老街盡頭，河邊上的一片杠豆架。她們沓沓地走過橋，橋下是黃綠色，發出腥臭味的水。這股腥臭從河水裏源起，漸漸瀰漫了整個鎮子的天空，外面的人走進來，立即會感到空氣的不同。本地人習慣了，並不怎麼覺得，但是，河裏的水，他們卻早已經不吃不用了。太多的紡織廠、印染廠，污染了河水。

她們從渾濁的水上沓沓走過，走進兩座山牆之間。山牆上長著綠苔，是有年頭的老房子。陽光掩進來一個斜角，於是，兩面山牆，一面亮，一面暗。因爲光照少，地面石板縫裏也長著綠苔。蔣芽兒拉著秧寶寶的手，轉過山牆，拐進一條巷子。巷子裏都是光，長長的一巷。巷子裏的門大多閉著，有一兩扇開著，她們正要探頭朝裏看，立刻就走出一個女人，擋住她們的視線，說：小伢兒做什麼？那女人的臉相挺凶，秧寶寶就有些怯，蔣芽兒卻不管，還從女人的身邊往裏看。女人身子一挪，堵住她：看什麼看？蔣芽兒說：有什麼錄相好看？女人側轉身，把門一帶：娘死匹個錄相！再走過幾扇門，忽有一扇開了，走出三個男青年，外鄉打工仔的樣子，茫然地眨著眼睛，是從暗地裏猛然走進強光下，什麼也看不見地從兩個孩子身邊擦了過去。這時，她們看見門裏，房間深處的一角，撩起半幅布簾，布簾後有一個電視機，屏幕上是空屏的彩條。再過去，門就都關著了，有兩扇門裏，傳出來激烈的格殺音樂聲。這條巷子裏，大都是開錄相廳的營生。

她們走出巷子，從另兩座山牆之間出來，又回到河邊。這兩座山牆相當高大，她倆站在底下，只是小小的兩個人兒。太陽這會兒疲軟了一些，光轉成薑黃的，老街就變得鮮豔起來，像一幅油畫。這兩個小人兒漂亮的衣裙使得這幅畫面活潑了。她們站在高大的山牆底下，商量下面去什麼地方。在她倆商量事的時候，老街的西頭，河道稍爲開闊一些的地方，停了一部大船。大船靠了岸，伸出幾塊跳板，跳板擱上河岸時發出嘭嘭的響聲。然後就有人擔了桶，踏上跳板，一左一右從船艙裏舀了水，再挑了走。挑水的人漸漸多起來，絡繹不絕，從她倆跟前過去，互相吆喝著：鑒湖水來了！

此時的老街喧嚷起來，人們從幾領橋上過往著，店鋪裏也略有生意了。河邊石階上，有人蹲著涮洗拖把、雞籠、抹布，水被攪得嘩嘩作響。洗東西的人隔了河說話，爲使對方聽見，聲音放得很大，可還是河面上漂散了。

兩個孩子說了會事，走上另一領小橋，從兩個雜貨鋪間穿出老街。因爲跑得太快，將其中一家鋪子上一雙下秧田的水靴帶落下地，老闆就叫：當心魂靈跑落！太陽又向西移過一步，在她們身後，老街褪去薑黃的底色，還原了黑和白，眞正成了一幅中國水墨畫。所有的細部都平面地，清晰地、細緻地呈現出來，沿了河慢慢地展開畫卷。

老街外面的新街，這會兒可熱鬧了。菜市場又開張了，那些打工仔打工妹們買了菜，有的乘了三輪車，往回走。所以，三輪車也熙攘起來。另外呢？路邊的樹底下，架起了幾處鍋灶，老闆彎腰在方桌案上切菜配菜，洗魚的水連同魚肚腸一起潑出去，路就變得滑膩膩的。柯橋的礦泉水車也來了，停在路邊，兩塊錢一塑料桶。路南邊，離菜市場一百米，有一片空地，種了十數棵桑樹，樹底下，擺了落袋桌，幾個外鄉人，赤了膊在打落袋。她們兩人，在落袋桌邊停了一會兒，看他們擊球。其中一個，頭上繫著紅絲線，掛著沉甸甸的一塊玉，回過頭看她們一眼，臉上是有些兇惡的表情。這一回，連蔣芽兒都害怕了。兩人返身離開了球桌，上了水泥橋，走過一段，蔣芽兒伏在秧寶寶耳邊說：他們在賭博！

她們看見了教工宿舍樓，一起快步向前跑去。天邊上升起了紅雲，漸漸鋪開，鋪開，鋪展了天空。很遠的地方，有一群燕子在飛，上上下下，滑翔著。

秧寶寶鑽進門洞，上了二樓，用李老師配給她的鑰匙開了門。李老師家的人都聚在客堂裏，閃閃在電視機前放張木盆，給小毛洗澡，一邊看電視裏的卡通片。桌上的飯菜也放齊了，顧老師和女婿小季喝著啤酒。只少了一個，亮亮，他早上回杭州的大學了，他正在那裏讀研究生。此時呢？正打電話來，陸國慎就在與他通話。電話正巧在電視機旁邊的小櫃上，所以，陸國慎就不時要將電視的音量調小。閃閃呢，再把音量調大，嘴裏說：十八相送才唱過，就唱樓臺會。陸國慎不理睬，再將音量調小。

李老師聽見門響，回頭看是秧寶寶，就說：秧寶，這麼晚回來，做什麼去了？家裏人急煞。秧寶寶自知是晚了，低了頭在門邊換鞋，不說話。閃閃代她回答道：做什麼？做嬉客！做嬉客就是玩耍的意思。秧寶寶低著的頭抬了起來，頭頸硬硬地從人叢裏穿過去，走出陽臺門，向那邊房間走去。將書包往自己床上一放，坐在了床沿上。房間裏略有些暗，床邊，牆角的暗裏，有幾隻蚊子嗡嗡營營地飛。窗下的書桌上晾著一幅尺方，上面寫著一個「鵝」字，墨跡已經半乾，未乾的那一點微弱地起著反光。

有人影從紗窗上掠過，門開了，一個人走到她身邊，拎起她的書包，解下繫在書包帶上的紗布袋，裏面裝著吃空的飯盒、菜盒，還有水瓶。秧寶寶有一時恍惚，以爲是媽媽，可卻是陸國愼。陸國愼朝她笑笑，一手提著飯袋，一手拉住她的手，秧寶寶乖乖地站起來，隨她走了出去吃飯。

吃過飯，洗過澡，換了短褲圓領汗衫，辮子盤在頭頂，橫插一根織毛衣的竹針，頸後散落著一些碎髮。李老師將方桌上的東西都搬開，鋪上一張報紙，讓秧寶寶在電風吊扇下做功課。方桌的一半都教閃閃占去了，擺著五顏六色的教具，蘋果樣的算盤珠什麼的，正在備課。在秧寶寶和閃閃之間的那一邊，擠著陸國愼，塡一張報表。這家的男眷，則各歸各房間去了。李老師湊得很近地看電視，電視機的音量調得極輕，幾乎聽不出來，是爲不要妨礙她們。秧寶寶將自己的書本往邊上挪挪，示意陸國愼可以坐寬舒一些，陸國愼很感激地點點頭，動了動身子，卻並不挪過去。兩人之間就有了些友情。就在這時，陽臺下面響起了蔣芽兒的聲音：夏靜穎！

秧寶寶抬起頭，正好對了閃閃的眼睛。閃閃蹙著眉，好像在說：還出去！秧寶寶刷地站起來，因爲起來得太猛，將椅子推得「砰」一聲響。轉身到門口，一左一右換了鞋，也不繫扣，就這麼跑出去了。

樓下的蔣芽兒，也是這樣洗好澡的一身裝扮，手裏還拿了一把細木鏤空摺扇，對著秧寶寶的鼻子扇了扇：香不香？檀香。只聞見一股很古怪的香氣，木頭和某種香精混合起來的味道。蔣芽兒說：在房間裏熱不熱，乘風涼去啊！兩人就過到路北邊。

4

路的北邊，斜過去一些，做成涼亭樣式的鎮碑，高出地面幾級臺階，有裏外兩圍水泥護欄。暗蹙蹙的，沒有燈，卻看得見那裏已經坐了一些乘涼的人。鎮碑面南而立，東面延向柯華公路，南北向，往柯橋、紹興和杭州。從鎮碑再斜過去的對面，也就是和教工樓一邊，再要往東，有一幢兩層的水泥樓，四四方方，也和那些紡織廠的車間差不多的格式，但是呢，門的上方卻架著霓虹燈。這會兒，紅的、綠的，還有一種幽暗的紫，都亮了起來，亮出五個字：華舍大酒店。二樓一行鋁合金窗戶裏面，隱約著有暗紅與暗綠的光。四周是空曠的，那一點光也並不顯得亮和熱鬧，反而，有一種寂寥似的。

這是鎮子的入口，在水泥路的兩邊，稀疏的幾幢房子之間，是還未平整完的稻田。田中間，有人在乘涼，聽著半導體收音機，順耳傳過來一些雜音。這兒果真涼快。風，細溜溜地溜過來。白日裏的拖拉機、三輪車，這時也都走淨了，耳根子便靜下來。月亮還未升起來，星星卻已經出來了。趁著星光，依稀可見稻田裏乘涼的那個人，坐一把破藤椅。碑上的刻字也顯出來一半，但依然辨不清，只看得出些橫豎筆劃。人們在涼爽的細風裏，說著閒話。

乘涼的人多是鎮上工廠裏的外鄉人，打工仔和打工妹，說著四川話、安徽話，各路鄉音。說著說著，漸漸就讓路給幾個本鎮人。那幾個本鎮人也是青年，牛皮烘烘的，爭相說著故事，比試誰的故事驚人。聲音高起來，就將人們的耳朵吊了過去。大概是因爲徐文長的家鄉，此地人都會說故事，不疾不徐，娓娓道來。聽的人一多，就越發起勁，說得詳細。第一個青年說的故事是關於房子。

有一個老闆，造了一幢五層樓的房子。大理石鋪地坪，單是廳中央一塊牡丹花，就要兩萬元。樓梯是木扶手、鐵鏤花，大轉角的樓梯，也是大理石的梯級。每層樓有一個洗澡間，各不相同，有蓮花樣的澡盆，衝擊按摩式；有沖淋房；甚至，還有桑那。每個洗澡間都有電視機，泡澡時可以看。電話是當然有的，就不消說了。這五層樓是這麼分配的：底層是門廳，不派什麼用場；二層才是客廳、飯廳；三層是臥房，臥房的地板是紅木地板，皮鞋踩上去，噹噹響，不像木頭，倒像銅；四層是遊戲室，有卡拉ＯＫ、有落袋、有麻將桌、有健身器，帶桑那的浴間就在這一層上；五層呢，是客房，就像旅館一樣，樓梯口放個櫃檯，往裏去，走廊兩邊各是房間，每個房間都是標準間的樣式。五層上面，其實還有個頂樓，尖頂，堆東西用。這些樓層除去方才說的樓梯外，另有一架三菱電梯上下。這樣大的房子，老闆家有幾口人呢？三口。而且因爲老闆很忙，老闆的朋友也都是忙人，四層的遊戲室，是很少光顧的。再有了，老闆所在即是個偏僻的地方，又不夠偏僻，因爲離柯橋、紹興，甚至杭州，都是不遠的，所以也很少有客人要在他這裏留宿。因此，他們家實際上使用的，只是底下的三層，上面三層都關煞，電梯也關煞。此地的電壓又不穩，點個電燈泡還要時時閃呢！電梯要行到一半停板，怎麼辦？就這樣，老闆一家三口在這大房子的三層樓裏生活著。到了年底，老闆的娘子要掃塵，就掃到上面幾層去了。這時候，她竟然發現，頂樓上住了一個人，很樂惠地，在雜物中間闢出一塊地方，架了床板，甚至還生了一只煤油爐，爐上燉著鴨湯。你們說奇不奇？

人們唏噓感慨一番後，再接著聽第二個故事。第二個故事也是關於房子。

有一個老闆，有一個娘子，種田的。發跡以後，老闆又討了一個小的，當然沒有教大的知道。在柯橋買了一棟小樓，養著。老闆越做越大，廠開一爿，又開了一爿，娘子也討了一個，又討了一個。每討一個，老闆就要買一棟房子，養起來。房子是買在不同的地方：蘭亭、柯岩、鑒湖、蕭山、紹興。所以，大家除了曉得老闆有糟糠之妻，其餘統不知道。而那糟糠之妻，依然在鄉下，住一棟兩層水泥預製板舊房，帶兩個小孩，勞動生活。老闆每月回來一次，住兩天，留下五百元錢做家用，便離開了。所以，她們母子三人過得雖然不是寬裕，可也絕不拮据。日子本來是一日一日往下過著，很好。可是，不是有話道：天有不測風雲嗎？有一天，老闆在宴席上，正喝酒吃菜，猜拳行令，忽然間滾到桌底下，死了。終究不知是什麼病，事前一點預兆沒有，所以就沒有任何準備，老闆沒有留下一句話。老闆生前給那許多小娘子買的房子，產證都寫他自己的名字。婚姻法開國以來就寫明一夫一妻制，禁止納妾，所以，那些娘子法律統不承認，沒有繼承權。所有的房子，裏面的家具、鋪蓋、陳設，都歸了鄉下娘子。你們道，她總共收歸了幾幢房子？九幢！現在，老闆鄉下的娘子，帶了孩子，過著衣食無憂的幸福生活。

人們再唏噓感慨一番，等著聽第三個故事。第三個故事就是關於女人的了。

有一個女人，說故事人停了停，將臉轉向東，朝路對過的大酒店翹翹下巴，意即故事要從那裏說起。大家隨了都把臉轉向那邊，忽然就有人驚叫道：這裏有兩個小伢兒，不給她們聽，叫她們跑！人們這才發現，人堆裏扎了兩個小姑娘，聽得眼睛都發直了。於是便紛紛嚷道：叫她們走，叫她們走！蔣芽兒同他們吵：要走你們走，又不是你們家地盤，怕你！但到底架不住轟她們的人多，還有用手推她們的。兩人手拉手跳下臺階，一邊跑，一邊回頭罵：嚼爛舌根去吧！

這時候，月亮升起了，將這兩個小人影兒薄薄地映在地上，像電視裏的動畫似地活動。左邊那個頭頂上盤個髻，髻上橫插一根針的，高一些。右邊的梳一條老鼠尾巴似的細辮子，手裏拿把摺扇的，則矮一些。兩人都只穿了短褲短衫，那月光透得吧，幾乎要將那衫褲上的印花都映在影子裏了。兩個精緻的小人兒，翩翩地掠過寬闊平展的路面，路面現在很安寧，沒有車，也很少人，倒有幾隻螢火蟲，錯了路，從田裏漫飛上來。

沿街的樓房，多已暗了燈，有幾扇窗亮著，因隔了簾子紗門，也是幽靜的。兩人在樓下道了別。蔣芽兒家建材店的捲簾門下了大半，蔣芽兒人小，一貓腰，從底下鑽進去，裏面的雙開門是開著的。然後就聽「嘩啷」一聲，捲簾門放到底，雙開門也上了拴，只剩秧寶寶一個人了。眼前卻還留著蔣芽兒貓下腰，又回頭朝她望一眼的樣子。

蔣芽兒是個醜人，胳臂和腿都細得像筷子一樣，還略有些雞胸。頭頸又軟，小小的腦袋便總向後仰著。與她孱弱的身體相反，她精力格外旺盛。她的一對綠豆眼裏，時常放射出狂熱的光芒，這使她變得有些怪異，有一點像動物。一種天生弱小，因此格外警覺的動物。外界稍有刺激，立即作出反應。這種不安的性格影響了她的學習，因爲她無法集中注意聽講，靜不下心來抄寫生字，算術呢，也缺乏耐心進行演算和背誦口訣。所以，她總是拖欠作業，考試錯得不像樣，老師只有向家長訴苦。建材店老闆終日忙生意也還忙不過來，他女人卻是個吃齋拜佛的人，凡事都託給菩薩。蔣芽兒便被放任自流了。由於學習成績不好，又時常讓老師叫起來訓責，蔣芽兒在班上是個遭人看不起的角色。雖然是小學生，其實也是一個小社會，根據他們的標準，漸漸就分出了階層，蔣芽兒就是那最底層的人。可像方才說的，她是一種動物，她生活在另一個世界裏，有著她自己的內心活動，別人的白眼並不能影響她什麼。所以，她成日都是興興頭頭，快快活活。

秧寶寶站在放到底的捲簾門外，面前是寂廓的新街，街角鎮碑下，遠遠還聚著一圈人，黑壓壓的一團。碑頂矗在田野的背景前，輪廓十分清晰。路對面的房子也暗了燈，是店鋪的，則下了捲簾門。這樣看過去，街，顯得更空曠了，而且，森然。秧寶寶退進門洞，她的小人影就跳進了天井。天井，一面是樓，三面是牆。天的一角讓樓占去了，天空就狹了許多。她踏上樓梯，於是，那小人影兒就不見了。

5

在這小鎮子的日子開了頭，一日一日過著。早晨，由陸國愼替她裝菜盒，量好米，再量好水。小學生蒸飯都要帶自家的水，如今，華舍人吝惜水比吝惜油還甚。陸國愼將這些東西一一裝進飯袋，交到秧寶寶手裏，讓她上學去。這家中，秧寶寶只認陸國愼。當然，她對李老師也說不上來什麼，可一來是敬畏，二來，李老師到底是閃閃的母親，這就足夠教她生芥蒂了。而陸國愼，秧寶寶只以爲是和她一樣，是這家的外人，看見她受閃閃衝，並不回嘴，光是笑，便當是怕她。更覺同病相憐，心裏就與她近了。陸國愼將秧寶寶送到門口，秧寶寶回轉身，手在胸前，幅度很小地朝她搖了搖，不讓外人看見，好像是她倆之間的小祕密。這樣道了再見，她便出門，逕直下樓。蔣芽兒早就在樓下等著她了。

蔣芽兒帶著秧寶寶，已經逛遍了這鎮子的角角落落。每天下三點半，老街新街，就像燕子一樣，飛著兩個小姑娘的身影。現在，秧寶寶也開始同蔣芽兒一樣拖欠作業了。即便按時交上去，也潦草得可以。老師說了她幾次，頭兩次還管用，後來就疲了。老師讓她家長來，家長自然是叫不來。一個班上幾十個學生，老師哪能個個緊盯著。盯了幾回，也就把心轉移開了。但秧寶寶自此就被歸到比較差的那一類裏去了。而且，她的形象，也明顯地流露出鬆懈的狀態。頭髮總是亂蓬蓬的，既然梳不通，就也不去梳了，馬馬虎虎扒幾下，編一根毛辮子。裙子呢，洗好疊好的衣服，胡亂往歸她用的櫃子裏一塞，抽出來穿時便皺成一團。涼皮鞋即不洗也不上油，白鞋成了灰鞋。書包也蒙上一層灰。倘若此時，沈漊的人再碰見她，都要認不出來了。可是，沈漊是多麼久的事情了啊！在一個小孩子的心裏，時間是放得很大的，要不是這天早晨，公公突然出現，秧寶寶怕是想不起沈漊，還有沈漊的老屋來了。

這天早晨，秧寶寶睜開眼睛，看見李老師站在床邊，手裏拿了個青綠綠的葫蘆，朝她眼面前擺擺：一個老公公送了給秧寶寶吃的。什麼老公公？秧寶寶心想著。李老師又說：秧寶屋裏結出的第一個葫蘆。秧寶寶騰地跳起來，推開李老師，衝到陽臺上往下看，只看得見一個背影，背上挎一只竹籃，籃上搭一件藍布衫，朝西走去，已經走近水泥橋了。秧寶寶沿了陽臺跑進東邊屋裏，都還沒起來，客堂裏空著，桌上放一鍋燒滾的泡飯，揭了鍋蓋在散熱。秧寶寶來不及換鞋，穿了拖鞋，撞開門跑了下去。到底人小腳輕，公公上到橋頂時候，她就追上了。公公！她喊。公公聽不見。她再喊，公公還是聽不見。她就緊跑幾步，跑到公公前面去，截住公公。公公看見秧寶寶，並沒有流露喜歡的表情，而是很平淡，甚至有些不認識的樣子。他看著秧寶寶，等她說出什麼來，秧寶寶倒也想不出要說什麼。於是，公公就又開步往前走了。秧寶寶便在後邊跟著。她頭髮蓬得不成樣子，穿了短褲背心，腳上是一雙拖鞋。而公公今天卻穿得很正經，一件對襟立領衫，排紐直扣到頸脖根，褲子也是乾淨的，一雙圓口布鞋，還穿了白紗襪，是作客的打扮。兩人相跟著走了一段，走到了菜市場跟前。人略多了些，但因爲早，還不算多。公公朝北一轉，走上一領橋，向老街去了。跟到此，秧寶寶也覺著了無趣，停住腳步，看公公下橋，再一轉，不見了。

秧寶寶一個人拖著腳往回走，多起來的人，從她身邊過去，她也沒有心思打量。拖拉機轟隆隆對面過來，到南山上去拉石頭，她也不曉得讓一讓。幸虧路面寬，拖拉機走了一個彎勢，過去了。走到樓底下，建材店老闆正拉起捲簾門，蔣芽兒從門裏探出頭說：看菩薩戲去不去？秧寶寶懶懶地搖搖頭，進門洞去了。這才想起，今天是禮拜。怪不得李老師的兒子昨晚回來了，陸國慎也不太理自己了。進到二樓，推開門，小毛大叫一聲：秧寶寶來了！秧寶寶頓時火起，厲聲道：「秧寶寶」是你喊的嗎？「秧寶寶」是你喊的嗎？小毛嚇得倒退一步，閃閃並不說話，站在桌邊梳頭，瞇起眼看著，看著，然後將手中的梳子往桌上一放，說：陸國慎，我實在看不下去這個蓬頭了，她是在唱「拷紅」嗎？陸國慎只是笑，不說話，秧寶寶白了她一眼，走過去，回自己睡的房間。在床沿上坐著，忽然間做了一個決定。迅速換了衣裙，又從自己的東西裏掏出一個粉紅塑料小包，裏面裝著一些零錢。將小包套在手腕上，快步走過陽臺，穿過客堂間，走出門去。

她下到樓底，走到建材店門前，往裏探。店裏邊堆著方子、機制板，直堆到屋頂，將店堂遮得很黑，沒有人。她叫了一聲蔣芽兒，也沒有人應。正猶豫著，從店堂後邊轉出一個人，很長大粗壯的，是蔣芽兒的父親，建材店老闆，當年曾經做過李老師的學生。他認得秧寶寶，朝她一揮手：進去吧！秧寶寶就進去了。潮濕的木材發出濃郁的酸澀氣，壅塞在店堂裏，轉過一垛到頂的方子，眼前便亮了。一扇後門，門外是一方天井，天井裏搭了一間平房，擺了桌椅床櫃，是老闆一家起居的地方，蔣芽兒就在裏面。秧寶寶又叫了一聲，蔣芽兒回轉身來，看見是她，很歡喜地朝她招手，讓她進去。

跑進去，才看見，蔣芽兒的媽媽也在，坐在方桌邊，面前支著一個三屜的梳妝盒，盒蓋裏是一面鏡子，正在梳頭。她梳著一個奇怪的髮型，將細而長的頭髮梳順，偏在一邊，鬆鬆地絞幾道，挽上去，在頭頂一側用髮卡別住，再挽回來，別住，形成兩個向下垂的髮環。餘下的髮梢則用一朵水鑽的珠花別在髮環根部，底下是一排劉海。於是，蔣芽兒的媽媽就變成了仙女。梳好頭，接下來是撲粉。蜜粉很仔細地蓋住了她的三角臉上一些褐斑和細摺，變得光滑、細膩，並且透著紅暈。眉畫得黑漆漆的，眉梢一直長到鬢角裏。對，那鬢角是用刨花水調粘了，貼上去的。眼睛畫得更大了，看起來幽深得很，甚至有些嚇人。蔣芽兒媽媽的嘴本來就小，這時就小得更加醒目了，鮮紅的一點。完事了，合上梳妝鏡，站起身來，這樣就看見，原來蔣芽兒的媽媽身上穿的是一件彩衣。粉色的，連肩寬袖，領是馬蹄領，鑲著寬邊。袖口也鑲寬邊，腰裏繫一條帶子，在一側挽一個結，垂掛下來。彩衣齊到膝，褲子是平時的褲子，腳下則是一雙繡花鞋，軟底的。蔣芽兒悄聲對秧寶寶說：我媽媽扮的是何仙姑。蔣芽兒的媽媽收拾了一個籃子，籃裏放著香燭、火柴、手帕，幾封雲片糕、三個桃子、一瓶水。蔣芽兒走過去，很殷勤地替她媽媽遞東西，一邊說：秧寶寶也去。她媽媽不說話。自從梳頭開始，她就再也沒有說話，好像做了仙女，便不可同凡間搭話了。

一切停當，蔣芽兒媽媽最後再在頭上罩了塊尼龍綢的方巾，挽到頸後打個結，以免風吹亂了髮髻。然後，蔣芽兒跟在她媽媽後面，秧寶寶跟在蔣芽兒後面，三個人魚貫出了門。此時，太陽已經高了。因是禮拜，路上沒有那麼多忙著上班上學的人，自然寂靜些。織布廠是停人不停機的，所以，田野裏，遠遠近近的，還是傳來機器的轟隆聲。但這機器聲在空曠的天地間，也顯得很寂靜。

她們越到路對面，從鎮碑跟前走過。這時候，鎮碑底下一個人也沒有，孤單地矗在那裏，花崗岩的碑面在陽光下白得晃眼。繞過鎮碑，向北走去，走過一個塘。塘邊有女人淘米洗衣服，叫叫嚷嚷，說今早的自來水裏有綠藻，不能用，只好到這裏來淘洗東西。走過塘，向東轉進一條寬巷。寬巷裏有一處凹進去，原來是一處院子。院子裏有太湖石、石凳石桌，碎花石子路通向高臺階，一幢五層高、馬賽克牆面、琉璃瓦頂的樓，矗立在臺階上。聽見人經過，就有兩條大狼狗吠起來，此起彼伏，久不停息。走出寬巷，上了一領水泥板橋，下橋再沿了河向東逕直走。河邊多是舊廠房、國營廠，早已關門停產。一間傳達室裏聚了人，在打撲克。沿了河走，走，就走到田埂上，一方整好的秧板，一個農人捲了褲腿，正在落穀。一把穀種放手出去，好像一張霧，落下，再一揚手，又是一張霧。走過田埂，路就坡上去了，延進一間山牆下邊。山牆的對面，是一座木廊橋，木頭廊柱，木頭護欄，木板地面，稻草蓋頂。沓沓地過去，下來，便是一個溇。蔣芽兒的媽媽停住了腳。

溇，就是斷頭河，或者說河流的底。水流將穢物帶到這裏，就無處可去，於是，便積起來。無非是塑料袋與泡沫塊，已是污黑的了，卻還是爛不到泥裏去。還有油污，亦是溶解不了的，浮在溇面上，柏油似地反光。水草上纏裹著灰色的絮狀的積垢物，鋪了小半個溇。氣味可是不好聞。不是臭，是怪異。起初是悶著，隨後再一點一點烘上來，熱呼呼的。溇底的埠頭，幾級石階上，已經候了三兩人了。一個是男的，琴師，提著琵琶。兩個是老婆婆，一個梳了頭，抹了胭脂，穿著彩衣，當然顏色要素一些。另一個是平常樣子，懷裏抱著一大籃饅頭。蔣芽兒的媽媽看見他們，表情活躍起來，開口說話了。那管饅頭的女人問，是你的囡？她就指指蔣芽兒，說是。於是，老婆婆就拿了一個饅頭塞到蔣芽兒手裏，蔣芽兒分了半個給秧寶寶。兩人一邊吃饅頭，一邊等著。蔣芽兒告訴秧寶寶，等會兒船來，接大家到張溇，張溇有個廟，廟主是個尼姑，人們都叫她「爺爺」，廟前有個戲臺，就在上面演菩薩戲。等了會兒，又陸續來了幾個人，也裝扮過了。其中還有一個小孩，只五六歲，梳了一個朝天燈，頭頂心紅頭繩扎一個小辮，把眼睛都吊了起來，敞了襟的短衫裏，貼身繫一個紅肚兜，顯然是演那哪吒。仗著自己是個角色，很傲慢地，誰也不理，逕直到老婆婆籃裏抓饅頭吃。接著，船就來了。

小烏篷船緩緩地划進灰漿般的溇底，很勉強地掉了個頭，停在埠頭前。先是上東西：饅頭、香燭、樂器，還有一張紅漆桌子。東西上完，就只剩半船地方了。那扮哪吒的率先跳上船去，接著是兩個琴師，然後是那最早等著的扮妝的老婆婆，招呼蔣芽兒的媽媽一同上船，蔣芽兒的媽媽則向後一伸手，拉上蔣芽兒，蔣芽兒再要拉秧寶寶，卻沒有拉到，身後一個跟一個擠上人來。船明顯吃水深了，船老大叫嚷著：不能上了！可不上怎麼行？好歹都上完了，只剩了一個秧寶寶。船比來時笨重多了，一槳一槳離了碼頭，出得溇去。蔣芽兒擠在大人的縫裏，完全看不見了。

太陽近午了，這僻靜的溇底，沒有人來。對面溇邊山牆上的後窗，靜靜的，也沒有人影。溇面的污水，就像板結了，紋絲不動。秧寶寶站在太陽地裏，地上灑了些饅頭渣，有一隻小蟲子在裏面爬著覓食。她轉過身子，走上木廊橋，木廊橋裏是陰涼的。好像是表示無所謂，秧寶寶脫下腕上的小塑料包，拿在手裏掄圓圈，有一點放浪形骸的樣子。朽爛與鬆動的橋板在她腳下發出空空的聲音，給這背靜的角落製造出一些響動。

秧寶寶掄著小包上樓，推門，走進房間。客堂裏的人，不說話，看著她。她也不理他們，背過身去在牆根換了鞋，轉回來，掄著包走過房間。走到陽臺門口，卻被抓住了手臂。她掙了幾下，掙不脫，被抓回到房間中央，按坐在一個小板凳上。然後，一隻手將她的辮子打散，一把梳子從額前向後梳去。哪裏梳得動，梳的齒子早叫亂髮纏住了，不得不手下加了力氣。梳子下那人便發出一聲銳叫。那簡直不叫梳頭，而是叫犁地。齒子扎下去，一股勁地往下拉。頭髮的主人，完全由不得自己，被兩個大人，一個按住身子，一個按住頭。叫了兩聲，便哭嚎起來。一面是爲頭皮痛，一面是爲這一早上的失意。這哭聲非常的哀傷，是受到一世界的委屈，教聽的人都難過起來。陸國慎和閃閃不禁手軟了一下，面面相覷。趁這手軟，秧寶寶卻一躍而起，將板凳帶翻，砸在陸國慎腳背上，陸國慎不禁「哎喲」一聲。閃閃手快，一把扭住秧寶寶，秧寶寶忽然變得力大無窮，死命抵著。閃閃轄制不住她，就叫陸國慎來幫忙。陸國慎走到跟前，又叫她不要來，因爲陸國慎已經有了喜，怕叫秧寶寶踢著。陸國慎不幫忙，她又弄不過秧寶寶，一時急得眼淚也下來了。兩人正扭到陽臺，李老師聽到動靜往這邊來了，喝道：雞飛狗跳，亂成什麼樣了！

聽到李老師說話，這邊歇下手了。秧寶寶到底是怕李老師的，閃閃則流著淚說：都是你縱容她跟蔣芽兒一起混，心都野了！李老師斥道：你少說幾句！將秧寶寶推回客堂，令她坐下，又囑陸國慎端來一盆熱水，一按秧寶寶的頭，將頭髮全翻倒進水裏。秧寶寶雖然止了嚎哭，卻一直嚶嚶地啜泣著，眼淚滾滾落進臉盆。小毛站在一邊，目睹這一激烈場面，震驚得發不出聲來，這時候，方才「嗷」一下哭起來。

這一個禮拜日的上午，便在大大小小的哭泣中過去了。

6

這一場事過後，秧寶寶連陸國慎也不理睬了。早上，依然是陸國慎替她裝米、裝水、裝菜盒，但再沒有出門時，小小地一揮手的一幕了。而且，爲了閃閃反對她與蔣芽兒在一起的一句話，她跟蔣芽兒更接近了。但有一件事她卻不得不讓步，那就是由李老師替她梳頭。每天早上，秧寶寶伏在桌上吃泡飯，李老師就在身後替她梳頭，吃好了，頭也梳好了。李老師替秧寶寶梳的頭，比較簡潔。將頭髮全向腦後梳攏，用紅彈力繩，緊緊地扎起來，然後再編辮子。編到梢上，繫牢。最後用彩色髮卡，沿了腦門兩邊，將碎髮卡起來。秧寶寶的眼睛又被吊了起來，但卻不像小姐和丫環，而是像村姑。經歷了這場事，李老師也有了改變，她對秧寶寶加了管束，每天檢查她的作業，看有沒有拖欠。但她管不住秧寶寶下了課不回家，也管不住秧寶寶和蔣芽兒在一起。

每天下午，放學的秧寶寶和蔣芽兒在街上逛著，逛著，忽想起要向李老師交差，立地攤開作業本寫起來。有時是在河邊拴船的石墩子上，有時在菜場裏擺攤的案子上，有時在橋欄杆上，抑或在沒有生意的落袋桌上，某家店舖的櫃檯上，甚至直接鋪在地上，趴下身子寫。所以，秧寶寶的作業本就散發著各式各樣的氣味。魚蝦的腥氣、爛菜皮的腐味、雞鴨的屎味、泥氣味，水氣味、塵土氣味、雜貨店的蚊香味、煙味、零食上的甘草味。書包打開，一股雜七雜八的氣味撲鼻而來，嗆人得很。但作業全寫好了，李老師無話可說。要是說：秧寶寶，這字怎麼寫得這樣草？秧寶寶並不分辯，垂手立著，李老師就無奈了。

天氣，一日一日熱起來，未到端午，卻熱得像伏天。人們都說是水泥路的關係，不像石板路吸熱，倒是將熱氣烘出來。還有水泥樓房，尤其是那些馬賽克的貼面，更是不吸熱。而琉璃瓦的尖頂則像小太陽，光芒四射。於是，季候就好像早了一個時令。每天晚上，吃罷飯，洗完澡，秧寶寶盤起來的髮辮上橫插一根竹針，手裏也拿了一柄鏤空雕花的香水扇，是蔣芽兒帶她到橋頭小小影樓買的。然後，她們兩個一人持一柄摺扇，小姐樣的，卻穿了短衫短褲，到鎮碑那裏乘涼去了。

在鎮碑下乘涼的，其實基本是固定的一些人，多是打工的外鄉人。有安徽宣城的兩個打工妹，穿一樣的衣服，梳一樣的頭髮，要不是臉形完全不一樣，就像是一對雙胞胎姊妹了。兩人都不愛說話，睜著眼睛聽人家說，又聽不大懂，人家笑的時候，她們嚴肅著，而人家不那麼好笑時，她們卻咯咯地笑起來。打工仔裏，以江西人爲多，似乎有些結幫的意思。他們分別在不同的廠打工，最熱心的話題就是罵各自的老闆，比較各廠的條件，商量要不要跳槽。其中有一個帶著老婆，一個身材苗條，眉眼很乾淨的女孩，頭髮在頸後用一方手帕束起，頰邊垂著一雙長長的墜子，走起路來，就有些釵環叮噹，嬝嬝婷婷。她很乖巧地隱在她男人身後邊，從來不插嘴。她男人是個身量瘦小，但臉相有幾分精明的人，顯然，他是這群江西人的中心。一旦說話，人們就靜下來，而他呢，也將聲音放得很低，說的又是江西萍鄉的口音，就一點不知道是在說什麼了。這時候，氣氛就比較沉默。田裏的蛙聲忽然變得十分喧嘩，蓋住了江西首腦的聲音。他們都將身體聚攏起來，形成一團黑影。安徽的姊妹不合時宜地笑了起來，笑聲相當刺耳，將人驚了一下。

因爲工廠都是兩頭倒的，所以在另一些日子裏，來鎮碑乘涼的就是另一批人了。這時，則是河南人的天下。他們比較聒噪一些，說著家鄉話。雖然他們來自河南不同的地方，但在本地人耳朵裏，那語音差不多是一致的，也接近北方語系的官話。他們中間有男有女，有兩三對夫妻，這裏的老闆，有些是提供夫妻房的，這樣，別的待遇差一些，也有人願意留下了。河南人似乎比較思鄉，他們喜歡談家鄉的人和事，口音又好懂。所以，秧寶寶和蔣芽兒就更樂意同他們搭話，摻和在裏面，問這問那。那幾個年輕的妻子，也許是想起了留在老家的小孩，所以也對她們很和善，借她們的扇子看看，又將自己的戒指項鍊讓她們欣賞，還打散了她們的頭髮，替她們重新編辮子。此外，還有一些時來時走的人，一對眞正的貴州兄弟，三五個四川人，安徽穎上的一對男女，等等。記不住他們的臉，卻也面熟陌生，有個大致印象。

這一日，鎮碑底下，卻來了一個新人。她漸漸地從夜色中走過來，人們便知道這是一個新人。因爲暗，看不見她的面容，只看見她從容的步態，很閒散地，一步一步。她個子不高，略有些腿短，但卻是蜂腰，於是，腰和髖之間的曲線誇張了，走路就有些扭。她的衣褲都要比她的身量緊一碼，布質又薄，於是，便裹在了身上，豐腴的身體一目了然。她的頭髮好像是燙過又剪短，在腦後扎一個結，在方才升起的月亮下，四周的捲曲碎髮發構出一圈花邊。本來在說話的人們都安靜下來，看著她一步一步走近，走上臺階，在一個空位上坐下，不說話。這時，她的臉迎著月光了，顯出了輪廓。她的臉頰有一個弧度，漸漸收住，在頦部再形成一個曲度，構出小巧飽滿的下頷。從她臉部的暗影可見出她挺秀的鼻梁，微翹的人中，以及鮮明的唇型。她的一隻眼睛在暗影裏發亮，另一隻眼睛在光裏，卻幽深得很。

人們停了一會，再接著說話，卻忘了原先的話題了。而且，一時也找不到新的話題。東一句，西一句，很勉強地維持了一時，又停了下來。鎮碑後邊的稻田裏，蛙聲又起來了。稻田裏那個乘涼的老伯伯，身下的竹躺椅的吱嘎聲，還有半導體收音機調不準頻道的沙沙聲，也清晰入耳。路對面華舍大酒店的霓虹燈，亮著一種紫色的光，更加深了夜色，每個字又都缺了筆劃。有一個人說：像不像日本字？大家都笑起來，很欽佩此話的聰明。新來的也笑了，不出聲，牙齒閃爍出貝類的光澤。這時，月亮又升高了一些，可看見她膚色很白，不是蒼白的白，而是象牙般，細膩的潤白。氣氛稍稍活躍了，好像受到了某種鼓勵，人們開始競相說話，看誰的話說得好，說得俏皮。一個說此地人愛吃的一種食物，將莧菜桿子黴爛了，不臭不吃。每日裏就有老頭子挑著擔子，穿行在巷內，喊著「莧菜梗」。「莧」發「海」的音，「梗」則發「光」的音，就變成「海菜光」，「海菜光」，然後，男女老少都出來買「海菜光」。大家都笑了，新來的也笑。她將一條腿跨在另一條腿上，一隻手覆在膝蓋，另一隻水裏搖著一片南瓜葉，當扇子搧。下一個人說的也是此地一種食物：活蛋。馬上要孵出小鴨子來了，卻將這蛋煮了吃，敲開蛋殼，裏面頭是頭，腿是腿。這話並不好笑，還有些恐怖，就被幾個心軟的女孩止住，不讓說下去。新來的也是笑，南瓜葉搧不來風，只是在臉面前拂來拂去，臉就在南瓜葉後邊一掩一掩。第三個人講的比較精采，講某廠來了一個臺灣老闆，坐下來談生意，剛有三句話來回，便拍板簽字了，何如爽快至此？走前他的一句話揭開謎底。他說：聽你們說話，就好像聽到了我們蔣委員長說話。其實此地與他蔣委員長家鄉寧波尚有一段路，但在外鄉人耳朵裏，也就差不多了。這個笑話要想一想才笑的，而且越想越要笑。就見那新來的，將南瓜葉咬在嘴裏，雖然不出聲，可肩膀笑得顫顫的。

這一個晚上，快樂地過去了。下一日，她沒有來，可是人們已經知道，她是鎮碑往東，華威紡織廠新進的打工妹，姓黃，叫黃久香。再下一日，下午，放學以後，秧寶寶和蔣芽兒在菜市場口上，又遇見了她。她乘坐在一輛三輪車上，腳邊放了一捆菜。她還是穿著那一日略嫌窄小的白衫黑褲，一隻手支在車靠背扶著頭，另一隻手環在身側，那裏放了一隻小籃。蔣芽兒就對秧寶寶說：看，黃久香！黃久香顯然是聽見了，回頭朝她倆一笑，然後從籃裏拿了一只白蘭瓜，扔給了她們。兩個小孩四隻手忙亂了一陣，終於接住，三輪車已經走遠了。就這樣，她們和黃久香認識了。

黃久香再一次來到鎮碑下面，是三天之後。這一回來，她帶了一塑料袋葵花籽，分給大家吃。她穿一身碎花布睡衣褲，袖子寬寬大大，直至臂肘，褲腿卻只到膝下，腳上趿一雙夾趾木拖鞋。頭髮還是草草地攏在頸後，勉強扎一個結，兩邊散著些捲曲的碎髮，懶理雲鬢的樣子。雖然她很少開口，可她卻是個重要的聽眾，大家說話多少有些說給她聽的。都盡力拔高聲音，把話說得風趣。她呢？只是笑。有誰來抓瓜子，就把瓜子朝跟前送送。偶爾要是說話，也是和那幾個女孩子說，說這個的頭髮好，這麼長了都不開叉。又教她每個月打個雞蛋清洗一回，比護髮素效果好。又說那個腳樣好，好在哪裏？腳底弓，腳背高，天生穿高跟鞋的腳。還告訴說，高跟鞋的鞋跟特別重要，稍磨蝕一些就要換掌。否則，斜了，從後面看就險伶伶的，不好看了。所以，漸漸的，女孩子們都聚到了她的身邊，與她擠坐在一條石欄杆上。秧寶寶和蔣芽兒擠不進去，就站在她跟前，因覺著是她們的老熟人，很隨便地從她塑料袋裏拿葵花籽吃。她一旦臉朝向她倆，就很知己地對她笑，讓人們覺著，她和她們的關係挺特殊。旁邊的女孩子嫌她倆站得太近，擋了風，就伸手撥她們開，她們不肯走開，打開摺扇，一左一右地搧風，好像侍奉在小姐身邊的丫環。

這一個乘涼的晚上，比上一個夜晚，還過得愉快。月亮完全升起來了，是一輪滿月，將鎮碑、鎮碑前的柯華公路、鎮碑後的田野，照得明晃晃的。連遠處的山巒，都顯出淺淺的輪廓。田間有一處工廠，車間窗口，一排小方格，透出燈光。那裏正在生產，機器隆隆運轉。對面大酒店的霓虹燈反倒暗了，那窗戶裏邊的快樂也變得晦澀，哪及得上他們這裏！風吹過來，帶來成熟的果蔬的香氣。葫蘆、杠豆、南瓜、茄子、番茄，在河沿，溝邊，地頭地角，各自的架上棚上，吞吐空氣，進行著植物的血液循環。有幾塊整好了，放了水的秧田，亮得像一面鏡子，散發著水和泥土的氣味。不是香，而是豐肥的氣味。喧嚷聲也平息下來，大家安靜地坐著，看前面路上，有從鎮裏面玩耍回來的打工仔，三五成群地過來，唱著流行歌，腳步雜沓。過去很遠，才靜下來。有一人竟睡著了，瞌睆中從石欄上栽了下來。一陣轟笑，大家方才起身要走。這時，黃久香卻喚住人們，說：瓜子殼怎麼辦？幾個男工二話不說，提起腳，將瓜子殼掃到臺階後面的田裏，別的人也跟著用腳掃著，一邊說：正好作肥料。眨眼間，鎮碑底下的地坪，乾乾淨淨。最後一人，將那空塑料袋再往田裏一拋。白色透明的塑料袋被風托起來，飄到田的中間，老半天，還在空中，不肯落下。此時，鎮碑完全安靜下來，沒有一個人了。

7

端午這天，上午十一點左右，秧寶寶的媽媽來了。拎來一大包東西：雀巢咖啡、紅桃K、曲奇餅乾，還有一整隻火腿。不容李老師推託，堅決放在客堂地上，就逕直到西邊房間看女兒了。

秧寶寶這時候還睡在床上。蔣芽兒一家都去齊賢鎮，給石佛燒香。沒有蔣芽兒，秧寶寶就沒有了去處，所以，就只有睡覺了。媽媽將她拍醒，毛巾毯底下鑽出一個毛絨絨的頭，髮卡都睡掉了，碎頭髮就披下來，眼睛從碎髮後面茫然地看著她，不認識了似的。秧寶！媽媽心疼地看著她，半個月不見，她已經改了樣子。毛巾毯底下伸出的一雙腳，長大了些，眼睛也大了些，下巴卻尖了。皮色比在鄉下還更黑，而且，粗糙了。秧寶寶爬起來，盤腿坐在床上，這個姿勢也是陌生的。毛巾毯纏在身上，圓領汗衫、短褲，統是皺巴巴的。睡腫了的一邊臉頰上，印著枕席的花紋。再看床下的一雙鞋，白鞋已成了黑鞋。靠在牆角裏的書包辨不出顏色，拎起來，打開，一股氣味撲鼻而來。課本、作業本，胡亂塞著，書包就變臃腫了。抽出一本，翻開，裏面的字都是草書。

秧寶寶看著媽媽，媽媽漸漸清晰起來，也是陌生的。頭髮剪了，削得很薄，貼在耳上，猛一看，像個男中學生。媽媽穿了一件翻領T恤衫，束在長褲裏邊，也像個男中學生。媽媽翻撿書包的動作，快而且果斷，眼光也變得鋒利。不過，當媽媽向她伏身過來的時候，她嗅到了媽媽的氣味，這才是熟悉的。於是，她向媽媽身邊挪了挪。媽媽卻站起來，扯開秧寶寶身上的毛巾毯，說：秧寶你好起來了，媽媽去外婆家，給外婆敷藥膏，端午十二點鐘正點敷上，風濕痛才會好。秧寶寶說：我也去！媽媽說：敷過藥膏，媽媽再來帶你，去照相館拍照。說罷就出了門去。媽媽的身姿有一股凜然的氣勢，忽忽地從陽臺上過去了。

秧寶寶又在床上坐了一會兒。方才一幕，就好像作夢一般。這時候，陽臺上響起了腳步聲，李老師進來了，彎腰將秧寶寶的毛巾毯疊好，讓秧寶寶下床，催她去洗臉刷牙，說：媽媽生氣了，飯也不吃就走了。秧寶寶草草漱洗完，換了衣服，來到客堂。桌上擺好了菜，因是端午，殺了一隻鵝，單是鵝肝、鵝肫，就切了一盤。鵝肉盛了兩碗，一碗白斬，一碗紅燒。又蒸了一條鰻，梅干菜作底。還有蝦、魚、火腿腸。和她來到的第一天一樣，菜碗都鋪到桌沿上了。與平日裏散漫的吃飯作風不同，全家人都圍桌坐著，表情異常地嚴肅著。等她坐好，李老師說：吃吧。自己卻站到秧寶寶身後，將她頭髮打散，替她梳頭，笑著說：秧寶，你兩頓並一頓了。閃閃騰地起身，端了小毛的碗，各樣好菜撿一些，拉了小毛到一邊吃去了。顧老師又說了一遍吃吧，大家才慢慢動了筷子。

端午節的中午，家家門裏都飄出黃酒的香氣，還有煎、炸、烹、煮的香氣。門上繫著艾草，小孩子手裏提著一串串小粽子。都在快樂地過節。李老師家的這頓飯，酒也喝了，菜也吃了，粽子也煮了。可是鵝肉燒老了，鰻魚沒洗乾淨肚腸，黃酒大約是買了假貨，不像黃酒，像米醋，鯽魚裏吃出了火油味。一頓飯草草結束，各回各的房間。秧寶寶一個人坐在客堂的沙發上看電視，等媽媽來接她拍照片。李老師也不睡午覺，進進出出，點艾草熏房間。房間裏逐漸瀰漫起艾草的苦香氣，和一層薄薄的煙霧。中午的電視沒什麼意思，多是廣告。等廣告過去，以爲後面會有什麼有趣的，臨了卻是電視大學教課。於是，換一個台，再等。秧寶寶眼睛盯著電視屏幕，耳朵卻豎起著，聽樓梯上的腳步聲。每一陣腳步聲，她都覺得是媽媽的，可等到媽媽眞地走上樓梯的時候，她就知道那全不是了。趕緊跑到門口，推開紗門。這一回，媽媽連門都沒有進，讓秧寶寶出來。秧寶寶來不及地換了鞋，跟著下了樓。

此時已近三點，太陽雖然很辣，畢竟有點斜了。媽媽張開一把布傘，一大一小兩個身影，就罩在布傘的花影裏了。她們向西走，到鎮上新開的影樓拍照片，好帶去溫州給爸爸看。爸爸也是非常想念秧寶寶，無奈何生意太忙，抽不出身回來。想到爸爸，秧寶寶心裏覺著是很模糊的一個人了。她緊緊地拉著媽媽的手，手是熟悉的。媽媽在一點一點回來，又變成原先的那一個了。

路上，媽媽對秧寶寶說，李老師眞不像話，一點不盡責任；方才遇見秧寶寶的班主任，說秧寶寶的學習落得很快；而且，一身上下弄得那樣邋遢，人也瘦了一殼；秧寶寶在她們家，並不是白住，每月給五百塊錢呢！媽媽又說：我已經扔給她幾句話了，秧寶寶，你再忍一忍，媽媽重新找份人家，轉過去。秧寶寶想起了中午飯的情景，不快地掙脫了媽媽的手，走快一步，走在媽媽前邊。太陽便曬著她了。

這時，她們已經來到老街的橋頭。影樓不過橋，開在路北，是通往新街的隘口，又沾著老街的人氣，市口是很好的。原先是個日用百貨店，後來倒閉了，被鎮上一個姓錢的老闆盤了下來。這個錢老闆高中畢業後去到杭州，和朋友搭伙，在西湖邊上給遊客拍照，一邊在業餘攝影班學習。賺了本錢，也賺了本事。他通過朋友的路子，賤價買了一台舊的柯達印相機，回到鎮上，開了影樓。影樓取名「小小」，一是因爲在家排老小，二是用其「小」反襯其「大」。他按杭州影樓的格式，開了櫥窗，窗內用衣架支起兩套婚紗，將借來的婚紗照片翻拍後裝進鏡框，陳列起來。門口立著「柯達」廣告女郎的硬紙型，眞人一般高，遠看以爲是個活人，到跟前則一驚。剛開張的時候，很是轟動了一陣，是這小鎮子古往今來，首屈一指的摩登了。但眞正來拍婚紗照的卻並不多，多的還是學生來拍報名照，打工的外鄉人，尤其是那些打工妹，拍有背景的彩色照，寄家中的大人、孩子，或者說好的物件。生意僅止過得去，離預期的熱烈差得遠了，所以，影樓漸漸地開始做些其他的生意：髮卡、別針、鑰匙圈，小學生喜歡的粘花紙，還有無痛穿耳孔。那兩襲婚紗呢，罩上了灰塵，顏色也褪了。

今天，影樓裏卻很擁擠。攝影間裏滿了，就漫到外間店堂裏，都是來鎮上打工的外鄉人。秧寶寶的媽媽因認識錢老闆的娘子妹囡，就擠進櫃檯裏邊，付錢開票。妹囡拉開把折疊椅讓她坐下，兩人多時不見面，互問了些近況。媽媽向妹囡討一把梳子，要給秧寶寶重新梳頭，說李老師梳的頭忒難看，鄉氣得很。秧寶寶站到一邊，不讓媽媽梳，媽媽也只好隨她去。她伏在櫃檯上，看照相館裏擁著的這些人裏，有沒有自己認識的。有那麼幾個，也擠得很遠，並且，自己顧自己說話，根本注意不到秧寶寶。女工們則對著鏡子，玻璃櫥窗，或者不銹鋼門框，凡一切能照見人影的地方，梳頭髮，整衣衫，將一支口紅傳來傳去地塗嘴唇。

媽媽問妹囡，怎麼有這許多人來拍照，妹囡就說出了一樁悚人的新聞。

三天前，南邊十裏地的管墅鄉，一個天目山過來，販毛竹的老頭被殺掉了。想想看，販毛竹的能有多少錢？統共一千塊被搶走，再搭上一條老命，多少造孽！兩人感歎了一陣，妹囡再又繼續往下說。警察像篦頭髮一樣，四鄉八里地排查，據說有線索表明，可能是外來人口作的案。並且，從現場腳印看，至少有三個案犯，這就更嚇人了。昨天，公安局下來指令，所有的用工單位，都要給自己的外來工辦暫住證，證上要貼照片。就有幾爿廠來聯繫拍照，昨晚上直拍到十點鐘。媽媽開玩笑說：這一下，你們要發了！妹囡就說：價壓得很低的，就當是批發吧，又都是熟人，不好意思，利是薄得來！

等了一會兒，人一點不見少，照相間裏出來一批，店堂裏就進來一夥。媽媽著急了，看看手錶，對妹囡說，能不能插個隊，她還要到紹興趕夜班車去溫州。妹囡就站起身，撥開擁在照相間口上的人，擠進去。一會兒出來說，因爲每一張照片都是編號的，好和人對起來，一卷膠捲中間插進去一張別的，就容易弄混，或者就拍寶麗來一次性快照，當場可看見照片，只是沒有底片。媽媽同意了，便拉了秧寶寶跟著妹囡擠進去。照相間本來就小，壅了人，又開著高支光的燈，熱氣蒸騰。碰巧遇見一個熟識的女工，秧寶寶就問：黃久香來了嗎？那女孩沒開口，旁邊一個小夥子卻說道：你只問黃久香，怎麼不問我來沒來？秧寶寶一翻眼皮：我又不認得你！大家都笑了。媽媽拉過她，說：小姑娘這樣會搭訕？油腔滑調的。

母女兩人坐好在凳上，燈開了，候在邊上的打工仔便朝秧寶寶擠眉弄眼逗她，她並不理睬。結果，出來的照片，秧寶寶是綳臉、噘嘴，生氣似的。媽媽讓秧寶寶看了看，就很珍貴地把照片收起來，向妹囡道了謝，離開了影樓。

太陽已經斜了，菜市場口上又開始喧鬧起來，橋頭上可見老街的瓦屋頂，一重重，覆著斜陽。有一些腳划船往來。

媽媽買了一只油煎粽子，插在一根竹棍上，讓秧寶寶吃。路邊的幾具爐子，已經捅開火，坐著水，或者高湯，準備開夜市。有一張小方桌邊，早早坐好了幾個外鄉人，要了啤酒，浸在桶裏冰著。媽媽告訴秧寶寶，給外婆敷好藥膏出來，她又到沈漊老屋去看了看。媽媽說：公公老了，人氣不足了，撐不住房子了。老屋荒得厲害，後院裏野草長得比南瓜藤還旺，水池子全教樹葉蓋滿。公公養的一群小雞，也教黃鼠狼拖吃了十之八九。可是，秧寶寶說，園子裏結葫蘆了，第一只葫蘆，公公就送來給我的。媽媽說，公公就是這樣的人，從來不肯白受人家的好處。

走到李老師家樓下，媽媽對李老師的怨氣稍微平息了一些，可能還想到，秧寶寶住在李老師家，也不可弄得太僵。所以，送秧寶寶上去，又進房間同李老師說了些客套話，讓李老師多多管教秧寶寶，不要對她留情。李老師就笑道：秧寶，聽見嗎？李老師有了尙方寶劍，要做規矩了。媽媽塞了些零錢，讓秧寶寶收好。最後趁李老師不看見，伏在耳邊小聲說：秧寶乖，再忍幾日，媽媽給你換人家。秧寶寶一別頭，掉過身走開了。媽媽對了她的背影望幾眼，眼睛一紅，轉身出了門。

這一日餘下的時間裏，秧寶寶都很乖，雖然還是不同任何人說話。她沒讓人叫，就自己坐到桌邊吃了飯。然後，到陽臺竹杆上，挑了自己的衣服洗澡。洗好澡，又開始做功課。樓下蔣芽兒叫她，她卻當作聽不見。小毛認錯了人，從她身前擠過，雙手在她膝蓋上撐著跳了一下，她也沒有將他的小手撣開。她早早就睡下了，閉著眼睛，聽見李老師走進來。她已經聽得出李老師的腳步聲，一雙磨薄的海綿底拖鞋，擦著陽臺的水泥地，有點急促，又有點拖。李老師走進來，蹲在她的床腳下點蚊香。陶土的，蓋上盤一條小龍，小龍身下有三個出煙孔的蚊香罐，輕輕地磕碰著。秧寶寶忽然難過起來，她想，她其實對李老師沒有一點，一點意見，她只是心裏不開心。她也不知道是爲什麼，就是不開心。

8

這天放學以後，秧寶寶去了沈漊。她沒有告訴蔣芽兒，自己一個人朝了與李老師家相反的方向，向西走去。

這條回家的路，有多少時間沒有走了啊！什麼都是原樣。通往新街的口上，那個修車舖前，依舊放著一個冷飲櫃，旁邊立一塊硬紙板，寫著冷飲的種類名稱，其中有一種「青蘋果」是秧寶寶最經常買的。車舖裏，總是聚著一堆人，打麻將。現在，這堆人還在。車舖後面，有幾架葫蘆，結了大大小小的青葫蘆。新街邊的工廠，花崗岩的牆壁下，伸縮門前站立的保安，也是原先那一個。再過去些，有個炸油條的，還在。日頭下一鍋熱油，涼了燒開，燒開了又涼，不知用了多久，顏色變黑了，炸出的油條也是黑乎乎的。但並不妨礙有人來買他的油條。新街邊，原先圈好的宅基地，這時動工了。地基已經打好，牆砌到兩層，地裏摞著水泥預製板、木料、磚。有幾塊秧板出苗了，只一點點綠，卻很均勻地布著，看上去，像一張星星網。一切都還是那樣，甚至，迎面而來的幾個鄉人，雖然不是沈漊的，卻也是面熟。可是，又好像全不同了。

在路的另一邊，也是孤伶伶地走著另一個人，她就是張柔桑。張柔桑家住張墅，與沈漊相鄰。以往，她們倆都是一同去上學，再一同回家。現在，她們疏遠了，變成了陌生人。其實，她們彼此都看見了對方，卻都裝作沒看見，各自低頭走自己的路。有一些共同的往事此時想起來了，並沒有使她們親近，反而，因爲不好意思，更加迴避對方的眼光。下午三四點鐘的太陽，已到了西邊，所以，她們是迎著太陽走的。兩人背著書包，因爲書包太重，不得不伸長了細細的頸脖，一步一步邁著，各在路的一邊。太陽還有些眩目，卻不是刺眼，望出去，萬物都籠著一層金。現在，已經看得見沈漊的一排大糞缸了。沈漊裏，誰家的鵝娘踱到新街沿上，張望著。一股熟悉的氣味撲鼻而來。是人糞、雞糞、鴨糞，在太陽下發酵的酸氣味。還有草木灰、柴灰、灶灰的氣味。漊頭裏的臭水氣味也傳過來了。燕子呢，高高低低地飛著。總是這時候，大燕子教小燕子學飛。要從新街下到土路，轉進去了。張柔桑是在下路的一邊，秧寶寶則在路的對面，所以就要穿過新街。街上正行駛過來幾輛車，秧寶寶很性急地，要從車輛中間穿過去。車速很快，一輛桑塔納幾乎擦著了她的腳後跟。張柔桑忍不住叫起來：當心，夏靜穎！

秧寶寶氣吁吁地跑到路這邊，終於和張柔桑面對面站著了，兩人都被方才的一刹那嚇住了，心慌得不得了。秧寶寶嘴硬地說：怕他！張柔桑說：只差一點點呢！兩人就這麼說起話來，一同下了路，走上了一排山牆下的小路。然後，緊接著，她們又沉默下來。在她們分開的這段日子裏，許多事情改變了，她們不再有共同的語言。到了一個岔路，這兩個昔日的好友，客客氣氣地分了手，向自己的村莊走去。這時候，秧寶寶已經看得見老屋外面的水杉了。

她走上村道，走過小橋，橋下堆放著白色塑料泡沫塊，幾乎壅塞了河道。此時正是沈漊最寂靜的時刻，在外面上班的人沒回來，田裏做莊稼的人也沒回來，放學的孩子呢，還在回家的路上野呢！有一個女人在埠頭洗東西，應該看見秧寶寶，可並沒有與她招呼，兀自洗著。又有一隻鵝娘迎面過來，伸長了脖頸，步態很優雅，沒有給秧寶寶讓道的表示。秧寶寶只得讓牠。刷了石灰粉，立著水泥柱的新樓房的廊下，也有幾個女人，伏在竹匾上，挑揀菜籽。秧寶寶從新樓旁邊過去了。新樓後面是一塊空場，散落著稻草麥草，幾隻雞在草裏面刨抓著，弄得一頭一身的灰土。空場周圍，立著幾處舊院，早已人去屋空，只餘下殘磚斷垣，眼看著就要趴下。在這些空院之間，立著秧寶寶家的老屋。

由於老屋四周的一圈水杉，老屋就顯得有生氣了。太陽光斜穿過水杉筆直的樹幹，照著院牆，剝落的院牆變得色彩斑斕。樹冠蔥蘢地綠著，圍護在院牆上方。天呢，是翠藍的，停著一些雲朵，在水杉頂上一兩尺的地方。就在秧寶寶走到跟前的那一時刻，老屋忽然又換了一種顏色，變成一種統一的薑黃色。好像是太陽走動的結果，光線變換了角度，將其中的黃全盤傾出，連秧寶寶也染上了這薑黃的基調。她推門進去了。

公公！她喊道。沒有人答應。院子裏沒有人，晾衣繩上搭了公公的一件藍布衫，石凳上有公公的兩雙鞋，一雙跑鞋、一雙套鞋。幾隻雞在地上啄食。她看見屋簷下，爸爸釘的鴿籠，門掉下來了，露出裏面藏著的，一些說不出來歷的東西：一個乾癟的南瓜紐；一顆花石子，上面有著天然的水波紋；一個式樣精緻的小藥瓶。她茫然四面看看，院裏的石板地裂出一些新的紋路，裏面長出草來，這時，也是薑黃色的。她站了一會兒，走進屋裏的穿廊。穿廊左側，她們原先住的房間上了鎖。穿廊的板壁上有一面窗戶，望進去，只看見房間中央有一柱陽光，翻捲著金黃色的絮狀物。大床上的夏布帳幅，靜靜地垂放下來，婆娑透出床後面，依牆而立的大櫥。這面大櫥忽變得神祕起來，好像藏著許多幽深和幽暗的歷史。秧寶寶有些害怕，離開了窗戶。右面的房間開著門，在堆放的雜物底下，搭了公公的一架竹床。有一只白木的沙發肧子，翻下來放在了床邊，上面鋪一張席子。另一邊的舊方桌上放了公公的茶缸、半導體收音機、半封綠豆糕，是公公坐著享福的地方。秧寶寶走過廚房，廚房更黑了，簡直像一個大黑窟。各樣的柴草堆放了半間房，牆壁更是黑上加黑，灶頭也黑了。幾乎看不清裏面的東西，只聽見蒼蠅嗡嗡營營飛翔的聲音。然後，就走出了穿廊，秧寶寶看見了公公。

後園裏，一地的瓜蔓藤草中間，公公正在扎一個葫蘆架。綴了葫蘆的竹枝架倒在公公的身上，綠油油的葉片將他的身體全覆蓋了，只露出一個頭，頭頂上冒著汗珠。秧寶寶下了臺階，腳踩在厚厚的藤葉上，才發現，杠豆架和茄子架都倒伏在地上，南瓜藤漫無秩序地爬開了，不時結出一個南瓜。在藤葉的縫隙裏，伸出狗尾巴草毛絨絨的穗子，還有幾株月季，開著粉紅與粉黃的花朵。秧寶寶跑到公公跟前，從相反方向抓住竹枝架，拉正過來，讓公公騰出手縛牢它。多出一雙手，公公靈活多了，也有了力氣。他一腳踩住葫蘆架的底部，另一隻腳後蹬，拉了一個弓步，手在葫蘆葉底下飛快地活動，一邊在嘴裏發力：格賊娘養的賤胎！

扎好了葫蘆架，一掛葫蘆矗立在滿園藤草中間，孤伶伶的。可這裏，那裏，還有月季花呢！合在一起，園子裏就有生氣。秧寶寶從倒在地上，橫七豎八的架子上跳過去，跳到園子底的香椿樹下。曾祖父、曾祖母，還有那個從未見過面的姑婆，他們的石碑上也覆著野草藤蔓。秧寶寶用力扯開，露出了碑上的字。說是碑，其實只是幾塊粗糙的石頭，上面刻著名字。公公跨著走到香椿樹下，彎腰摘樹根上發出的香椿芽。這時候，秧寶寶已經看過了碑上的字，離開香椿樹，去找那口井。井裏黑洞洞的，什麼都看不見，停了一時，井裏的黑忽然破出一個角，有一點光亮進去，微明中看見了井壁上的磚縫，嵌著黑色的苔蘚。井底只剩一點水了，鋪滿了落葉。小水池子裏還有水，也鋪了半池落葉。這裏是天落水，公公就是吃和用這裏的水。兩級水泥臺階上，擱著公公的一個淘米籮，籮裏有白米，還有兩棵青菜。

太陽光裏的那一種薑黃漸漸地收走了，換來比較透明及均勻的光線。後園裏的景物在這細膩的光線之中，顯得不那麼雜蕪，而是，很精緻。每一縷草葉都變得纖長柔韌，交錯在一起，形成美麗的圖案。那些肥厚的大葉子，邊緣都很清晰，有立體感，一葉覆一葉，也排成圖案。方才被秧寶寶理出來的，刻了祖先名字的石頭，非常潔白地鑲在一園綠色中間。身後的香椿樹，樹幹上的褐色斑痕皺摺，全是井然有序，流淌著舒暢的線條。樹冠，可眞是大啊！垂垂掛掛著，那綠，又是一種，帶些藍的，瑩綠。公公的黑布衫褲，袖是齊肘的，褲管則齊膝，已經洗出了布筋。這會兒，也絲絲可見。公公手裏捏了一把蔥綠的香椿，用根麥草繫起來，舉著。腳在藤蔓裏拔出來，放下去，拔出來，放下去。這一切都是如畫的，秧寶寶自己也成了畫中人。

草叢裏的小蟲子活躍起來，咬著秧寶寶裸在裙子下面的腿。不是大口大口地咬，只是小小地叮一口，秧寶寶便用手撣一下，再撣一下。池子裏的水面上也有著些小蟲子，綠色的，還有些飛蟲。後園裏不知不覺換了朝代，是小蟲子的朝代。牠們全都出籠了，唱著嗡嗡營營的歌。在平斜的光線裏，牠們細小的身軀看得清清楚楚，都帶著一點亮，像花的蕊一樣，在半空中開放。院牆外邊的水杉，葉子成了均勻的暗綠，襯在小蟲子的底上，然後，逐漸地，小蟲子回復進顏色裏去，結束了牠的王朝。現在，這一個薄暗的綠色調合了一切，所有的塊面、顏色，聲音、動態，都變成簡練的、單色的線條，平伏在銅綠的畫面上，定格了。後園安靜下來。

太陽完全走到新街的背面去了，走過沈漊，再要向西邊的地平線底下去了。可餘光也足夠鋪陳在地面上。天空由於光，雲層和氣體的折射，反而變得鮮麗。它略微低垂地籠罩著新街、老街、新橋、舊橋、橋下的水、舊屋的黑瓦、新樓的水泥板，還有豪宅的琉璃頂，這個小鎮子的所有景觀。雖然是不協調，也還是雜亂，但因被收攏在絢爛的天穹之下，看上去，終是一體的，甚至，唇齒相依。

秧寶寶手裏握著一把鮮嫩的香椿，急急地向東走著。這是鎮上人流最擁擠的時刻，橋上、街上，都是人，往各自的方向去。外鄉人都出籠了。趿了鞋，敞了衣襟，悠閒地逛蕩著的，就是他們，不當班的那一批。在溽熱的工棚裏捱過一個下午，這會兒出來涼快了。鎮子裏變得喧嘩。秧寶寶穿過熙攘的街心，耳朵裏不是喧聲，而是公公方才唸的歌謠。公公唸的是：狀元圉有個曹阿狗，田種九畝九分九厘九毫九絲九；爹殺豬吊酒，娘上綳落繡；買得個漊，上種紅菱下種藕，田塍沿裏下毛豆，河磡邊裏種楊柳……公公今天很高興，因爲秧寶寶幫了他，就唸歌謠犒勞秧寶寶。公公唸得很好，起句是和平時的講白話一樣，沒有節奏，其實是散板。第二句就更加散了，爲了唸清這個繞口的數目，公公格外地慢下來，一個字，一個字往外吐，終於吐光這六個「九」及六個計量單位。後面兩句更找不著板眼了，比白話還白話。然後，接下來，「買得個漊」，四個字一出，拍子一轉，變成了數板。公公嘎啞的，因爲耳朵聽不見，又格外放大聲，便走了腔的嗓音，在這明快的節拍裏，奇怪的亢奮著。秧寶寶有點害怕，沒聽完就跑了出來。可這會兒，耳朵裏全是公公的歌謠了。她的腳都好像是踩著那歌謠的拍點，人群也是依著這拍點向後退，向後退。

秧寶寶推進門去，這時候，家中竟很安靜，客堂裏只小毛一個人，看電視裏的卡通片。人，好像都集中到那邊房間裏去了。秧寶寶走進廚房，將香椿芽放在砧板上，再把空了的菜盒、飯盒、水瓶，放下來，就出來進到陽臺，向西邊走去。西屋的門裏正走出人來，陸國慎走在前邊，她男人亮亮竟也在家，走在略後的旁邊，手裏提一個網袋，裝了臉盆、熱水瓶。閃閃走在更後邊，手裏也拿了東西。李老師走在最後邊，顧老師在門口就站住了腳，目送著。陸國慎走到秧寶寶跟前，笑著說：再會，秧寶。秧寶寶想問，陸國慎你要去哪裏？可因爲這些天都是不與她說話的，就不好開口。閃閃催促著快走，快走，就將陸國慎催走了。秧寶寶惶然站在陽臺上，天空沉暗下來，褪成了灰藍。

9

陸國愼住醫院保胎去了。懷胎三個月見紅，本地叫作三月紅，最危險了，所以即刻送去柯橋醫院。家中的氣氛難免有些緊張。到了第五天，亮亮回來說，好些了，雖然鬆口氣，但因家中少了個人，終還是沉悶的。

秧寶寶一直惶惶然的，她依稀覺得，那日爲梳頭的事，她踢著了陸國愼。會不會是她把肚子裏的毛頭踢壞了？原來是她不和李老師家的人說話，這時，她卻以爲，是李老師家的人不和她說話了。閃閃進門出門，連看都不看她一眼。有一回，小毛無意往她背上貼了一下，就被閃閃拉過去，說：當心罵你！亮亮本來就和她不多囉嗦的，現在就更看不到她了。小季是個老實人，又生得面善，不笑也帶三分喜氣，如今看見閃閃唬著臉，也跟著唬起臉。李老師很大度，照常問秧寶寶的功課，陸國愼替秧寶寶做的一套：裝菜、裝米、裝水，李老師此時也接了過去。可那是在敷衍她呢！當她夏靜穎識不出來？

怕你們！秧寶寶在心裏說。日子依然往下過著，秧寶寶一早出門，叫了樓下的蔣芽兒一同去學校，下了學要逛到天擦黑才回去。反正作業寫好了，李老師就挑不出她的錯。蔣芽兒眞是一種動物，有著銳利的眼睛，快捷的手腳，靈敏的嗅覺。她每天都能在這鎮子上發現新鮮的事物，這個小小的鎮子就成了一個無底的寶藏。有一回，她帶了秧寶寶穿過老街，走入與水道交錯的巷道，茫無目標地走著，一邊亢奮地說著話。下午的寂靜的小巷子裏，她的聒噪起著回聲，然後又消散在橋下靜滯的水面。她們在巷子裏穿進穿出，沓沓地走過石橋，水面上便映出她們的倒影。她們一會兒並排走，一會兒又前後追逐。就這麼，忽然間來到一片河岸。這是一個彎道，所以，水面較爲開闊，岸邊種植著一些蘆葦，蘆葦間開著一球一球棉絮似的白絨花，一種野生的植物，人們叫它蘿蔔花。河岸的坡地覆著青草，青草上停放了一座房頂木架，就像一艘大船。幾個女人圍著，替它上漆。是一種格外鮮豔的黃漆，襯托著青草、白蘿蔔花，灰綠的河面，河對面，遠處的黛色的會稽山，兩個孩子一下子怔住了。她們停止了瘋鬧，悄悄地走近去，有個女人看見了她們，和善地微笑著，問道：是我們的姊妹嗎？她們不懂她的意思，怔著。女人沒得到回答，微笑著復又回過頭去。她們有些生怯了，站住腳，再不敢往前去。那幾個女人，有年老的，有年輕的，還有一個小孩子，也拿了一把小刷子，在大人肋下鑽來鑽去，給木椽與橫架的接縫處塡著黃漆。她們並不交談，很安靜地做著活。陽光從河面上斜過去，河水顯得清澈，甚至有了薄薄一層粼光。女人們的臉都顯得安詳與和善。木架上漆過黃漆的部分就像罩上了陽光，未漆到的部分則像罩在陰地裏。

她倆怔忡了一會兒，蔣芽兒終於又湊上前去，不是說過，蔣芽兒是一個特別的小孩子嗎？她走上前，悄聲喊方才問她們話的女人，她喊她：姊妹！姊妹回過頭來，笑容更加和善了：做什麼？這是什麼？蔣芽兒點點她們手裏的活，問。姊妹告訴她，這是在蓋一座教堂，兄弟姊妹們集資二十萬，其中一萬，去蕭山請了一個設計師，畫的圖樣。那姊妹並不嫌她們是小孩子，很耐心地向她們解釋。又告訴她們，那裏原先就有一座教堂，她朝身後地方指了一下，大約有一百年了，破敗得不成樣子，對上帝很不敬的，這次，終於下決心推倒重翻。教堂造好了，他們就要去蕭山請牧師來佈道，到時候，兩位小妹妹，也來聽啊！順了她的指點，蔣芽兒和秧寶寶離開河岸，向南走了一百米，一片舊平房中間，果然有一個工地。石頭牆基打好了，紅磚砌到齊腰處。工人們正歇息，坐在磚石堆上吃麵。一個臨時搭的灶屋裏，兩個女人在灶上忙著，大鍋裏蒸騰出熱氣，遮住了她們的面容。

這是一樁奇遇。過後，她們想再去找那座施工中的教堂，看看它是否完工，完工了又是什麼樣子。可就是繞不到那裏去。而在尋找它的路上，又會有新的奇遇，吸引了她們的注意。

有一次，她們走過鎮北角的一座水泥橋。橋當中放了一把竹躺椅，椅上坐了一個老公公，搖著一把蒲扇，很熱情地和她們打招呼，要她們留在橋上玩玩。她們說還要到別處去，老公公就說：玩一會兒再去，玩一會兒再去。她們只得站在老公公身邊，聽他說話。他告訴她們，他是橋頭那爿國營織綢廠的，現在織綢廠倒閉，人跑光了，設備賣掉了，只剩下一個空殼子，讓他在這裏看門。果然，橋頭是一排破舊的車間倉房，窗戶上釘了生銹的鐵條，又罩上了蜘蛛網。廠房的石灰外牆上，紅漆寫著標語，有年頭了，風吹雨淋，但因為油漆厚，字又寫得大，還可看出形跡：「抓革命，促生產」，「深挖洞，廣積糧」，三字經樣的文字。其中也夾著一些新寫上去的字，多是用黑墨汁寫的，一條是「紹興正宗吹打道士，呼機多少多少」，又一條是「連村樂隊，越劇精唱，手機多少多少」。沿了石灰牆看過去，有幾扇木門，門上釘著白漆紅字的木牌，寫著：供應科、財務科的字樣。門關著，貼了封條。門窗上的雨簷，都垮了下來，車間頂上鋪著的油毛氈，一片一片披掛下來。車間後邊的鍋爐房上，立著的煙囪，斷了一截，有麻雀從裏面飛出來。橋下的水也是靜止不動，積了污垢，厚起來了。橋的那一頭，是人家的後牆。院子築在一個高臺上，牆就格外的高聳，擋住了西去的日頭，將水泥橋罩在了陰涼的影地裏。這裏，就有了一股森然的空氣。喧嘩的華舍鎮裏，竟然還有這樣冷清的地方，眞是不可思議。老公公講完一個段落，起身下橋到門房間搬椅子給她們坐。當他提了兩把竹椅出來的時候，橋上已沒了兩個孩子的蹤影。

她們手拉手飛快地返身下了橋，繞過高臺上的院子，跑了。空氣重新變得躁熱，太陽還很高呢！耳邊湧進起伏的人聲，還有店鋪裏高音喇叭播放的歌曲。

又有一次，她們來到一個巷口，口上有一間鋪子裏，箍桶匠正箍桶，箍一個量米升。箍著，箍著，那人忽然抬起頭對了秧寶寶說：我認得你，你是沈漊夏介民的囡！

還有一次，她們又來到鎮東邊的，那座茅草頂的木廊橋，就是蔣芽兒的媽媽去唱菩薩戲，登船的漊頭。但這一次，她們沒有過橋，而是在橋這頭的山牆下邊。山牆下栽了幾株桃樹，花期已過，葉子也凋零了些，餘下枝叉細伶伶的，生著些硬扎扎的結，紛亂地伸著，有點三月霧雨的情景。枝叉間，山牆上的一扇窗內，忽然呈現出一個女人的臉，十分的嬌好。兩個孩子不覺一驚，那臉便笑了一笑，翩然而過。窗戶裏仍是黑洞洞的。

這個鎮子，奇怪的事物真是多得不得了。看上去沒什麼，可是一會兒卻冒出一個，一會兒又冒出一個。不曉得是什麼時候，什麼人撒下的奇妙的種子，到時候就露頭、發芽、長成了。每天近晚的時候，天空鋪開了紅、紫、藍、灰的雲彩，這兩個孩子便帶著滿足和疲憊的神色往回走。路邊的小炒已經開張，那間賣冷飲、日用雜貨，又兼帶出租書刊錄影帶的小店，將電視機移到櫃檯上，面向街，開始播放本地新聞了。她們心裏灌滿了新奇的經歷，對尋常的景象視而不見。天長了，她們的漫遊也延長了，經歷更豐富了。

這一日，她們正往回走，忽然聽有人叫她們。站定了，四下裏找一周，見路南邊樹底下，小炒鋪前，一張矮方桌邊，有一個人向她們招手。她們疑惑地走過去，方才看見，那人是黃久香。

黃久香讓她倆一人坐她一邊，占了矮桌的一面，另三面是三個江西打工仔，也是鎭碑底下的常客。他們要的菜正在鍋裏炒，啤酒浸在鉛桶的冰水裏。黃久香爲她們要了兩罐可樂，也浸在桶裏冰著。這時候，就吃桌上的瓜子。幾天不見黃久香，黃久香好像有些變樣。她的臉更白，頭髮更黑，眉毛更細更彎，嘴唇也更鮮潤。她身上的衣服還是略爲緊瘦的，很隨便的樣子，好像在房間裏呆著，臨時被邀了出來。腳上依然是一雙夾趾的木拖鞋，夾趾帶是鮮紅的綢帶。她也還是不太說話，只是聽那幾個江西人說，有時候轉過臉向兩邊兩個丫頭笑一笑，牙齒便閃出貝殼般潤澤的光亮。她將鉛桶拉在身邊，過一會兒拎一瓶啤酒出來，試試冰不冰。試了幾次，覺得可以了，便一瓶一瓶放到桌上。旁邊立即有手伸過來，搶了瓶去，也不用開瓶器，往桌沿上一磕，瓶蓋就飛了出去。還有一個，連桌沿也不碰，而是直接用牙齒一咬，咬開了。兩罐可樂是黃久香親手掀開，又問老闆要了吸管，插好，一手一個遞給秧寶寶和蔣芽兒。

其中一個江西人就說：你不在，就好像把她們魂帶走了，到處找你。她們一起白他一眼，不理睬，黃久香只是笑。這時候，菜炒好了兩盤，端上來。黃久香又讓給兩個小的添兩副筷，大家一同吃喝起來。天暗了，稀疏幾盞街燈亮了。他們這裏正有一盞，照著小桌。桌後的爐子上繼續爆開著油鍋。爐火一亮一亮的，正對著黃久香的臉。她的臉就一明一暗，一明一暗。街上人多起來了，對面小店櫃檯上的電視機前，也圍上了人，店主搬出兩條板凳，供人們坐。電視機裏開演了一部香港連續劇，不時有「嗨，嗨」的武打發力聲傳過來。有認識的人從他們這裏走過去，會說：黃久香，什麼時候回來了？有幾個就停下來，坐在身後，看他們吃喝，一起聊天。漸漸地，這裏也圍攏起人來。兩個小孩子已經忘記了回家，一個是家裏本來不大牽記的，另一個則因不是自己的家，就可以不牽記。

人們說著閒話。鎮上哪一家廠裏出了工傷，一個廣西妹替人代班，連做二十四小時，最後打了瞌睆，軋掉四個手指頭。那廣西妹才十六歲，不懂人事，因爲歇在醫院，老闆又送去電風扇、西瓜，賠她一萬塊錢，很開心的樣子。倒是那個找她頂班的同鄉人，年長些，想到那小妹妹的將來，一直在哭。還有，也是一家紡織廠，一個老關係，德清的一個布商，被隔壁廠搶走了，貨堆積在車間裏，發不出去，只好歇工一天。這一天，工人們相約著去紹興、杭州玩。結果一早就下雨，下到第二天早上，正好接了開工，計畫泡湯。而這兩片廠的老闆其實還是同學，可是生意場上，親兄弟都不認的。再接著，有人報告了最新消息：管墅鄉販毛竹老頭的案子破了，不是三個人，也不是外鄉打工仔，而是當地的一個宵小，欠了賭賬，沒辦法了，去偷老頭的錢。手裏的刀只是壯膽的，不想一進茅草棚，老頭就叫起來。也是慌神了，一刀下去，殺個正著，卻還沒有忘記找錢。找到錢，又找了老頭的一雙鞋，換下自己的血鞋。大概是穿了不舒服，又換了一雙。所以，地上有三個人的鞋印，就因爲他換了兩次鞋。菜炒好了，老闆用煤壓住火，只留一點點火頭，火光便在黃久香臉上暗下去。

10

黃久香回來了，鎮碑下的乘涼會又熱鬧起來。黃久香總是中心，秧寶寶和蔣芽兒一邊坐一個，已經成了固定的格局。有一些以往不來鎮碑的人，現在也來了。另一些以往來鎮碑的人，卻悄悄地退出了。若是留心，便會發現這些退出的人多是夫妻、戀人，還有女工。但是，也有例外，那個江西人的頭，窄瘦臉上，有著一雙銳利的眼睛，凹在突出的眉稜底下，他還是來，坐在黃久香對面的石欄杆上，這也是固定的格局之一。他那個清秀的小妻子，有時來，有時不來。來，就側身坐在男人身邊，低頭織著什麼東西。雖然天黑，可她也能織。江西人的頭，也是少說話的，只是用眉稜下的那雙眼睛，看著黃久香。黃久香則把眼睛移開去，看著側面欄杆上的人，幾個幾乎還是少年模樣的外鄉人，擠簇在那裏。一些本地人來到這裏，看看鐵箍般的人圍，又走去別處乘涼了。在暗夜裏，那黑簇簇的一團人，散發著一種危險的氣息，有點教人害怕。

其實，圈子裏的氣氛也是有些緊張。那江西人的頭，看黃久香的眼光很奇怪。即便在黑暗中，也能覺出它的尖刻，像是要看穿什麼。黃久香，眞是在躲他呢！偶爾的，他開口與黃久香說話，不是叫她黃久香，而是叫：「黃小姐」。這稱呼也是奇怪的，眾人就都停下來，等他接下去說什麼。結果，他不過是說：黃小姐，給我一把瓜子。黃久香並不直接遞給他，而是交到秧寶寶，或者蔣芽兒手裏，讓她們送過去。還有時，人們談論到柯橋或者紹興的玩處，什麼ＫＴＶ包房、桑那浴室、歌舞廳，有些爭執不下的地方，江西人的頭，就會忽出一句：問黃小姐，黃小姐知道。這時，黃久香就轉過頭來，頭一次看著他的眼睛，還是笑著：我倒不知道。江西人的頭就「哦」一聲。黃久香復又轉回頭去。兩人有些心照不宣，又有些暗鬥的意思。再有一次，大家說到杭州。雖然此地離杭州只兩小時車程，可誰也沒有去過，有的至多是在杭州火車站停留一下，又走了。大家歷數杭州的名勝，數到斷橋，不明白它是斷兩頭，還是斷中間，辯得很熱鬧。這一回，江西人的頭，倒沒有讓去問「黃小姐」，而是說了一則發生在斷橋的故事：許仙和白娘娘。從他們相遇開始，說到端午，許仙要白娘娘陪他喝雄黃酒，白娘娘高低不喝，最後實在推不過，只得喝了，結果，便顯了眞形，還原成一條白蛇。說到此處，又著重說了一下：端午，是不可大意的！然後打住，故事結束。黃久香臉向著別處，許久，忽然「噗」地笑了一聲。問她笑什麼，她就說：好笑。

下弦月從雲後邊走著，雲像煙一樣，於是，清楚一陣，模糊一陣。身後秧田裏，蛙聲一片。人漸漸散了些，黃久香拍拍兩個已經在瞌睡的孩子，說：睡覺去吧，站起身也走了。她走下臺階，走到路對面，從華舍大酒店底下，向東走了一段。她的白襯衣映上一些霓虹燈微弱的光影，旋即便掩滅在暗裏了。

有一些流言在漸漸地起來。有一日，秧寶寶和蔣芽兒走過小小影樓，老闆娘妹囡把秧寶寶拉進去，悄聲說：華威廠有個四川女人，要認你做乾女兒啊？秧寶寶朝她翻翻眼睛：什麼乾女兒？妹囡說：人家都說那女人是從北面滬青平公路邊上地方，來避風的。秧寶寶再翻翻眼睛，跑出來了。北面，滬青平公路邊上地方，是一個神祕的地方。那裏的時間是睡顛倒的。白天，了無生氣。一入黑，便活過來了。燈火通明，汽車從滬青平公路上汩汩地流來，轉眼間湧滿大街小巷。餐館前大玻璃缸裏，是碧藍的海水，養殖著鮮活的海生動物，也睡醒了，張牙舞爪地爬行，吐著氣泡。樓頂上掛著大紅燈籠，門前、窗前，倚著美麗的小姐。還有穿梭般飛跑的三輪車，上面坐著的，也是美麗的小姐。髮廊裏洗頭髮的，是美麗小姐，歌廳裏唱歌的，是美麗小姐。那可是個繁華又溫柔的地界啊！

晚上，人們吃過飯，洗過澡，搖著蒲扇，出來走走。一走，就走向了鎮碑。走到鎮碑，往人裏面搭一眼，沒找到要看的人，便又下了臺階，往別處走了。

黃久香隔三岔五地來鎮碑。她不來的日子，人們就說著她的故事。說她與老闆吵架，老闆不知說到哪句話，她便冷笑一聲說：你這廠還想開吧？我告訴你，我是不想，我要想，華舍的白道黑道，我都擺平得了！嚇人不嚇人？等到下一日她來了，人們則像什麼都沒說過的一樣，還是圍著她，吃她的瓜子，說笑話給她聽。依然有人請她喝啤酒，吃小炒。她也回請，並不白吃人家。要是碰上了，就帶上秧寶寶和蔣芽兒，就像她的兩個隨從。也有人喊她們「電燈泡」，還有叫她們「保鏢」。總歸，她們三人在一起，就好像古代的小姐，邊上都要帶兩個小丫環。

黃久香待兩個孩子一般好，沒有偏倚，但秧寶寶自覺著黃久香更器重她一些。黃久香是個明眼人，一眼看出秧寶寶比蔣芽兒命好，她說：你們兩家的大人都會起名字，秧寶寶是個「寶」，蔣芽兒是棵「芽」。蔣芽兒說：秧寶寶本名是叫夏靜穎。黃久香就說：這名字也起得好。蔣芽兒並不作深究，早說過，她是一種混沌的人物，只享有自己心裏的快活。秧寶寶卻曉得黃久香的意思，她就和黃久香單獨有了些私交，彼此都是知情的。三個人在一起依然很好。

像黃久香這樣的，出眾的人才，能伴在她的左右，就是十分的優渥了。更何況，她從來不像別的大人那樣喝斥她們，轟雞樣地驅趕她們，她們說話，她也能捺著性子聽完。雖然有著關於她的傳言，可人們不還是要和她在一起，圍著她，向她顯擺，請她吃，也吃她請？她呢？依然那樣，神定氣閒。這小鎮子上，沒有一個人是像她這樣的，外鄉人裏，也沒有。她走到哪裏，都吸引來目光。這兩個小孩子，無意當中，都有些學她。學她微微有些搖擺的步態；學她手裏拿著扇子，卻並不搧，而是將手交叉著，由扇子垂在膝邊；學她用眼睛，而不是用嘴笑；學她用手指頭捉住一小綹鬢髮，彎過耳後，在腮邊按一按。於是，就有人說她們：兩隻小妖怪，作張作姿。這樣的斜眼，非但沒有打擊她們，反而讓她們以爲，與黃久香接近了一步。她們的作業寫得更潦草了，因爲黃久香看她們做功課是帶著些譏誚的微笑，好像在說：寫這勞什子做什麼？於是，她們便微紅著臉，快快運筆，在格子裏鬼畫符，列著算式，三下五除二。終於寫好，將作業本一捲，一塞，完事。早操課，她們慵懶地抬著手臂。課堂裏，學生們拖長了音調朗讀課文，她們則是在心裏默誦。她們開始厭憎學校裏的生活，那太不合黃久香的風範了。學校組織學生，宣傳保護水源，不往河裏傾倒生活垃圾。一人發一杆小旗，分成幾組站在河邊，喊著：愛我家鄉，愛我水鄉！她們遠遠看見黃久香，頓覺羞愧，將小旗藏在腋下，低頭退出隊伍，溜了。

爲了彌補黃久香對她們的印象，她們競相說一些更有趣的事情給黃久香聽。這方面，蔣芽兒顯然是勝秧寶寶一籌了。她關於菩薩的話題，激起了黃久香的興趣。黃久香甚至應允了蔣芽兒的邀請，陰曆五月十四，去包殿唸千人佛。

這一日，包殿裏，從天不亮開始唸佛，直唸到日落天黑。方圓幾十里的善男信女，穿流不息地來到包殿，燒香燃燭，誦經磕頭。是一個大日子。燒下的蠟燭油就有幾大桶。饅頭，幾個大灶一起蒸，一籠接一籠。還有搖籤。這一日的籤，絕對準。尋人的，籤上有下落；治病的，籤上也有方子；求問婚姻大事的，籤就給你指方向。黃久香問：包殿供的是哪一路仙呢？蔣芽兒說：包公呀！黃久香疑惑了：包公算是仙嗎？算！蔣芽兒的眼睛亮亮的，赤紅著臉，因爲自己有這一路的知識，可用來回答黃久香，非常激動。包公在人間做了這樣多的好事，上天之後，玉皇大帝就封給他仙籍了！黃久香便決定五月十四去包殿。她們開始是計畫下午放學後去，可一算日子，巧極，那天正是禮拜，於是約好，一早就去。

五月十四，她們三人在鎮碑碰頭。她們很少在白晝的日光裏看黃久香，也可能是因爲剛下夜班，沒有睡覺，露出了疲憊相，黃久香變得有些不像了。她的眼睛不如以往的流轉有光，飽滿的臉頰明顯鬆弛了，臉上敷的粉，似乎是浮在皮膚上，反顯得粗糙，而且不乾淨。這張臉應當說還是嬌好的，但是缺乏光彩了。黃久香的裝束也換了，一身白，上衣是紗樣的質地，圓領口綴著蕾絲，袖子齊肘束緊，再放出一圈蕾絲邊口。腰這裏也是束緊的，衣襬就微微撐起來，因爲是柔軟的布質，就又飄落下來，形成一些細襉。底下是一條白褲子，比較寬身的直筒式，褲腳覆在白皮鞋的淺口上。鞋是酒盅跟，略尖的頭，鞋幫上篩樣地鏤著小孔。她站在那裏，小手指頭勾著一個鑲珠子的小皮夾。她們總是見黃久香趿著木拖板，衣衫慵懶的樣子，少看她這樣的正經。但在她的正經裏面，卻又有一點不那麼正經。好像不是正經出門，而是，自家扮著玩的。這使她們覺著怪異。不過她們略微適應了一會兒，就習慣了，又看出黃久香另一種好處。她們就也把自己的小錢包勾在了小手指頭上，很隨意地蕩著。

黃久香招了一輛三輪車，談好價錢，三個人坐上了車。黃久香坐一邊，秧寶寶坐一邊，蔣芽兒就坐在秧寶寶腿上，秧寶寶則抱住蔣芽兒的腰。車伕上了車，身體一上一下地蹬起來。三輪車向南一轉，駛進了田間的土路。稻田裏，秧已經插齊了，映著水，碧清。天呢，很藍。風迎面吹來，將她們的頭發揚起來。心裏十分快活，黃久香的臉色也潤澤了一些。蔣芽兒告訴黃久香，她媽媽早晨四點半就去了，燒的就已是二遍香了，因爲有人半夜就候在包殿門外的。她們這時去，至少也是第四第五批了。三輪車駛過稻田，又駛進一個村莊，莊子裏靜靜的，大約也都去燒香了。河上覆著浮萍，沿河蹬一段，車伕就下了車，將車奮力拉上一孔石橋，再上車，任憑車自己溜下橋面，上了又一條稻田間的土路。前些日子下過雨，土路上就留下拖拉機的履帶印，自行車的車轍印，路變得硌硌楞楞，三輪車壓上去，就顚一下。她們人輕，顚一下，往上跳一跳，兩個小的便尖叫一聲。就這麼驚驚咋咋的，一路來到包殿。

沒看到包殿，已經聽到了嗡嗡營營的唸經聲。待看到包殿，不覺又是一陣意外。被蔣芽兒描繪得無比壯觀的包殿，實質上只是一座土屋，三間兩進，磚牆瓦頂。只不過比平常的農舍門上多一塊木匾，黃底紅漆寫著「包公殿」三個字。木板的對開的門朝外敞著，裏頭黑洞洞的，一時看不見什麼，而誦經聲越發盈耳。嗡營之中，拔起著紹興大班式的高腔，令人一振。其間，又有琵琶、胡琴的拉奏撥彈，鈸鑔鏗鏗地敲打著。所以，這無字吟聽來絕不單調，還有些激亢。

她們交割了車錢，在柳樹下香火攤前，各人買了一把香，黃久香還多買了一對大紅燭。唸佛的人從殿裏漫到門外牆跟下，多是女人，坐一張竹椅，膝上放一盒念珠，手捻著珠子，嘴裏哼唱著。她們三人走成一行，從竹椅間擠進殿內。殿內的景象眞有些震撼了。

漆黑的房梁上，垂下黃色的幔子，百幅千條，在煙火燭光中，緩緩飄搖。門裏左右是兩張條案，安置著燭臺和香火鼎。不曉得有多少紅燭，長長短短，熊熊燃著，燭花啪啪地響，火星亂濺，濺到黃幔上，一熄，冒出一絲白煙。要是燭火躥高了，燎著黃幔，則「滋拉」一聲，飛出一片焦蝴蝶。香擠簇在鼎中，合成一大柱煙，擺擺搖搖地升騰上去，再漫開。條案底下，佈滿竹椅，唸經聲一浪高過一浪。燭淚淌下來，積滿了燭臺，再往下淌，就有老人專門端著盆，將燭油大把大把捋到盆裏。長條案前邊，各是一張八仙桌，圍坐著四五個男人，掌鑼、掌鑔、操琴、操琵琶。那領銜之聲，就來自於此處。他們喝口茶，吸一支煙，找著鼓點，忽拔一聲高腔，又急驟回轉落下，聲聲念念，再消停下來。那鑔、鈸、琴，卻總不離手。八仙桌前，又是一張條案，橫放，毛竹林般的香燭前邊供著籤筒。條案後邊就是包公像了。一個黑呼呼的人像，眉眼莫辨，似站似坐，在層層屏幃之間。殿的四周，亦是一周紅燭，紅燭後面，原來是一周小菩薩，供在壁龕裏。包殿，外面看起來黑洞洞的，裏面卻是紅光溶溶的世界。

包公座的一側，有一扇後門，通向天井。天井裏一院明晃晃的日光，日光中，也是擠擠簇簇的竹椅，營營嗡嗡的人。但因是在露天裏，聲音散漫開了，不那麼急驟緊張。天光也教人舒緩和明朗。天井裏的灶間，湧出大團大團蒸氣，還有饅頭發酵的甜酸氣味。就像回到了人間。

她們三人在人堆裏，由蔣芽兒引領著，先在燭臺上供了黃久香的一對大紅燭，再合掌舉香，沿了壁龕，一路拜過去。壁龕裏那一排小黑人兒，蔣芽兒竟能一一說出名目。有八仙；有羅漢；有三國裏的劉備、關羽；水滸裏的宋江、晁蓋；還有本地士紳徐文長，又有不知哪一路的五通神。這些神仙一律是用泥巴草草捏成，眉目本來不清，又教煙火熏糊了。身上的披戴新時大約是有顏色的，現在也糊掉了。可它們依然忠誠地各司其職，領受著人們的祈願。走到一尊神跟前，蔣芽兒忽踮起腳，伏在黃久香耳邊說：這是司婚姻的，我替你拜！說罷便深深地拜下去，連作三揖。秧寶寶也跟著替黃久香拜了三拜。抬起身，見黃久香已經向前挪了。她的一身白衣服特別吃光，看起來，通體都是一種透明的紅。那些細密的襉褶，閃閃爍爍，飄飄逸逸，又是香煙繚繞，便明暗互替，倒像是一個活的仙了。

她們拜過一圈，回到門前的條案，將香插進鼎中，就去求籤。先是蔣芽兒求，帶有示範的意思。在蒲團跪下，搗蒜般地磕一陣頭，開始搖籤，搖了一陣搖出一根，一看是中平。略有些不滿意，也罷了，爬起站在一邊，等那兩個搖過後，一同去換籤文。第二個是秧寶寶，也搗了一陣蒜，搖了半天才落下一根，撿起一看，卻是下下籤，就要重搖，那管籤筒的竟也讓。又猛搗一陣蒜，才算搖出一根中平，和蔣芽兒一樣。於是，就輪到了黃久香。

黃久香雙手伏地，拜了三拜，抬起頭來並不忙著接籤筒，而是合掌對了前方停了停。她的臉色在紅光中，出奇的莊嚴，眼睛大睜著，嘴緊閉，鼻翼微微翕動，就像有無限的心事要與那前邊的黑臉人講。她從那老婦的手中接過籤筒，不重不輕地上下搖動，很耐心地，一下，一下，許久，忽跳出一根。伏身拾起籤，同兩個孩子一起走了。

領籤文是在天井。走到天井，眼睛不由便閉上了。繞過竹椅上的唸經人，對了灶房的一角，斜放了一張抽屜桌，後面坐一個老者，專司發籤文。需交上一元錢，方可領來一張籤文。桌前已排起人蛇。她們三人排在隊裏，看那灶間裏正出饅頭，整籠地傾進筐中，一筐筐抬進殿內。她們依次領到自己的籤文，一張兩指闊的薄草紙，用黑墨刻印著四行詩文。字都識得，連成句子讀來也順口，就是不解其意，不曉得藏著什麼玄機。見那老者正給幾個女人解籤文，便也擠上前去想問，早被人撥到了一邊，只得悻悻地站開。黃久香的籤文領來並不給人看，自己藏進了錢包。只瞥見那上面刻的是紅字，曉得是個好籤，又看她面有喜色，兩個小的也爲她高興。自己的籤文拈在手裏，不一會兒便忘了，鬆了手，順了風一起一落地飄走了。回去是走著的，從幾個村莊上走，還走過一個極小的鎮市。炊煙起來了，女人們在河邊淘菜、剪螺螄，剪刀咔嘣咔嘣的響。葫蘆在架上琅琅地打鈴鐺，蜜蜂嗡嗡地飛行。

三天之後，黃久香又不見了。這一回不見，就再也沒見到她。

11

暑假在漫長的白晝裏開始了。這個小鎮子，在熾熱的陽光裏變得寂靜了。河面反射著白亮的光，散發出一股硫磺的氣味。那些五層、六層的新房，琉璃瓦的頂，金光四射，聳立在空曠的天空中。尤其到了午後，鎮上簡直看不見一個人影，蟬鳴嗶啦啦的一片，是它們的天下。鎮碑的花崗石面，在強光裏，變成金屬一樣的鋼藍，燙手似的。上面的刻字反而變淺了，許多筆劃消失掉了。底下也沒有人影。

但華舍鎮還是繁忙的。載了石頭的拖拉機，在毫無遮蔽的新街上駛來駛往。柯華公路上，走著小車和中巴。四周田裏，蟬鳴之下，是輕紡車間機器的轟響。仔細去聽，就能聽見這鎮子裏的蒸騰氣象。因爲罩在暑氣裏，變得悠遠了。

有貓，或者狗，在邊緣很清的一團團樹蔭裏打盹。小孩子，睡在竹榻上，竹榻安在老房子的穿堂裏，風嗞嗞的，也帶來河裏的硫磺味。石橋的欄上，搭了誰家的棉花胎，一領橋一領橋過去，都是棉花胎，搭在橋欄上。橋洞下面，水邊有一點乾地，縮著腳立了幾隻雞。這個鎮子也還是安泰的。在那破瓦的屋頂上，歪斜的木窗框裏面的舊家什，夏布幔子後面也是酣然的午睡。金鈴子、叫蟈蟈。牆縫裏的蛐蛐兒，都睡著呢！懨氣裏夾著安寧。

可是，卻有一個小孩子，在這白日覺裏走來走去。她的小身子，在橋上、水上、新街、老街，投下了邊緣清晰的影子，飛過來、飛過去。暑假裏，覺睡得太多，她精神太好，而時間，又那麼漫長。她就是秧寶寶。蔣芽兒一放暑假，就去鄉下的外婆家了，黃久香也不見了，於是，她形單影隻。在這靜謐的午後，格外地感覺孤寂。好像，一個鎮子，只剩她一個人了。她啪啪地跑過石橋，腳步聲被蟬鳴吃掉了，沒有聲音。白花花的水面上，那影子薄薄的一層，也不像是她。和所有的小孩子一樣，秧寶寶並不怕熱，太陽曬著頭頂，也不覺曬。只是恍惚，就像在夢裏。明明是熟悉的地方，一下子變陌生了。

這樣的明亮的靜，她想找一些樂子，可是一切都凝固住了，止了聲色。連那鎮北角，停了產的織綢廠前邊，人家後牆陰地裏的水泥橋上，那個繞舌的老公公，也不見了。她倒是找到了那座教堂，教堂矗立起來，不高，兩層，水泥尖頂上立著一個十字架。石頭基座上的磚牆面，刷了白石灰。窗和門都是拱形的圓洞頂，還沒有鑲玻璃。秧寶寶踩著石頭基登上去，朝裏看，一股水泥的涼氣撲面而來，裏面一片空寂。深處的壁上留了一個龕，也空著。從教堂背面的短巷走出來，那一片河岸也沒有人。河對面的鴨棚，都靜著。河面在烈日下，顏色變淺了。草、葦葉、蘿蔔花，也都淺成一種灰白的顏色。唱菩薩戲登船的那個漊頭，本來就沒人，這會更是靜。漊裏堆積著的，塑料袋、塑料塊，更厚了，邊上泛著灰色的泡沫，一層一層壘起來。秧寶寶在小埠頭上站了一會兒，風都是止的，濞上像罩了一層沙面，起著顆粒。返身上坡，走進木廊橋，橋面鬆動腐朽的木板聲，聽來很空洞，虛虛的。廊頂上的草稀了，漏進幾縷光，針樣的尖利，刺著眼。走出去，下了斜坡，有過女子笑臉的那面山牆上的窗，開是開著，沒有人。桃花枝子繽紛錯亂，就像張了一面網，其實是陽光。

秧寶寶走進了巷子，她有意地蹋著腳，跑出啪啪的聲響，可那聲響更襯出了靜和無人。巷子裏或開門，或掩門，都是無人。巷口處有一眼井，低矮的井沿上，立了一隻麻雀。她終於看見一隻活物了，跑過去，那麻雀悄無聲息地飛了。站在巷口，又看見了河水，泊著一條船。方才還沒有，現在有了。船頭扎著一柄油布傘，還有一具小煤爐，老大卻跑開了。這個鎮子，現在顯得無限的大了。這個孩子在裏面，屋頂，是要仰極了脖頸去望；石板長巷，要不歇氣地跑一陣才跑得到頭；橋呢，橫一座，豎一座，走也走不完；河道，是一張縱橫交錯的大網。在這寂靜的暑氣氤氳的午後，這鎮子忽顯出它的精深，這小孩子怎麼都叫不應它。秧寶寶不由有點害怕，不是夜晚裏怕黑的那種怕，而是一種近似於敬畏的怕。她從橋上伏過低矮的石欄，看見水面上有一個小小的半身的人影，知道是自己，卻又不像。由於水裏的污垢太厚，有些像油，影子便汪在面上，更虛了。為證實是自己的影子，她伸出手，很矯揉地在頭頂上張開後面的三指，做出一個孔雀羽冠的形狀，那影子的頭頂上，果然長出了三個翎子。小孩子一個人的時候，會比較作張作姿，反正沒有人看見，於是，就感到了自由。這時候，秧寶寶就很做作地蹦跳著下了橋，兩隻手拈著裙邊，好像是一個芭蕾舞女演員在謝幕。這鎮子成了她的舞臺。

終於，終於屋簷斜下了一條影子，日頭走動了。有一些吱吱喳喳的噪聲起來了，大約是蟲和鳥的啁啾。水面也微微開始波動。有幾扇門扉悄悄地翕動著，可是秧寶寶已經結束她的周遊，走在了回去的路上。雖然她一直在等它醒來，可一旦醒來，其實也是老一套，反教人意興闌珊。新街兩邊，零落的店舖裏，壅塞著悶熱與慵懶的空氣，從門廳裏流出來，是教人氣餒的。沒有一棵樹。在小塊小塊田地的背景下，新街出奇的寬闊，平整。秧寶寶感到日頭的暴熱。她走下路，在地裏誰家的架上，摘了幾片葫蘆葉，頂在頭上。這個動作使她想起了黃久香，她是多麼遠的一個人了啊！連蔣芽兒都遠去了。小孩子總是特別地感覺時間漫長。她覺著，她一個人已經生活了很久。她匆匆地走過鎮東的水泥橋，向李老師家的教工樓走去。暑氣逼著她，腳板心都是燙的。最後幾步她是跑著的，一口氣跑進門洞，水泥樓道的涼氣鎮了她一下。

門敞開著，隔著紗門，可看見客堂裏沒有人，中間橫著小毛的三輪腳踏車，沙發上攤著些報紙，桌上用網罩扣著中午的剩飯菜。她推開紗門進去，有一隻蒼蠅也跟了她進來，在房間裏嗡嗡營營地飛。秧寶寶就舉了蒼蠅拍，滿屋子撲打。人們還在午覺，這時方才兩點鐘，夏天的午後就是這麼漫長。蒼蠅終於被撲倒在電視屏幕上，秧寶寶用蒼蠅拍托著牠的屍體，送進灶間的畚箕裏。灶間裏也是靜的，水斗、水泥地、花崗岩的臺子，全收乾了水分，變作灰白的顏色。砧板，也是曬白的，中間，凹進去的一處，起著乾燥的絨頭。窗臺上幾棵菜，乾癟地軟下葉子。窗戶對著中學校的操場，空盪盪的，放假了，沒有人。從窗戶的左角，勉強可見一角綠色的樓頂，是郵電局，靜伏在烈日之下。但樓頂上有一面旗子，卻在動著。旗杆尖上，集著一點銳利的陽光。再遠過去，視線就讓並排的學校樓房擋住了。上方是沒有一絲雲的，白熱的天空。

秧寶寶收回了目光。廚房裏的氣味這時候被蒸發出來，熟肉和生肉的氣味；魚蝦的氣味；米飯的香與餿的氣味；鹹菜鹵、豆腥氣、油醬、蔥薑、菜葉的腐味，全都收乾，變得蓬鬆爽利，四散開來。其中還有一種不尋常的特別的氣味，就是草藥的乾澀的苦香。秧寶寶摸了摸浸泡著草藥的藥罐，這是陸國慎的藥。每天下午，由李老師煎好了，嗶進保溫杯，然後，閃閃就騎車去柯橋醫院，送給陸國慎喝。閃閃也放假了。旁邊的不銹鋼飯盒，也是陸國慎的。有時候，家裏燒了好菜，就裝裏面送給她吃。陸國慎已經住進醫院半個月了，醫生說還要住半個月才保險。秧寶寶幾乎覺著，再不可能看見陸國慎了。李老師有一次去看陸國慎，問秧寶寶要不要一起去。秧寶寶不回答，她想，她還沒有和陸國慎說話呢！當然，倘若李老師一定拉她去，她也就只好去了。可是李老師並沒有強求她，自己走了。還有一次，李老師是對閃閃說，帶秧寶寶一起去醫院玩玩，閃閃回答說：是醫院，不是公園。秧寶寶心裏說：有什麼稀奇的！就走開去了。秧寶寶揭開藥罐，看看裏面的藥浸得怎麼樣，卻聽見客堂裏有人走動，曉得是李老師起來了，便退出了灶間。果然，李老師彎腰在沙發收拾報紙，又將小毛的三輪腳踏車推到牆跟前，嘴裏說著：靠邊靠邊！然後就走進灶間煎藥了。

秧寶寶在沙發上坐下，心裏盤算：這一日李老師問要不要去柯橋醫院，去不去呢？灶間裏傳出瓦罐碰響的聲音，液化氣燃氣的呼呼聲。再過一會兒，小毛也出來了。秧寶寶沉浸在她的考慮之中，就沒有注意小毛靠著她坐下來，小毛也放假了。接著，閃閃起來了，好像還沒有完全睡醒，神情恍惚地進到灶間，和李老師說話，聲音已是清醒的了。秧寶寶豎起耳朵聽著，聽她們幾次提到陸國慎的名字，不知好還是不好。草藥的苦味從灶間裏湧出來，一下子漫開了。閃閃和李老師一起笑了，秧寶寶鬆下氣來，這才發現小毛緊緊挨著她，便向他瞪起眼，壓低聲說：去！小毛想起了母親關於不要惹秧寶寶的告誡，離她遠了些。

中藥煎好，嗶在保溫瓶，潺潺地響了一陣，然後，閃閃提著藥瓶，在牆跟下換好鞋，走了出去。沒有人問秧寶寶，要不要去看陸國慎。

午後過去了，時間開始向黃昏裏走，腳步變得比較活潑。光線也減緩了它的銳度和緊張，鬆弛了些，許多種顏色亦呈現出來，視野裏便不那麼空寂，而是趨向繁榮。風則涼爽得多。

12

倘若要在鎮碑前佇步，看一遍碑文，便可知道這個鎮子的方位所在。它在紹興市區西北面，距離十五公里的地方。最初是由華姓人在此居住，然後漸漸成鎮街，所以就叫華舍。碑文上還寫道，同治初年，此地的絲綢業就開始繁榮，鼎盛時期，「有綢莊三十餘家，絲寓七十餘，商店一百三十餘」，所以，此鎮有句美譽，叫作：日出萬丈綢。

在這個鎮子的西南邊，約莫三公里的地方，就是柯橋。這可是個更古老也更繁榮的大鎮。揣摩一遍，華舍的興起多少是因傍了柯橋的緣故。絲綢客商從柯橋搖船到華舍，看過貨色，談妥價錢，然後，銀貨兩訖，裝船、解纜、開走。沿了河道抵達柯橋，再從柯橋入運河，向北，向南。所以，柯橋與這鎮子，就有著密不可分的關係。在鎮民們的心目中，柯橋的威望比紹興還高。柯橋的橋比他們高大；河流，比他們寬、長，四通八達；柯橋的屋脊都要比他們高三磚。人們說起地方，是以柯橋為座標，柯橋南，或者柯橋北。人們說起歷史，是以柯橋為紀年，那時柯橋的濟公橋還沒有呢！人們說起熱鬧，也是以柯橋為標準：比柯橋還旺盛！這就不得了啦。在古代的畫面上，柯橋高牆堅瓦，屋脊鱗次櫛比；河道裏船隻如梭，橋洞一眼套一眼，直下十里；沿河的店舖擠擠挨挨，酒旗、菜幌，燈籠的流蘇，都絞在一起了。箍桶舖裏，堆起著盛米的斗升；篾席舖子，是養蠶的匾和席；方木舖裏，織綢的木梭子，成筐成筐；還有棺材舖子，斗大的「財」字，顛倒掛著，底下是裁好的楠木方子，散發著木脂香氣。柯橋氣象蒸騰，無計其數的銀兩在此進出。

如今，繁盛還是繁盛，卻是換一番景象。一些支流水道塡平做了大街，一周一周地往外擴。往昔的船隻換成車水馬龍，最多的是中巴，掛著「紹興」、「杭州」、「蕭山」、「溫州」的牌子，沿途喊著拉客。住宅樓、商場、酒店，一幢一幢矗著，懸著巨幅廣告牌。柯橋的老街快給新街擠沒了，剩下那麼掐頭去尾的一截，幾領橋，供紹興、杭州的旅行團來觀光。所以，街上就又多了些金髮碧眼的外國人，跟在搖了小旗的導遊後邊，人群裏擠進擠出。鎭的東南，造起一座輕紡城，面積極大，抵得上一個鎭市，裏面交易的是化纖布料，迎接全國的布商。因此，那華舍鎭子，也改了桑蠶，開起輕紡工廠。這小鎭子還是傍了柯橋的繁盛。

現在，柯橋的繁盛似乎達到了飽和，發展的餘地漸漸小了，就有一些明眼人，留心到柯橋四邊的地界，想來找找機會。這個夏天裏，華舍鎭上三三兩兩地來一些外鄉人，並不是打工仔的裝扮，而是穿了名牌T恤，皮帶扣上也釘著名牌的標記，掛了手機、腰包，乘了計程車，從柯華公路上過來。人們統稱他們爲老闆。老闆們四圈裏走一走，中午自然要找地方吃飯，於是，新街與老街上的一些飯舖，興旺了起來。老街上的飯舖多是茶館，一個開水灶，另一個灶上蒸饅頭，再煮一鍋茶葉蛋、豆腐乾、鐵硬的蠶豆。每早來一些茶客，多是老客，坐到十時許，便收了攤。現在，就不失時機做了飯店生意。新街，尤其是鎮碑西邊，教工樓對面，有座「江南樓」。新起的，三層樓，馬塞克牆面，鋁合金窗框，茶色玻璃。老闆也是李老師的學生，蔣芽兒父親的同學，最早是在鎮政府裏做一名小幹事，後來辭職出來到柯橋做生意，再回來開這個「江南樓」。因爲關係多，拉得到客人，生意還不錯。但平時中午是關著的，只做晚市，現在，中午也有幾分熱鬧了。有些客人是開私家車來的，停在「江南樓」下，曝曬在太陽裏。兩三時許，走出些客人，預先打開發動機製冷，人呢，面紅耳熱地站在門簷下剔牙、打手機。這鎮子的尾上，午後的寂靜裏面，就有了些小小的喧嘩。

現在，從紹興開出的計程車，送了客人不想空車回程的，會彎到這裏來拉生意。多是紫紅面的桑塔納，也有黃殼紅殼的夏利。靜靜地停在稀疏的樹影底下，也不知等多少時間，然後，不知不覺地，一輛一輛開走了。三輪車不歇晌了，慢慢地轉悠，有一些還新張了條紋布的車棚，繃平了，被太陽照得透亮。

秧寶寶伏在陽臺上，耳裏灌滿了蟬鳴，看著路對面的動靜。暑假裏的覺，實在是太足了，她就像是一個患了失眠症的人，很孤獨地，捱著時間，忍耐著這漫長又懨氣的午後。對面的風景看上去也是沉悶的，而且，有一種恍惚，就像在夢裏。那老闆踱著步，對著手機無聲地說著什麼，汽車無聲地震顫著車身。「江南樓」外牆上的空調機洶湧地淌著水，也聽不見一點聲音。有幾次，她看見蔣芽兒的父親，從陽臺底下走出來，穿過街，向對面走去。蔣芽兒的父親是個粗壯的男人，穿一條寬大的藍白條沙灘短褲，上身是一件桔紅色圓領T恤衫，已經穿脫了型，鬆鬆垮垮地掛在壯碩的肩背上。黝黑的頸項裏圍一條麻花金項鍊。先前在張墅鄉下的時候，只是老老實實作田，後來女人在月子裏得了一種病，此地人叫作「癔症」，神思恍惚，不吃不喝，發病起來會要啼哭、昏厥，甚至尋死。到處看病，西藥中藥吃了不知道多少，將房子都賣了，地也典給人家種了，不得已，中學同學湊了些本錢給他，開始做建材生意。一旦做起來，竟是個精明的生意人，又能吃苦，只兩三年便模樣大改。在此期間，他女人又受了一個吃素的老婆婆的引領，拜了菩薩，四鄉八里地去燒香唸經。不想，病眞的漸漸好了。即便這樣，他也是不信的，他只相信流年，曉得運是一輪一輪的，走過背時，自然就有順時。但也還是供了一尊趙公元帥，早起燒三炷香。現在，他生意只能算做到小發，大發遠遠談不上，中間都不是。這鎭子裏近年來，發跡的例子太多了，程度也相當高，說出去就怕你不信，可是眼見著，一幢幢金磚碧瓦的樓起來了，怕你不信！

蔣老闆本性是穩扎的，作田呢？又作小了膽子。看看周圍，都像在作夢，自己呢，是大夢裏邊的小夢，更不敢忘形了。而他其實又是相當敏銳，很善於捕捉商機。現在，他越到街對面，站在「江南樓」旁邊。隔幾步，是一幢三開間的兩層水泥樓，比較舊了，房主在別處有了房，並不在此住，空著。蔣老闆就站在樓與樓中間，那個空檔裏。可看見背面的一塊空地，荒著，什麼也沒種。他站在那裏，嘴角上銜了一支煙，兩隻手微微撥開著，腳也分開著。他的身姿有一種特別的專注，好像是注意聽什麼，又好像在嗅著什麼。倒不像個生意人，而是像一個老練的做田人，在憑經驗觀察著天氣、季候、風向、土地的生熟度，以決定下一季種什麼作物。他站了很久，大約是被嘴角上的煙頭烙著了，他驚了一下，拿下煙頭，扔了。

秧寶寶因爲注意看蔣芽兒的爸爸，不知覺中探出了身子，於是，便看見樓下的太陽地裏，有一個小小的頭。她轉它也轉，她停它也停。她伸出手，那頭上就長出了手。太陽其實已經西斜了一些，陽臺的外緣向外推移著蔭地。她的影子不見了，被罩在一條長方形的影裏。蔣芽兒的爸爸所站之處，是個風口，只見他的汗衫鼓蕩著。他繼續在沉思。

午後的慵氣使人憂鬱，但已不那麼尖銳了。曝曬中褪白了的景物，顏色回來了一層，變得柔和了。又斜出些影子，顯出了立體感。身後房間裏起來了些窸窣的聲響，午覺過去了，要開始下半日的生活。蔣芽兒的爸爸也走回到陽臺底下，他自己的店面裏。對面的私家車也開走了，江南樓壁上的空調外機不再滴水，窗戶推開了，可看見屋內牆上的一塊光。午後的寂靜裏，有一種神奇的景象，現在褪去了，又變回原先的，眞實的面目。

秧寶寶聽見身後屋裏，李老師走動的聲音，曉得她收拾了這邊，就要過到那邊，給陸國慎煎藥。然後，閃閃也要起來，準備準備，開路。秧寶寶沿著陽臺，搶在李老師之前，過到那邊客堂，端坐在沙發上。李老師的腳步在陽臺上響起了，越來越近，然後，紗窗上映出了李老師的影子。就在李老師推門進來這一刻，秧寶寶拉了本幼兒故事書舉在眼前看著。李老師從她跟前來回走了幾遭，將小毛的玩具歸攏，閃閃的毛線團拾起來繞好，牆跟下的一堆鞋，一雙一雙尖朝裏，跟朝外地放好。她好像沒有看見秧寶寶。此時此刻，人還是半醒，注意不到周圍的情形。所以，李老師並沒有和秧寶寶說什麼，就進了廚房。然後，瓦罐碰擊的聲音就傳出來了。再然後，液化氣「蓬」一聲燃著了。又過些時，閃閃出來了。她和李老師的風格不同。她剛出房門，還慵懶著，眼睛也半開半閉。可只一剎那工夫，她的眼睛睜圓了，在房間裏的走動帶著風聲，塑料拖鞋底清脆地叩著磨光的水泥地。她顯然是在找一本什麼書，二話不說，從秧寶寶手中抽出那書看了一眼，不等秧寶寶反應過來，又塞回了她手裏，不是這本，再繼續找。李老師方才收齊了的房間，此時又攤開了。小毛也出來了，目光茫然地周圍看看，看秧寶寶拿了一本書，便彎下腰從書背面打量這書。這天下午，大家都對這本書發生了興趣似的。閃閃進了廚房，和李老師說話，藥在瓦罐裏沸騰了，發出突突的聲氣。秧寶寶合起書，扔給小毛，灰心地想，今天又不會叫她一起去柯橋醫院看陸國慎的。她們根本把她忘記了，陸國慎呢，也把她忘記了。到底不是自己的家！她將手墊在腿下邊，呆坐著。閃閃在廚房裏哼起了歌，煎好的藥瀝瀝淅淅地嗶進保溫瓶。李老師的聲音也大起來，說著笑話。小毛不知聽見了什麼，忽然哈哈大笑起來。大家都很快活，只有秧寶寶是悲戚的。

這天下午，小毛也跟去了。秧寶寶起身拉開紗門，走出到陽臺，回那邊屋去。身後李老師喊她：秧寶，去不去買菜？秧寶寶冷笑一聲，心裏說：我就只配買菜！她回到自己的床上，躺下，顧老師正站在書桌前寫字，問她：秧寶寶不舒服嗎？她不回答，顧老師也沒再問，繼續寫他的字。秧寶寶躺著躺著，卻睡著了。

暑假裏的覺是很亂的，因爲隨時可以睡。就這樣，已是接近黃昏的時分，秧寶寶睡著了。她在午後的寂靜生活裏消耗了體力和精力，現在要補回來。這時候，這鎮子有些鬧了，可她已經成了個睡倒了覺的小妖怪，人家睡時，她醒著，人家醒了她卻睡了。房間裏有一時很靜，顧老師將寫好的大字捲起來，出去找同道者交流，李老師一個人買菜去了。不知從哪里攀上來一隻貓，在陽臺護欄上，腳步柔軟地走過去，並沒有打擾屋裏的睡覺人。柯橋來的賣水車就停在他們樓下，有人正與賣水人論理，前一日的水裏有一條蟲子，應當調換。可是，怎麼知道就是這車上的水呢？柯橋賣水車不止一部，賣水人辯道。他們一句去一句來地說著，雖然不相讓，可也不激烈，聲音在空闊的新街上散開了，也沒打擾樓上的人。秧寶寶在酣甜的睡眠中，這些動靜，她都知道，而且，有一種甜蜜的慰撫的含意。在這些微小的嘈雜之中，她沉到了睡眠的深處。她綳緊的小身子這會兒放鬆與柔軟下來，體內分泌著生長的激素。要是和一個多月前，她剛來這裏時比較一下，你會驚異地發現，她可眞長高不少。她的臉看上去還是那樣，可卻俊俏了一些，爲什麼呢？仔細想一想，是因爲各處的輪廓都鮮明了一些，好像被一支無形的筆描了一遍。額角的線條出來了，髮際生得略低了點，也窄了點，但因爲臉頰是窄的，額頭呢，又有些鼓，所以保持了勻稱。眼線深了，就顯得長了，而且眞有些吊呢！鼻梁的形狀清楚了，雖然不是高挺的鼻梁，可至少不塌。唇線也出來了，這才發現她的人中挺長，又微微上翹，其實是很俏皮的。可惜平時總在生氣，綳緊著，現在鬆開了，顯出了優點。當然，臉色還是黃和黑，十歲以下的，常在室外活動的孩子，都是這種臉色。皮膚薄，油脂不豐厚，就特別吸收紫外線。

這一時的清靜過去了。人陸續都回來了，在陽臺上跑來跑去，兩邊的紗門開進開出，大人孩子都在高聲說話。電視機開了，播放著動畫片、廣告，再是本地新聞。而且，天陡然地變了。烏雲在霎那間鋪滿天空，雷聲從很遠的田野那邊滾過來，風裏裏著一股濕潤的水氣，溽熱一掃而盡。大人小孩在這陡然降臨的涼意裏，都有些興奮，很誇張地說笑。秧寶寶睡沉了，沒有人叫她吃飯，說過的，李老師家吃飯很渙散的。不知是誰在她身上蓋了一幅毛巾毯。

等秧寶寶睡醒過來，一個人在桌邊吃飯時，雷暴雨已經下成中雨。均勻的雨聲籠罩了鎭子。暑氣、嘈雜、腐味，全在雨中偃旗息鼓，靜謐下來。

13

接下來的三天，是在雨裏度過的。秧寶寶沒有出門，坐在房間裏看外邊的雨。從外面回來的人說，老街裏的河水已經漲到街上，有人一腳踩偏了，就下到河裏去了。樓頂平臺邊上，專門用鐵皮接出一道槽，雨水就順了槽流下，流到鐵皮桶裏。接滿一桶，倒進水缸，再接。後來，水缸滿了，就倒進洗衣機，橫豎洗衣機從來不用，水壓不夠，自來水也不潔淨。第三步，倒進浴盆。雨水還是不停地流下。李老師讓每個人都洗頭髮，煤球爐和液化氣同時燒水。閃閃給小毛洗，李老師給秧寶寶洗，然後是亮亮、小季、閃閃、顧老師，李老師自然排在最後。房間裏充滿了香波的檸檬氣味。雨水敲著鐵皮桶，叮叮噹噹響，開水在火上吐吐地冒氣。因爲下雨天涼，大人小孩都加了衣裳，晾著濕頭髮，在房間裏走來走去。加一個陸國慎，全家人就都到齊了。

沙沙的雨聲中，有人在樓下叫，叫的什麼聽不見，叫久了，就伸出頭去。看見雨地裏，有一個人，披著蓑衣，戴一頂草帽，所以看不清年紀。他仰著頭，手裏拎著一包東西，向陽臺上的人一送一送，嘴動著，只聽得見幾個字。終於聽懂了，是從金華過來的一個鎮民，受人之託，給李老師捎來東西。李老師拿了傘下去，與那人說話，交割東西。雨點打在傘面上，響亮了些，更聽不見說什麼了。新街的水泥路面被雨水沖刷得十分潔淨，天空是一種水濛濛的淺灰，鋪到很遠。遠到極處，卻亮起來。有一道起伏的青色的線，那就是會稽山。那幾個琉璃瓦的尖頂，顏色倒淡了，不那麼觸目。「江南樓」也顯得灰暗，尼龍布的雨棚耷下了邊，或者縮捲起來，稀髒的。斜對面的鎮碑變得很小似的，倒是邊緣清晰。後面的幾方水田，可是綠色盈盈。李老師打的是把黃花傘，明亮的黃色在雨地裏，投下一團光暈，淺淺地印著幾朵花，微微搖曳著。然後，李老師終於告辭了那捎東西的人，進了門洞。

這包禮物來的正是時候，大人小孩都圍上來，看李老師拆開包，是餅。小毛剛要伸手，被李老師止住了：且慢！這是一種特殊的餅，它的吃法也很特別。然後，李老師吩咐閃閃去拿幾張乾淨的白紙。閃閃拿出幾張作業本上裁下的紙，李老師說太小。顧老師又拿來幾張寫大字的毛邊紙，李老師說也不行，太軟，而且不夠光滑。亮亮拿來的是電腦打印紙，李老師說接近了，可是代價太高，浪費了。最後，小季找來幾張作廢的報表，才通過。李老師讓小季將紙一人發給一張，照她的樣子，鋪在桌上，放上一個餅。餅是小月餅那樣的大小，殼很脆，要小心拿起，否則會散。餅放在一半的中間，將紙對折起來，蓋住餅，雙手捂住，一按。只聽見，咔啦啦一陣細響，揭開來，餅已成一片碎屑，碎屑裏間雜著乾菜、肉末。然後，用手指撮著，仰起頭，張開嘴，送進去。果然脆香可口。秧寶寶有一撮沒送好，全送進衣領裏去了。大家都笑，她自己也紅著臉笑了。

李老師說，這是一種古老的物產，獨金華才有。閃閃就說：那麼古人用什麼來吃？

古時候又沒有報表紙。李老師說：古時當然不是那麼考究，就用手掌直接壓碎。顧老師則說：是用薄面餅，壓碎了，包春捲樣包起來吃。那樣說起來，還是古人考究了。一邊討論，一邊撮餅屑吃，一個上午過去了。雨天的午後，並不是那麼慵氣的，總有一個兩個不想睡午覺的，靜靜地做自己的事。

這天，是閃閃不睡覺，拉出縫紉機，鋪了一桌子的布料，縫裙子。小世界幼兒園暑假裏要參加紹興市的幼兒匯演，放假前就開始準備。閃閃給大班的小朋友排了一個舞蹈，讓小朋友扮成樹，其中一個則扮作小鳥，在樹林裏飛翔。小鳥的服裝是現有的，白紗裙，背上戴一對翅膀，頭頂戴一個冠子。難得的是樹。閃閃決定給每個扮樹的小朋友縫一條咖啡色的裙子，頭上繫一條綠綢絲帶，手上各舉一束葉子。咖啡色的滌綸布家中現成有一匹，還是前兩年有個在輕紡城租攤的朋友，急著收攤，賤價處理時買來的。可這幾年又不興滌綸了，興卡萊、纖維麻之類的，比較透氣。所以，就塞在床底下，等老鼠來咬。老鼠卻不及換口味，不愛吃化纖，因此，還是完好無損。現在，閃閃就在桌前，一條一條地裁裙子。說是裙子，其實就是直筒筒的一身，直到胸前，前後兩邊各綴一條綠綢帶子，在肩膀上繫一個蝴蝶結，就掛住了。縫紉機一開，很快便可做成。但閃閃又別出心裁，要在前胸釘兩片樹葉形的綠綢子，這就要用手工了，工程也不小。可閃閃不怕，她決心做一件事，就必須做好。

閃閃裁裙子的時候，秧寶寶就坐在沙發上。閃閃裁下一塊，隨手往沙發上一甩，秧寶寶便伸手理一理，理成一幅一幅的，不會絞在一起。因閃閃背對著她，完全看不見，所以就不了解秧寶寶其實是可以幫助她的。

這個酷暑中的涼爽的雨天，人的心都變得柔和。秧寶寶溫柔地撫弄著這些光滑的滌綸布，將剪成葉子形的綠綢子，兩片兩片疊好。還有綠綢帶，分兩種，一種是寬的，繫在頭上；另一種，細的，釘在肩上系蝴蝶結。閃閃特地去買了一塊綠尼龍綢，裁成這些附件。閃閃是個手腳俐落的人，只聽見剪刀刷刷地響，裙片、綢帶，一件一件飛向沙發。最後，剪畢，手一擼，將剪下的碎布殘片，一把握起，糾成一團，桌面就乾淨了。然後拉過縫紉機，坐下，手扶轉輪前後推幾下，蹬蹬上了皮帶，伸手到沙發上扯過一幅裙片，兩邊一合，嚓嚓嚓地踏起來。裙片飛快地從針板下走過去，走到頭時，下一幅裙片又兩邊一合接上了。走過去的，縫成筒裙的滌綸布落到地上，漸漸堆起，又攤下，漫了一地。閃閃頭也不回，一伸手從沙發上就扯過一條，好像本來就該擺得好好的，等她閃閃來扯，而不是糾纏一團，分也分不開。她都沒有向秧寶寶望一眼，可能這只是因爲她做事專注，可看上去多少是目中無人。

不過，秧寶寶今天氣量變得大了，她甚至有幾分欣賞地看著閃閃做活的背影。高高束起的馬尾辮活潑地擺動著，她的手略扶一扶裙片，就放開，身子微微一仰，扯過下一幅裙片。腳卻一直踏著踏板，始終不中斷。好像不是做縫紉活，而是一種舞蹈。

雨天裏的午後也是寂靜的，但是含有幾分安寧的氣氛，還有幾分活躍。天地間有一種力在運動，均衡、平穩、有節律。這是很滋養的季候，田裏的秧苗，還有架上的瓜呀、豆的，都在明長暗長，長成最和諧的高度和曲度，纖維的疏密度，澱粉和蛋白的比例，神經分佈的最佳圖案。所以，寂靜中，萬物都在活動，運用著它們的力。

閃閃已經踏完了所有的裙片，一條一條扯回來，用剪刀剪斷連接著的線。然後穿了針線，將綠綢帶縫綴在前後兩邊。這時候，她的動作就慢下來了。因爲閃閃雖然手腳快，可並不是一個粗糙的人，做事情不肯馬虎的。沒了縫紉機的針響，房間裏安靜下來，沙沙的雨聲罩著，久了，也沒有聲音了。閃閃低頭縫了一會兒，忽然不抬頭地說：看見沒有？就這樣縫，又不難！秧寶寶不相信地站起來，看著閃閃的背後，馬尾巴很安靜地伏在後頸上。閃閃又說：針和線就在縫紉機抽屜裏，用一種咖啡色的線。秧寶寶走過去，挨著閃閃的身子，拉開縫紉機的抽屜，取出針線，穿了進去。

秧寶寶是個細心的孩子，她先不急著縫，而是拿了閃閃縫好的裙子，比對了位置，用滑粉打上印子，才開始動針線。她很慎重地送進針，抽出線，針腳細細的。速度當然比較慢，大約閃閃縫三條，她才縫一條。然後，是綴葉子。這比較簡單，只需綴幾針，讓葉子垂著，但是要換一種綠線。時間就在一針一線中過去了，雨聲也悄然而止。等李老師出來，走過陽臺，看見天空上出現了一道彩虹，從東邊跨向西邊。

這天的藥，是亮亮送去醫院的。李老師又讓他帶上幾個金華餅和幾張報表紙，好壓餅吃。秧寶寶沒再想，會不會帶她去。她問自己，就算帶她去，她難道空著兩隻手？她帶什麼去送給陸國慎呢？這裏，樣樣東西都是人家的。秧寶寶頭垂得很低，專心縫綴，注意著針不要抽得太緊，也不要太鬆。縫好的裙子，一件、一件擺開著，確實很好看。天晴了，陽光照射在街對面的「江南樓」上，已是夕陽。清潔的，柔軟的，薑黃色的。地面，牆面，一下子收乾了，露了白。街上又有了人，向西邊，鎮中心走去。

縫工，一直到晚飯後才結束。秧寶寶也學著閃閃，手在沙發上，地上，一擼，將線頭團起來。再又將攤開的裙子一件件疊好，摞起來。她做這些的時候，閃閃都沒說話。這樣更好，倘使要誇獎她，說不定她扭頭就走。這一大一小，其實都是強性人，所以，都繃著臉，不說也不笑地，做完了一切。晴徹的天空上，星星一下子佈滿了，雖說不像雨天時那麼涼爽，可空氣潔淨極了。遠遠望去，鎮碑下又扎了一堆人，幾乎聽得見說話的聲音，那種外鄉的口音。秧寶寶沒有跑下去，她搬了張椅子坐在陽臺上，乘涼。有些小蟲子在耳邊營營地飛，是從田野上飛來的，莊稼地裏的昆蟲。幾方水田在暗裏閃爍著螢光。很多事情變得遙遠了。在這種多變的暑天裏，溽熱、慪氣，以及突來的涼爽帶給的歡愉、愜意，調節著時間的漫長和明快，將此奇異地結合在一起。其他季節的人和事，因是在另一種節奏裏面，就好像是另一個世界。

柯華公路隱在暗中，灰白的一條。這鎮子又恢復了它僻靜的面目。螢火蟲漸漸多起來，亂舞著，劃著交錯的，短促的弧光，又漸漸為亮起來的月光覆蓋，冥滅了。月亮升上來了。先是有一些煙狀的雲繚繞在周圍，慢慢地，那一彎新月走了出來，皎潔無比。

暗裏的一切都浮現了起來，斜對面，鎮碑石欄杆的接縫都看得清似的，人也有了輪廓。天際上的會稽山呈現出了線條，可卻變得遠了。

這個小鎮子，簡直就是在地球的邊邊上，前面是那樣，那樣遼闊的地方，它的這一點點喧嘩誰聽得見呢？只是一隻蟲子一樣的嗡營。月亮升上天空的時候，天空明亮了，可底下又暗了，好像往下沉了一沉，影子貼到了地上，變得更小了，小人國似的。夜晚眞是不得了，什麼都現了原型。

14

早晨，秧寶寶誰也沒告訴，去了沈漊。

雨過天晴，氣溫又升高了，還只是七點來鐘，太陽已經相當烤人。秧寶寶戴了一頂遮陽帽，手指頭勾著錢包，快快地走著。她要到老屋裏去找一樣東西，帶了去看陸國愼。無遮無擋的大太陽地裏，走著這麼一個俏麗的小人兒，遠遠地看，就好像走著一個小花蟲子。迎面有沈漊的，到華舍鎮上班的人走來，不認得秧寶寶了，再加上急著趕路，什麼話也沒有的，從秧寶寶身邊騎車過去了。秧寶寶就把頭低下，也不與他們招呼。鵝娘從院子裏踱出來了，牠們辨得出生人熟人。所以並不對秧寶寶咬，而是很安靜地從她腳邊踱過去。狗也是認人的，一點不驚，由了秧寶寶走下路，進了村莊。莊子裏靜靜的，暑氣早已蒸騰起來。秧寶寶不想遇見熟人，將帽子拉下來，遮住臉，目不旁視地走過橋，向老屋走去。

公公不在，大約喝茶還沒回來。秧寶寶走過穿廊，到了後邊的園子。她不由站住腳，停在了穿廊口上。園子裏一派雜蕪，南瓜架、葫蘆架、杠豆架，全倒了，擠在一簇，荒草從瓜豆間密密地冒出來。池塘裏的落葉，厚起到池沿邊，破出一點洞，露出漲滿的清澈的水，略顯出一些生機。

秧寶寶試著走下臺階，邁進菜園，可地面上爬滿了藤蔓，伸不進腳去。她又試著抓住一架藤，豎它起來，豈料早已教亂草纏住了，根本拉不動。秧寶寶放棄了努力，直接從藤架上踩過去，在草叢中尋找著，看能不能找出一只葫蘆，或者南瓜，抑或是一只紅番茄，哪怕是一把杠豆，也行。她的腳踝很快教竹片劃破了，手指頭也破了，汗，糊住了眼睛。她沒有看見她要找的果實，倒是看見藤蔓下的草叢裏，各色蟲子在飛快地爬行。她沮喪地退了回來，這才看見，穿廊口的臺階上，擁了一群雞，看著她。

公公養的雞，是瘦巴巴的，身架子小小的，可是眼睛卻很銳利，有一股精明相。牠們有的單立一條腿，有的側了身體，後邊的則伸長了頸子，好看得到前面的情形。一律沉默著，帶著世事通達的表情。眞是誰養的像誰，牠們都有些像公公呢！在牠們的注視下，秧寶寶甚至感到了自己的狼狽。她從藤蔓中掙出腳，走上臺階，雞們很自覺地讓開一條路，目送著秧寶寶走進穿廊。灶間完完全全成了一個黑洞，四壁熏得漆黑，地上散著柴禾，灶台邊的油醬瓶也成了黑瓶。頂上有巨大的蜘蛛網掛下來，蒙在秧寶寶頭上。

秧寶寶走回到天井裏，喘息著。太陽曬到了半邊地，地上的石板又碎了幾塊。雞們這時也來到了天井，在她腳下漫步著，啄著食，發出咕咕的深沉的聲音。秧寶寶抬頭看看屋簷下的窗子，玻璃的灰厚起了，窗格子的木頭顯然朽了，斷落了幾條，隱約可見窗裏有一幅幔子，垂落了半幅，好像在動。秧寶寶不由有些害怕，退出院去。雞們又朝她簇擁過來，在院門口站住腳，停在門檻裏面。院子週邊的水杉卻是欣欣向榮，挺直的樹幹，葉子在陽光裏閃亮。拉開些距離看，散了架的老屋又聚攏起來，有肩有脊，有梁有架，老屋的神還沒散。秧寶寶一步一回頭地，離開老屋。走遠一步，老屋倒好像近了一步，等她走到橋頭，老屋又回復到先前的樣子，她甚至看見了老屋頂上的煙囱裏，升起了炊煙，就像她和媽媽離開老屋去華舍鎮的那天。那已經是多麼久的事情了呀！漸漸地，她又好像看得見老屋的院子裏，有個小女孩在晾著洗乾淨的頭髮，一邊蹬著凳子爬上去，拉開鴿籠的門，藏進一些寶貝。那就是她自己呀！連自己都變成久遠的事情了。

走過橋的時候，公公迎面來了。她喊一聲公公，想他其實是聽不見的，就走了過去。不料公公卻喊住她，讓她跟去老屋。

秧寶寶走在公公後面，公公總是背一只籃，籃上罩一件藍布衫，布衫下面有一兩件點心，喝茶沒吃完又帶回來的。公公的褲管下，露出小腿肚，盤著老樹根一樣的靜脈血管，一串一串。腳踝很細，走路略岔開著，每一落腳都像要戳進泥地裏去。這是一雙出過大力氣的腿腳，一世沒有清閒過。秧寶寶跟了公公走進天井，雞們本是停著的，此時都活動起來，撲閃翅膀，伸縮頭頸。公公便在喉嚨裏發出一連串的罵聲：賊娘養的賤胎！在公公的咒罵裏，雞們加倍活潑著，有一隻還飛到了屋簷上，像隻鴿子似地停著。

公公走進屋裏，拿出一支圓珠筆芯和三張信紙，三張信殼，讓她寫三封信。秧寶寶趴在石條凳上，再加一張小板凳當桌子，鋪開了信紙。雞們也都圍攏過來，那隻屋簷上的，則俯瞰著一幕。

信是公公寫給兒子的。一共三個兒子，住在三個地方，但因爲信的內容是一樣的，所以公公只需口授一封，再抄寫兩封。信的抬頭，依次爲大兒，二兒，三兒，便可。信的內容其實很簡單，就是兩個字，要錢。但公公是個重禮數的人，開頭要道平安，問安好。接下來是訓導，有關處世爲人，養家教子。要錢呢，並不直接地要，而是回溯以往，曾有幾次，兒子你要替爲父我蓋房，爲了不拂你們的孝心，所以，思來想去，還是從命爲好。無須多，只一千元足矣。最後，再要說些「勿念」，「自保」一類的客套。不過，這一套繁文縟節都被秧寶寶簡化了，她不怎麼懂得公公半文半白的話，更不知如何下筆，但她抓住主題：要錢，一千元！所以，意思是明確的。只是字數太少，她又寫的緊湊，一張紙，只頂上三行半，看上去很不勻稱。於是，她在第二封信上就改進了格式。放大字，開闊行間，一句一換行，看上去像新體詩，簿面上好看許多。等她寫完三封信，又照樣子寫了信封，已經日近正午。公公在灶間裏燒火，煙囪冒出了白煙，老屋變成了她方才在橋頭想像的那一幕。雞們呢，也與她熟識了，不那麼警惕地盯著她，而是散開來，悠閒地踱步。從天井的角度，通過穿廊看到後院，雜蕪的枝葉忽變得錯落有致，金光爍爍。老屋又回來些生氣。秧寶寶在石條凳上坐了一會兒，等公公從灶間裏出來，將寫好的信和圓珠筆芯交給公公。公公又讓她留一留，去到房內，拿了一只皮鞋盒，交給秧寶寶。打開一看，只見金黃的麥草上臥著七八個雞蛋，小小的，尖尖的，蛋殼特別薄，透著亮，嫩紅嫩紅的。公公說，這都是小母雞的頭生蛋，特別滋補。秧寶寶將盒蓋合上，小心地捧著出來。現在，她可以去看陸國慎了。到老屋總歸會有收穫的。

回到李老師家，連李老師都已經吃過午飯，睡覺去了。她把鞋盒放進她的小床下面，才去吃飯。心裏盤算著什麼時候去看陸國慎，又如何去看。她曉得陸國慎住的是柯橋人民醫院，那麼就應當乘中巴去柯橋，到了柯橋總歸能問到。爲了不和閃閃他們撞見，她決定下一天的上午去，這樣就錯開了。等一切盤算好，飯也吃好了。她將剩菜用紗罩扣好，碗筷拿到水斗裏沖乾淨，就回自己的房間，躺上了床。爲防止小毛來這裏，不小心撞碎雞蛋，她下半天哪裏都不去了，就在這裏，守著。

人們都在睡覺，誰都不知道秧寶寶的計畫。午睡起來，依然是那一套節目：收拾、煎藥、嗶藥、燒飯、收衣、洗澡。秧寶寶自始至終盤腿坐在床上，墊著膝蓋寫暑假作業。李老師和顧老師都叫她到桌上來寫，她都不聽。等房間裏沒人時，她則迅速溜下床，從床底拖出皮鞋盒，揭開來看一眼，又合上，推進去，復又上床坐好。這樣反覆折騰了五六趟，天色也近黃昏了。

黃昏的澄淨柔和的光線裏，蔣芽兒的爸爸又從樓底下走出來，越到街對面，在「江南樓」與那水泥兩層小樓之間的空檔裏，站著，抽煙。「江南樓」還沒有上客，門窗大開著，空調機停歇不動。蔣老闆在這時節的光裏，變得清俊了一些。他臉上帶著沉思的表情，就像一個哲學家。

小毛過來叫她吃飯了。小毛叫她作「寶姊姊」，是閃閃興出來的，多少有些促狹的意思，秧寶寶就裝聽不見。不過，通過縫裙子的事情，秧寶寶與閃閃心底下其實是和解了，面上還是不說話，因爲都是驕傲的人。秧寶寶暗裏還有些佩服閃閃，覺得閃閃聰明，竟然設計出這樣的舞蹈和服裝。所以，兩人的關係就順多了。可是，閃閃到底是不好比陸國慎，和陸國慎不說話也與和閃閃說話不同，這裏面不單是使氣的意思，還是難過。想起陸國慎，秧寶寶不由就有些難過。她想起她和陸國慎之間的小祕密：每天早晨，送她到門口，她小小地一揮手。她們兩人是很知己的，可是不知怎麼就鬧成了這樣。

吃飯的時候，從醫院回來的閃閃在講，昨晚陸國慎住的婦產科病房裏，六個產婦生了六個小姑娘。聽醫生說，很奇怪的，要就是一起生男孩，要就是一起生女孩。有老人說，觀音娘娘送小孩，是一船一船送的，一船男孩，一船女孩。秧寶寶聽在耳朵裏，心裏記下了，陸國慎住的是柯橋人民醫院婦產科。

15

第二天一早，秧寶寶出門了。她把遮陽帽壓低，好像怕被人認出來。錢包掛在手腕上，騰出手捧住鞋盒，往菜市場那邊走去。

菜市場後邊，有一塊空地，停著一些中巴，就是汽車站了。這些中巴沒有固定的發車時間，一律是等人上齊再發車。發車後，沿途只要有人上，必定停車，直到塞滿爲止。所以，秧寶寶要多走幾步，到車站上車，這樣才能坐到座位，保證雞蛋安全。

此時，去柯橋上班的人已經走了，到紹興或者杭州辦事的人，也趁早走了。所以，人就不多，車呢？則耐心地等著。開車人就站在車下抽煙，說話。這片空地原先也是農田，然後廢了耕，作了停車場。車輛將它幾乎碾成一個坑，下過雨，幾天後還泥著。秧寶寶生怕摔跤，小心地繞著水窪，一腳高，一腳低地來到一部掛了「紹興」牌子的車前。往紹興的車必定要路過柯橋。車上已經坐了半車人，她找了個靠窗的後座。這樣，無論上來多少人，也不會挨擠。賣票人也在車下抽煙，和那開車人是兄弟倆，是張墅的人，搭夥開一輛中巴，各半個車主，也已小發。

太陽高了，從車窗曬進來。秧寶寶摘下遮陽帽，罩在鞋盒上，讓鞋盒裏的雞蛋蔭涼一些。於是，太陽光就正好曬在她的臉上。可是不要緊，她並不覺得有多麼熱。現在，她很安心了，就等著開車。又上來一些人，有一個黑衣青年，戴了墨鏡，逕直走到秧寶寶旁邊，坐下來。秧寶寶認出了這人，蔣芽兒向她介紹過的，專門抄了報紙上的文章，四處寄出賺稿費的那一個。見秧寶寶看他，就朝她笑笑，秧寶寶扭過頭，心裏罵：抄書郎！

等了一時，座位坐了大半，車主決定發車了，一個扔了煙頭，爬上司機座。另一個，也從後門上來，站在門口，很不甘心地看著，還有沒有人來。車就這樣慢慢地轉過頭，開過空地，被地上的車轍印和坑窪震得左搖右晃。上道路時，車幾乎是半立著的，人就全仰在座位上。秧寶寶緊緊抱住鞋盒，絕望地白著臉。幸好，汽車很快結束了這種危險的姿勢，尾部大顛一下，上了道路，放平了。賣票人還立在車門口，探出半個身子，喊著：柯橋，柯橋，紹興，紹興！果然，菜市場口就停了一次，上來一個婦女和一個小孩。到了鎮碑下，又有三兩個人站著等車，再停一次。秧寶寶看見了李老師家的陽臺，晾著的衣衫裏有自己的幾件，曬著了太陽，亮閃閃的，被風吹得抖起來。新上來的人沒有座位了。賣票的從座下抽出兩張折疊矮凳，第三個人就坐在汽缸的蓋上，坐下去，又跳起來，嚷道：難道是電熱毯嗎，這樣溫暖，要不要加錢？大家就笑。

汽車上了柯華公路，賣票人關上門，開始售票。都是半熟的鄉人，所以並不一個一個盯著，後面的自往前面遞錢，前面的，則往後面遞找頭，票呢，多半是不要的，有要的，就向他討。票價是，柯橋兩元，紹興四元。接了錢，攤平，理齊，一折二疊好，往脖頸上的一個舊軍用挎包裏一放。秧寶寶將鞋盒坐穩在膝蓋上，空出手，從錢包裏挖出兩塊錢硬幣，旁邊的「抄書郎」立即接過去，往前傳去，嘴裏喊一聲：柯橋。秧寶寶卻發現「抄書郎」自己並沒有買票。秧寶寶等著他再往前遞錢，可他再沒有動，而是低下頭，用手撐著下巴，打起瞌睡來。賣票人最後叫一聲：都買過了？大家應聲道：買了！秧寶寶再看「抄書郎」，他一動不動，好像已經睡著了。秧寶寶等了一會兒，還是不放心，又轉臉看他。不料他忽然笑了一下，說：看什麼看？秧寶寶轉回頭，心別別跳著，暗暗罵：怕你，抄書郎！

中巴一路停了無數次，下去的少，上來的多。上來的除去人，還有貨，大包小包的布匹。一看便是零售商，到輕紡城送貨。很快，中巴裏擠得滿滿登登。座位是談不上了，勉強可插下腳去罷了。有幾個包裹，還一直扛在賣票人的肩頭上。每一停車，上人或者下人，都需裏外上下地周折一番。於是，車程便拉長了。抄書郎一直沒買票。他低頭瞌睡一陣，然後，瞌睡醒了，坐直身子，從口袋裏摸出香煙點著，一邊左右轉頭在車廂裏找尋。果然被他找出來一個熟人，兩人搭上話，互問去哪裏，做什麼，近況又如何。此時，車廂裏喧嚷得很，四面八方都在聯絡、說話，說的多是年成和生意。說著說著，就說到一處去了。有時一人說，眾人和，有時則眾人問，一人答。說到中途，照例出來一個故事家，一個人獨講。講的是一個蘭亭人，千方百計要在輕紡城裏租一只攤位。其時正是三年前，輕紡城最最火爆的時候，哪裏有現成的攤位等你從蘭亭過來租呢？只有從別人手中轉租。可是你們要曉得，轉租的租金就不是原價了，又是在那樣緊俏的當口，總要貴上一成，或者兩成，甚至三成。轉租呢，也不止是過一隻手，有時要過兩隻手，甚至三隻手。這個蘭亭人運氣特別好，他中了個大彩，他轉租的這只攤位，已經過了五次手——聽到此處，車內的人都發出一聲感慨，「哄」地一聲——等他終於租定了攤位，買了賬簿、電子計算機、放錢的銀箱、進來布料，坐好，輕紡城的市面就轉了。布賣不脫手，攤位賺不回來，紛紛關門大吉，三錢不值兩錢地出手。獨獨他一家，放鞭炮，開市！故事到此嘎然而止，有反應慢的，就問：怎麼會呢？這就不用故事家來說明瞭，七八張嘴一起回答他：怎麼不會？人人開店，誰來買東西？

說著故事，就到柯橋。單是柯橋，就停幾停。輕紡城的先下，連貨帶人，車內就空了不少。然後，又停一停。秧寶寶大聲問，人民醫院哪裏下？那車主也不知聽沒聽清，回說：下一站！於是，再坐一站。這一站下的人就多了，抄書郎也是這裏下。秧寶寶緊跟他後面，看他會不會最後再買票。可是沒有。他和兩車主很熱絡地道了再見，坦然走下車來。車空了大半，賣票的站在門口，喊著：紹興，紹興！一路開了過去。秧寶寶定定地看著抄書郎的背影，看他一步一步走遠，忽然撒腿追上去，大聲喊：抄書郎，逃票！抄書郎也不知是聽不見，還是裝聽不見，並沒回頭，斜穿過馬路，走進了人流。

柯橋說是鎮，看上去卻像個中型城市。以往的水道塡平了大半，變成北方城市那樣寬展的街道，車水馬龍。高樓錯落，張著巨大的廣告牌。人特別的多，熙來攘往。秧寶寶站在街沿，茫然看著眼前的車和人，不知該向何處拔腳。太陽高了，直曬下來，再從柏油路面反射上去。汗從秧寶寶的臉頰流下來，遮陽帽戴在了紙盒上。這樣的熱，小雞都孵得出來。但秧寶寶終究是秧寶寶，她很快就鎮定下來，了解了自己的所站位置。這是一個路口，車輛匯集，無數中巴在這裏下空了人，再喊著：紹興紹興，或者杭州杭州，載了客過去。秧寶寶決定了，要從這裏再搭車回華舍，當然，是要過到街的對面。接下來，她就要著手問路，如何能去人民醫院。路上的人都是行色匆忙，又見是一個小孩子問路，並不當眞，停都不停下。秧寶寶只得追著問，回答過來的也是含糊不清，聽不出個所以。或者，馬馬虎虎地一指，秧寶寶自然信不得。只有一個女人停下來，認眞聽秧寶寶話，卻又是個外地人，自己辨不清方向的。

秧寶寶決定過到街對面去。街對面有一排商店，店裏的營業員，總歸是本地人，明瞭地方的。過這條街可不容易，車輛永遠是飛速地駛過，一停不停，而且難得間斷。秧寶寶腳頭快，南來的車流稍有空檔，就飛奔到中半，等北去的車再有空檔。這一刻，她就站在路當中，車夾了她的前胸後背開著。秧寶寶的眼睛早已教汗糊住了，腦子卻很冷清，一點不著忙。終於，北來的車流稍有消停。她拔腳便躥過去，只聽背後「嗖」地一聲，一輛桑塔納擦著腳後跟過去了。

店鋪前的投幣電話，非常忙碌的，一個在打，另一個在等，大約又不容易打通，就直著嗓子喊：喂！喂！秧寶寶向那電話後邊，水果舖裏的女店員問話，女店員多是傲慢的，皺著眉，然後搖搖頭，就不理會了。秧寶寶從店鋪間一條小街穿進去，看見了一頂高大的拱橋。汽車的發動機聲隔離了，撲面而來的是又一番喧鬧。拱橋上面是一個旅行團，一個小姐搖著旗，對了喇叭筒說話，嗡嗡的。後面跟了一群外國人，被太陽烤得，龍蝦似地漲紅面孔。橋兩頭的樓閣顯然是新修的，漆色十分鮮豔，掛著些燈籠、彩旗。河道要比華舍的寬闊，岸也是寬闊的，兩邊的店鋪，生意更比華舍旺，賣竹器、木器、雜貨。河邊泊了烏篷船，一艘連一艘，老大的眼睛都很毒，盯著了遊客樣子的人就不放開，招呼他們去太平橋，或者周家橋，還有柯岩。

這是柯橋的中心了。秧寶寶沿了河岸走了一陣，走到一個巷口，有一個配鑰匙的攤子，坐了個男人，看他還比較閒適，便向他問路。那男人卻囉嗦得很，問她是老人民醫院，還是新人民醫院；老人民醫院的房子早已經坍了，不能用了，所以，在另一處批了地皮，建起了一幢高層樓房，就是新人民醫院。那麼，就是新人民醫院了，在哪裏？秧寶寶問。那人正要說，忽然過來一個老頭，手裏端一口鋼精鍋子，原來是他父親，給兒子送早飯來了。於是，那人便專注於鍋裏的麵條，把她給忘了。秧寶寶站了一會，轉身走了。沿著河又走一段，店鋪換成了人家。兩層或三層的板壁樓，每一層都很矮。板壁已經發黑，屋頂上的瓦也碎了，面河的門敞著，有幾個小伢兒坐在門口玩耍。摩托車「嗖」地開過去，把其中一個驚哭了，門裏的大人就奔出來喊：一頭衝進河裏淹死你！

秧寶寶走累了，就在河邊一棵樹的蔭地裏蹲下來，看那幾個小伢兒。方才哭的那個小得很，話還不大會說，那兩個大的也不過四至五歲，一左一右地摟住他哄：莫要哭，膽大點，長大要做老闆！哄好了，三個人就圍一張方凳打撲克。並不會打，只是分發了牌，堆在面前，一張一張比大小。秧寶寶看了心癢，就過去教他們對子，同花順，三帶兩，然後就可打爭上游了。這麼一複雜，自然把那最小的擠了出來。那小的是個哭精，所以又哭了起來。門裏的大人再奔出來，見多一個大孩子，認定是她帶壞她家的孩子，很凶地問她從哪裏來，做什麼來。秧寶寶回身抱起鞋盒就跑，跑了很遠，回頭還見那大人瞪著她，腳下簇擁著小孩子們，也一起瞪著她。

太陽很高了，柯橋有一時的寧靜。旅遊客少了些，或者往柯岩去，或者往太平橋去了，河邊泊的船至少也走了有一小半。秧寶寶離開河邊老街。新街上的服裝攤位都擺出來了，化纖質地，鑲了蕾絲的衣裙，一層層地挑起來，遮住風，更熱了。有三輪車在衣裙的帷幕間兜著，一會兒出，一會兒進。是要比華舍的三輪車華麗得多，漆色鮮亮的車身，雪白的坐墊，藍白條紋的車棚。車伕也要比華舍的年輕，穿著齊整，也更風雅，見有外鄉裝束的路人，就慢慢地騎過去，喚道：客人，上車吧，去看看古鎮新面貌。

秧寶寶差不多已經走亂了，她在路邊冷飲櫃前買了支「青蘋果」，一種綠色的，包著奶油芯子的冰棒。她站在櫃邊吃著，順便問那賣冷飲的：人民醫院往哪裏去？這一回，得到了比較詳細的指點。那人還告訴她，路程不遠，只需十分鐘，便可走到。吃完冰棒，她道了謝，順了指點走去人民醫院。

16

正午時分，秧寶寶終於來到人民醫院跟前。她仰極了腦袋看去，這幢馬塞克貼面的高樓，在太陽下銳利地反射著光芒。白色鋁合金的窗框，一行行排列著，有無數行。陸國慎就在其中一個格子裏。秧寶寶的目光又回到樓底，金屬的伸縮門拉起一半，人和車頻繁進出著。因爲院子是闊大的，所以並不顯得擁擠。門口的保安查詢也不嚴格，只是靜靜地站著。秧寶寶卻收住了腳。

她這時才發現，她還沒有和陸國慎說話呢！自從不理睬陸國慎以來，她再沒有和陸國慎說話。最後那天，陸國慎同她告別，她都沒有回答。現在，她看見陸國慎，怎麼開口說第一句話呢？向她討饒嗎？秧寶寶不幹的。人們從人民醫院的大門進來出去，多是帶著滿臉的心事，根本不會注意太陽地裏，有一個小孩子流著汗在苦惱。這座新醫院眞是大啊！就更顯得這小孩子小了。她穿著白色鑲粉紅荷葉邊的連衣裙，本來是新裙子，可卻有點嫌短了，伸出細長黝黑的手臂和腿。涼皮鞋的一個搭扣斷了，用一只別針代替鈎著。頭髮扎起，編緊，像棒槌樣粗粗的一根，頸後的碎髮被汗粘住了。她的手指間也是粘著，是方才青蘋果滴下的糖水。由於青蘋果裏大量的糖精和香精，吃了反而口渴，嘴唇上都起了焦皮。她懷裏抱了一個鞋盒，上面頂了一頂花布帽當陽傘，對著伸縮柵欄門裏的大樓，蹙著眉，被太陽曬得眯縫了眼。望出去，滿目的白亮光芒。

太陽又往中間移了移，所有的影子都往裏收了收。往來的人略微稀疏了些。蟬，嘩啷一下齊鳴起來，頓時蓋滿了院子。張眼看去，路邊，院裏的那些樹的枝葉間，亮晃晃一閃一閃的，好像都是蟬開合著的翅翼。秧寶寶向大門邊挪著腳步，門口幾乎沒有人進出了，保安也進門房裏吃飯了。走進大門，穿過空闊平坦的院子，走上大理石臺階，那一排玻璃門，推開，陸國愼就在裏面了。然而，到底，她們還沒有說話呢！最後，秧寶寶把鞋盒子交給了門口的保安，兩個中間年紀稍大，因而也顯得牢靠一些的那個。她在盒蓋上寫了幾個字：婦產科，陸國愼。那保安問了句：爲什麼不進去？就在三樓。秧寶寶沒有回答，轉過身，快步走開去。蟬鳴一直跟在她的背後，轉眼間，遍地都是蟬鳴。

雞蛋留下來，遮陽帽又回到秧寶寶頭上。她手指頭勾著小包，甩啊甩地走。現在，她無事一身輕了。可她並不忙著回去，反正是趕不上中午飯了。她在一家點心店門口買了一個碩大的肉饅頭，有一個菜碗那麼大，又非常鬆軟。此時，她是在一條新修的長廊裏。木結構，頂上雕著回形鏤花，紅、綠、藍相間的漆色，底下兩排美人靠。沿水，水道也是新修的，水泥河岸，護著一道粉牆。水卻是污髒的，佈了垃圾，又流不暢，淤塞著，發出難聞的氣味。廊下坐著的，多是外鄉人，借了這一條遮蔭，有坐的，還有橫下來躺著的。

秧寶寶慢慢地吃著肉饅頭，微甜的麵香，帶著酵粉的微酸，肉餡摻著大量的薑、蔥、酒，香氣撲鼻。不知不覺地，那麼大的一個吃下肚了。秧寶寶從小包裹抽出一張餐巾紙擦手，順便看看裏面還有多少結餘。嗡嗡的風吹來，雖然是熱風，可吹在汗濕的身上，還是有一些涼意。秧寶寶踩上美人靠的窄座，坐在欄杆上，手撐著，兩隻腳懸著打晃。邊上的外鄉人，坐著和躺著的，都在瞌睡，有一個要飯似的北方男人，乾脆睡在青石板的地上，蜷著身子，懷裏抱一個人造革黑包。在激烈的蟬鳴中，這些沉默的人都好像是靜止的。

有一些柳絲從廊簷上垂下來，本是想造出一種煙花亭台的江南韻致，但周遭的環境是粗礪的，水那樣的渾和臭，垃圾遍地，人，那樣的雜沓，背後大街上的車流則洶湧澎湃，尖嘯陣陣。這一臺風景則是扎眼的新和亮，反露出俗豔。

秧寶寶晃著腿坐著歇午。廊下的人都木著身子，臉上的表情卻多很愁煩，大約是沒有受過江南這樣的溽熱，汗在臉上慢慢地爬著。有一些蒼蠅從河面飛進廊裏，無聲地滑翔，輪番在那些睡臉上停一停。秧寶寶一瞥眼，發現那睡在地上的北方男人正悄悄地睜開一隻眼看她，不由一驚，但定睛看，原來是一片柳葉的反光，正好在他眼瞼上。秧寶寶在心裏嘟一聲：怕你！移開了目光。

正午的大太陽，有一種鎮壓的意思，所有的動靜都偃住了聲息似的，變得沉悶。只有秧寶寶是活潑的，她左看看，右看看，那一條粗辮子就一會兒擺到右，有一會兒擺到左。河那邊的粉牆外，也有一行柳樹，又是仿製出來的古意，底下應該有一些佳人才是。可此時一個沒有，只有嘹亮的蟬鳴從柳樹上壓過來。偶爾，風吹動柳絲，粉牆上就掃過幾縷影子。這時候，牆下駛來了一輛三輪車，車上還眞坐了一個佳人，微微側身坐著，一隻臂肘支在靠背上，托著頭，烏黑的頭髮在頂上挽一個髻。本來是黑色的衣裙，但陽光將車篷上的海藍條紋映在了身上，就變成天鵝絨一般，一道一道滾著光亮。襯著那一麵粉牆，牆下的幾縷柳絲，成了一幅圖畫。秧寶寶的眼睛跟著三輪車走了一時，眼看著三輪車走過去，畫面上只剩下白粉牆的襯底。忽然間，她挺起了身子，她發現，畫中人是好久不見了的黃久香。她從欄杆滑到地上，向長廊外邊跑去，差點兒被地上的睡覺人絆跤。

這時，三輪車已轉過圍牆，駛進一條直街。秧寶寶沓沓地跑過一座小橋，沿了圍牆跑一截，也轉進直街。直街其實是服裝市場的入口，進去後，便是縱橫交錯的舖面街。方才，秧寶寶就是從其中一條夾道裏穿過來，去找人民醫院的。色澤鮮豔，質地輕飄的衣服，高高挑起，連成了彩牆，密不透風，比那河邊悶熱得多。人往哪裏一鑽，就看不見了。秧寶寶站在一叢叢的衣服中間，茫然四顧。正午時分，舖面雖擺著，可也沒什麼生意，老闆都在舖子裏面瞌睆，此時就是衣衫的世界。秧寶寶從一挑衣服底下鑽過去，衣裙上的水鑽飾物叮呤響了一陣。可是，三輪車呢？秧寶寶又從一掛衣服下鑽過去，又是叮呤一陣。忽然，前邊的街口，彎出一輛三輪車，直直地向前駛去。秧寶寶撒開腿追上去，那車上的美人正是黃久香！支著手臂，撐著頭，頭髮留長了，又燙過，挽在頭頂，露出一段後頸，白得耀眼。

秧寶寶在衣服的彩牆中間奔跑著，她喊：黃久香！可車上的美人聽不見，沒有回頭。那車伕將車踏得風快，轉眼騎出了市場街，又是一拐，鑽進一截橫街，不見了。橫街上方拉了一條橫幅，寫著「魚得水大酒店」六個大字，秧寶寶從橫幅底下追了過去。

「魚得水大酒店」的招牌在三十層的頂上，柯橋鎮上任何一個位置都可看見。要是你乘著船從鑒湖過來，老遠可看見那雄偉的樓身和巨大的招牌，到了夜晚，招牌的四周，便滾動起燈光。沒想到，它原來是在這麼個逼仄的地方，周圍簇擁著低矮的舊屋，還有窄細的街巷。它把四下裏都遮暗了。樓底下，大約有十來步的空地，擠著一輛奧迪，幾輛三輪車。奧迪裏面沒人，三輪車上，則坐著打瞌睆的車伕。秧寶寶從車中間穿過去，上了大理石的臺階。臺階正中，是一個轉門，正轉出一個保安，向她喊：小孩子，別處去玩！可秧寶寶已經閃進另一扇格子裏，轉了進去。她看見那保安跟進後一扇格子裏，敲著玻璃還在朝她喊。心裏一急，使勁地推門，不料轉過頭，又轉出來了。秧寶寶才不上當呢！她繼續推門，終於進去了。可是前面卻橫著一排玻璃門，也沒有門把手，不曉得哪一扇進得去。秧寶寶只得依次推，推不開，那保安倒已經轉進去，朝她走來。正在這緊急的時刻，玻璃幕障在秧寶寶面前豁開了。秧寶寶趕緊鑽過去，向一根立柱後面一藏。見那保安也進了門，可並沒有找她，而是逕直往裏走去。秧寶寶鬆下一口氣，從立柱後面出來了。

正午，連這大酒店也是寂靜的。雖然是白天，可因爲大和深，四周又是茶色的玻璃牆，日光就很微弱。頂上開著一盞盞的燈，黑色大理石的地面，反射著幽光。比起外面，這裏面可眞是大，幾乎稱得上遼闊。左手，上兩級臺階，用盆花圈起來一片桌椅，桌椅中間，有一架三角鋼琴，荸薺色的琴身上流連著幾條茶色的日光，是從拉起的窗簾縫隙裏照進來的。右手，是幾圈沙發，倚牆的幾具上也蒙著暗淡的陽光，如同一層細灰。秧寶寶漸漸適應了大堂裏的暗，景物順了光線的強弱，距離的遠近，依次呈現出來。她移動步子，大堂的深處，是服務台，櫃裏有一些切切的笑語聲，聽不眞切，但說明裏面有人。櫃檯上方的牆壁，掛了一排大鐘，秧寶寶驚奇地發現，所有鐘上的時間都不相同。爲了看得更清楚，她又向裏移了幾步。

秧寶寶站在了大堂的中央，頂上亮著無數盞燈，映在大理石的方格裏，一格裏栽一棵光。四周全是光滑、透明、發光的物體，交相輝映著。這眞是另外一個世界啊！這裏的人，也像是另一個世界的，對這個小孩子視而不見。有幾個人在大堂的周邊活動，擦拭灰塵，或者拖地。方才追逐她的保安從大堂中間穿行過來，卻不再留意她。她再往前走幾步，那一排鐘點確實不一樣，時針、分針，各指著不同的方向。秧寶寶雙手捂住嘴笑了起來，心想，這下子可有說頭了。她眼前好像出現了鎮碑下的一幕，人們在聽她說，「魚得水」的人連鐘都調不準，然後一起笑。她笑了一會兒，還不放心，再往前走去，要最後確認一下。這樣，她慢慢地就到了櫃檯跟前。櫃檯後面沒有人，但側邊開了一扇門，投出來一些比較明亮的光，聲音就是從那裏面傳出。這會兒也靜了。這時候，秧寶寶看出問題了，掩著嘴的手放下來，她不敢笑了。每一面鐘底下都標了字，英文和中文。一面鐘底下寫著「倫敦」，另一面底下是「巴黎」，還有「紐約」、「東京」，等等。原來是指那些地方的時間啊！秧寶寶學過些地理，曉得「時差」這一說。到底是「魚得水」哪！幸虧，幸虧再來看一眼。否則，就不是笑人家，倒是笑自己了。

秧寶寶的情緒低落了一些，她翻轉身，靠了櫃檯，站會兒。大堂裏的光線有些像暮色，但不是暮色那樣流動與活躍，而是固定，一成不變。秧寶寶覺得時間已經晚了，應該走回頭路了。她直起身子，向大門走去。地磚上反映著她的倒影，與河面上的也不同，河面上的倒影也是波動的。她聽見空氣中有嗡嗡的聲響，是冷氣機運作的聲音。不知道什麼時候，她一身汗全乾了，身上滑溜溜的。她幾乎忘記這是在盛夏的午後，一天中最炎熱的時間。她向方才進來的自動門走去，她已經知道那是自動門，人走到跟前，便自動開了。這一回，她注意到咖啡座的旁邊，有一條走廊，走廊裏開著玻璃門，門裏有一個人，背對著坐在椅上，像是黃久香。秧寶寶這時方才想起黃久香來。她朝了門裏走去，卻發現那是一面鏡子。現在，鏡子裏的，正是秧寶寶她自己。她讓開身子，打量一下，見那鏡子斜對了對面的一扇敞開的門，她轉身向門裏走去，門裏也是一面鏡子，鑲在照壁樣的一扇牆上，鏡子裏的椅上卻沒有人。

秧寶寶轉過照壁，探進頭，裏面是美容廳，牆上有無數面鏡子，將屋裏的景象折過來折過去。沒有人。秧寶寶定定神，回身要走，卻看見房間最裏的牆角，一張美容床上躺了一個人，頭髮被白布裹起來，臉上塗了厚厚一層白膏，只露出一雙眼睛和一張嘴，看上去有些可怖的。

17

暑假將要結束的時候，媽媽又來過一次。這次來，不曉得是忘了，還是對秧寶寶的現狀比較滿意，沒有提換人家的話。李老師留她午飯，她也肯坐下了。吃過午飯，媽媽擠在秧寶寶的小床上，迫她一同睡了午覺。秧寶寶的身子長了許多，蜷在媽媽的懷裏，有些滑稽的大。她就用勁往小裏縮，貼住媽媽的身子。她又嗅到媽媽身上的氣味，從小嗅大的。在這熟悉的氣味中，睡著了。午覺起來，媽媽借了閃閃的自行車，讓秧寶寶坐在書包架上，去沈漊老屋裏，取一家三口的秋衣。白露眼看就到眼前，天要涼了。

車過老街口上，媽媽進小小影樓找妹囡說話。妹囡看見秧寶寶，神祕地笑笑，將媽媽拉進照相間，留下秧寶寶一個人在店堂裏。今天的影樓很冷清，沒有人來。秧寶寶站在櫃檯後面，雙肘撐在檯面上，托著下巴，端詳玻璃板下的照片。多是鎮上的人，有幾個還叫得出名字，低頭不見抬頭見的。此時，一律呆板著臉，即便笑，也笑得很僵。看畢照片，就抬起眼睛看門外的人。太陽還很辣，行人就也少，過往的幾個人，均匆匆的，蹙著眉，好像很愁苦，其實只爲躲避頂上的日頭。眼睛順了門前的街一逕看過去，可看見半眼石洞橋，橋洞裏藏著一艘烏篷船，看得見船頭立著的一柄油布傘。可是，稍稍一走神，回過來，那船已不見了。這時間，撞進來一個人，臉對臉看見，兩個人都一怔，原來是她班上的男生。一個暑假沒見面，作姿作態的，都不講話了。男生又退了出去。

媽媽終於出來了，臉上帶了些慍色。秧寶寶猜到妹囡講她壞話了，走時就沒理睬她。果然，路上，媽媽就問她：華威廠那女人同你要好得來！秧寶寶裝糊塗：哪個女人？媽媽自然識得破她：不要裝，那個女人來路不清的；端午前後，兩個賊殺了販毛竹老頭，警察四鄉里排查，她立即滑腳；事過之後又回來，陰曆五月十五，杭州的警察追毒品，直追到華舍大酒店，第二日她又滑腳；好好的人，看見警察怕什麼？秧寶寶忽然想起有一日在鎭碑底下，江西人對著黃久香講的白蛇化精的故事，特別強調，端午的雄黃酒不好喝。黃久香回答一句：好笑！她那張月光下的臉出現在眼前，很嬌好的。她也在肚裏嘟一聲：好笑！媽媽接著說：李老師也眞是，到底年紀大了，家裏事情又多，顧不上你，還是要換人家。停了一會兒，媽媽又說：算了，反正沒幾日了，你爸爸正幫你聯繫，到紹興去讀書。秧寶寶犟了一句嘴：我不去紹興！媽媽就罵她：去不去由你說了算？華舍有什麼好，亂是亂得來！

母女倆拌著嘴，就下了新街，進沈漊了。公公卻不在，院裏的雞見來了生人，撲啦啦地亂飛。這些雞都長了身個，毛硬扎了，看人的眼光很凶。媽媽說：公公養的不是雞，是鴿子。打開西廂房的鎖，推進門，一股森涼之氣撲面而來，眼前頓時暗了一暗。濛濛的日光裏，無數細絨翻捲著。夏布帳子靜靜垂著，隱約透出背面的一行櫥櫃。腳下的磚縫裏，長出一些苔蘚類的生物，綠茸茸的。占了半間屋的木板地上，均勻地鋪著細細的灰粒，看上去反顯得極爲清潔。但等媽媽一腳踏上去，嘎啦啦一響，騰起一股煙來。媽媽三腳兩腳蹬上床板，將帳子一把摟起，撩到帳頂。背面倚牆而立的大櫥便露了出來，紫檀木的面上，鑲了無數黃銅的把手、鎖孔、包角。秧寶寶跟著蹬上床去，拉開大大小小的抽屜。霉味、潮氣、樟腦味，抽屜裏什物的各種氣味：松香味、甘草味、布的漿水味、絨線的臭羊毛味，等等，等等，一股腦鑽出來，有一些模糊的印象回到眼前。

抽屜裏有多少寶貝啊！有過去的舊東西，也有新發現。大大小小的絨線團、別針、布頭、鈕釦、瓶蓋子、一根細鐵鏈子——媽媽說是爺爺拴懷錶的。媽媽忘了拿衣服，和秧寶寶一起搜撿這些零物件，翻來覆去看、想、回憶、研究。這些破東西，都是過日子餘下來的雜碎。日子越長久，積得越多，說不上有什麼用處，卻也捨不得扔掉。平時不在意，可這會兒，這母女倆都是離家久了的人，看見它們，感到無比的興趣。媽媽說：人家都叫李老師的囡「上海人」，其實秧寶寶你才是上海人呢！最早的時候，你奶奶在上海開絨線社，隔壁是你爺爺的小百貨鋪，然後才找人做媒結的婚。那麼怎樣會到沈漊裏來的呢？秧寶寶漫不經心地問一句。無論爺爺奶奶也好，上海也好，對她都是遙遠的事情，她感興趣的是一個穿針器，蠶豆大的一個小東西，中間有一道槽，正好倒插進一根針，針眼呢，又正好對了個孔。這個孔是漏斗形的，一頭大，一頭小，將線從大頭穿進去，自然引進針眼了。落魄了呀！媽媽將手裏的抽屜砰地推上，結束了歷史課。

這時，天井裏有人叫媽媽的名字，跟著聲音，人就進屋來了。是隔壁鄰居，曾經與媽媽一同在村辦廠做過的，要好的小姊妹。說有人看見她們娘和囡進老屋了，所以過來看看。媽媽說：正好，來幫我打下手。於是，一個站在床上，一個站在地下，將東牆下一高摞箱子，一個一個搬下來。來人告訴說，公公一早就去柯橋拉木頭了。拉木頭做什麼呢，公公難道要蓋屋？媽媽問。來人說：公公要蓋屋，但不是起陽宅，是造陰穴，做一口壽材。媽媽就說公公腦筋不開化，有錢不吃點用點，偏要去做棺材。兩人一起把箱子上的灰撣一遍，打開來，媽媽在裏面找，來人在一邊接。找到秧寶寶的衣服時，兩人一致說緊了，倒是媽媽的有幾件舊衣服，看上去合秧寶寶的大小。於是又將秧寶寶拉下地，讓她試穿。果然很好，都說秧寶寶塊頭這麼大，像誰？媽媽就說：像她爺爺。

一邊收撿著衣服，一邊說著村裏的大小事故。某人貸款開冷軋廠，廠房造起一半，設備也進了，工也招了，原料也進了，出貨方向也有了，上頭卻來了文件，此類排污嚴重的廠，必要有處理系統，投資比開兩爿廠都不止，結果倒灶了，只得逃到深圳做打工仔。又有某人好吃懶做，輪番到一些走空人家的房子裏來找東西出去銷，這些房子成了他家自己的宅地，想進就進，想出就出，門都是虛掩的。來人說：幸虧你家老屋裏有公公。媽媽說：無須公公出頭，公公的這些雞，就把他眼珠子啄出來。說到這裏，窗臺上撲啦啦地飛上一隻雞，向裏張望著，黑了一片暗影。兩人都笑了。東西收拾完畢，來人就拉母女倆上她家吃茶。媽媽說不去了，當夜還要趕回紹興搭火車。來人說：急什麼？一日離開，夏介民就要變心啊？媽媽先是罵，後是笑，然後就與她兩人跑到院子裏說話，不讓秧寶寶聽見。此時，秧寶寶已搜出一堆寶貝。除穿針器，還有一副九連環、一朵絨線花、一根絨線勾針、一個竹棚箍、一把舊鑰匙——把上有一個圓圈，身子是圓的，帶一周螺旋紋，齒呢，是平的。還有幾枚銅錢，中間帶眼。她將這些，愛惜地裝在一個香煙聽裏，棚箍則套在手上，晃著。安置好了，走到院子裏，媽媽她們卻又轉移到院子外面去了。跟到院子外面，她們則站遠了些，在水杉底下頭抵頭地說話。

　　太陽低了，正照到院牆，將水杉的影，還有媽媽她們的影，都畫在牆上，拉長，收細，又放斜了的。燕子出巢了，一群，上下翻飛。前幾月的小燕子，都長壯了身子，與牠們的爹媽分不出來了。牠們逆著光飛行，變成光裏的黑金點子。前邊的樓房裏，走出幾個人，向漊邊走去。然後，又有幾個人，從老屋背後，走過空場，向漊底走去。漊那邊，好像發生了什麼事情。雖然是午後的寂靜的村莊，這時卻有一股興奮的空氣掀起來了。秧寶寶不由也向那邊走去。有更多的人走過去了。連張墅方向，也有人朝這邊跑。其中，有張柔桑的身影。看見人跑，雞、鴨、鵝，還有一條狗，也跟著跑起來。氣氛變得喧嚷。有人在說：公公回來了！

這個小村子，越來越寂寥，甚至荒落。此時，活潑起來了。太陽到了西邊，將這條東西向的小河照得金燦燦的，就好像早晨日出時候的情景。河邊堆積的垃圾、河裏邊的塑料袋、泡沫塊，總之，一切難看的東西，似乎全在這金光中溶解了，不那麼觸目。陽光還給河面上的污濁貼上了金箔，斑斑駁駁的一河金。河邊的大人、孩子、家禽、狗，因爲一律迎向太陽，臉上都染上了金絲縷。在那太陽光裏，過來了一艘大船，公公就站在船頭。

公公的裝束很奇特，依然是藍布對襟的短衫，齊膝的布褲，但他頭戴一頂白色遮陽帽，帽舌長長地壓在額前，頂上寫了兩個紅字：杭州。赤腳蹬一雙白色旅遊鞋，細瘦的小腿底下，鞋子就顯得格外的大，像兩隻船。公公立在舵前，單手扶舵把，另一手插在腰間，身後是一摞方子。河面上頓時飄起樹脂新鮮的苦香氣。小孩子一疊聲地叫起來：公公！公公！公公很矜持地不回答，眼睛瞪著前方。船徐徐地進了河道，從橋孔底下穿行過來。橋上也站了人，鵝娘從人們的膝間擠出頭頸，看著船從腳下滑出去。木材的兩邊各站一名壯漢，船尾也立了兩名，一個人搖櫓，另一個只是袖手站著。由於受到這樣隆重的歡迎，神色都變得莊重起來。

小孩子跳著腳，狗呢，吠著，幾隻鴨滑下了河，撲騰騰繞著船游水。幾乎全村，還有鄰村的一部分人，圍攏到這裏。秧寶寶看見媽媽同她的小姊妹也擠在人群裏，臉上的表情挺激動。不曉得什麼時候，她和張柔桑站在了一起，而且，手牽著手。她們說著下星期就要開學，聽講要換班主任，新班主任是上海人于老師，插隊落戶到這裏，就再沒有回去，她的小孩卻已經到吉林讀大學了，于老師要把她們這班一直帶到畢業。她們還說起暑假中各個同學的情況。有一個去北京夏令營，是他家大人到杭州討來的名額，帶過去一車晴綸布，做校服用的。又有一個到太平橋玩，碰到拍電影的，讓他跑龍套，穿一身長袍馬褂，清朝的帽子，帽子後頭釘著一條長辮子，進賬五十塊錢及一個盒飯。然後，她們就說到蔣芽兒，提到這名字，兩人都停了一停。

這時候，船已靠在河邊埠頭下了。船上的人不急著上岸，而是歇著，由其中一個在煤球爐上燒開水，喝過茶再卸貨。公公坐在船板上，兩手扶著膝，一動不動，歇息著。人們的注意力暫時離開了船，自顧自地聊天說話。從來沒有過這麼熱鬧，這許多人聚在一起。有從華舍做工下班回來的人，下了自行車也來到這裏，扶著車與人閒話。蔣芽兒，張柔桑停了停說，她們家買房子了，就在如今建材店的對面，「江南樓」旁邊，不是有一幢兩層房子嗎？房主是張柔桑爸爸的朋友，在別處起了新樓，五層，帶電梯，院子裏有假山、亭子、花窗，舊房子就要出手。你不知道嗎？張柔桑最後問了一句。秧寶寶搖搖頭，說她一個暑假沒見蔣芽兒。再說呢，她也補了一句，她並不是一天到晚與蔣芽兒在一起的。兩人說了許多話，疏遠多日，這會兒又接近了，心裏很愉快。

船上的人吃畢茶，太陽也完全到了西邊，金的顏色淺了些，光線較爲柔和了。公公站起來，蹬上埠頭，身後兩個壯漢，「嘿扎」一聲，扛起一根木方。漊邊的人「哄」一聲聚攏過來，又迅速讓開，留出一條路。木料上岸了。

18

船尾上站著的那人，是從管墅鄉請來的木匠。管墅鄉裏有個漊頭，歷來窮得很，公公歌謠裏唱的那個「曹阿狗」，恐怕就是他們祖上——「買得個漊，上種紅菱下種藕。田塍沿裏下毛豆，河磡邊裏種楊柳，楊柳高頭延扁豆，楊柳底下排蔥韭。大兒子又賣紅菱又賣藕，二兒子賣蔥韭，三兒子打藤頭，大媳婦趕市上街走，二媳婦挑水澆菜跑河頭，三媳婦劈柴掃地管灶頭。一家打算九里九，到得年頭還是愁。」愁到頭，就愁出手藝來了。這漊頭人家多是做方木與圓木。方木就是木器，圓木則是箍桶。

方木匠姓鈕，中年，此地人的身型與臉型：精瘦、黑、高眉稜、突顴骨，凹進去的小眼睛，很是明亮。因爲有手藝，難免就驕傲了，不苟言笑。公公自知耳聾，不想惹人生厭，也是話少。帶來的那小工呢，因沒人搭腔，就算是個話多的人，也沒處講了。雖然是那樣沉悶的性子，但是勞動本身卻是歡騰的。鋸齒在木頭裏來回走，鋸末飛濺。搬木頭下力，不自覺喊出一聲「嘿扎」，雞們四處亂躲。那煙囪管裏從早到晚出著煙，砧板上剁著魚和肉，灶上坐一鍋高湯，咕吐著。這個寂寥的小村子，如今數這座老屋最紅火，最熱鬧了。小孩子都擠在門口看稀奇，大人也要伸一伸頭，問一聲：公公，什麼菜式？或者：大木匠，料硬不硬？院內忙碌的人，矜持地都不作答，問的人也沒什麼，反而更羨慕了。看一會兒，才走開去做自己的事。

傍晚，收工了，鈕木匠坐在院中的沙發胚子上——公公特爲從屋內搬出來供他坐的，小工掃著地上的刨花和鋸屑，公公擺著晚飯桌：拼兩張方凳，端上下酒菜，黃酒連瓶溫在鋼精鍋的熱水裏，越是天熱，越要喝熱酒散發，否則併在體內，就要上火作病。然後，三人三面，手裏扶著酒杯，喝起來。

有時候，還要開夜工，從屋裏拉出電線，換上一只一百支光的燈泡，將院子照得通明。這樣，就有了不尋常的空氣，村人們都跑了來，聚在院門口說話、玩耍。人們奉承鈕木匠，說做壽材是積德，添壽數，子孫也得善報，會發跡。再又恭維公公，福氣好，兒子有孝心，替他出錢做棺材。這樣的晚上，喝酒就推遲了，推到消夜的時候。已是十點鐘光景，鄉下人總是早睡的，人都走散了，只剩他們仨。還是三人三面，熱過的黃酒，慢慢地喝。燈關了，因爲月亮已經出來，足夠的亮。別以爲他們晚睡就要晚起，才不呢！一早，又傳出鋸刨聲了。公公呢，走在了去街裏的路上，到茶館去買饅頭。

一天裏邊，很少的一會兒，公公閒著的工夫，便站在院子裏，看木匠做工。公公微駝著背，兩手下垂，青筋暴突的小腿下是那雙白色旅遊鞋，站開了一些距離。這姿態有著一種虔誠。鈕木匠背著身做活，看不見公公，但等公公轉身走開，他便回過身去，將手中一塊板子，對了公公的後背量一量。鈕木匠雖然寡言，其實很調皮。公公曉得有人做手腳，並不動氣，還笑。簡直無法想像公公笑的樣子，可他確實笑了。精瘦的臉上，刀刻一般的皺紋，原以爲是凝固了的，此時則神奇地彎曲了。公公好像爲自己的笑很不好意思，就用腳踢著院裏的雞，讓牠們閃開。這些雞已經與鈕木匠他們熟了，在料堆跳上跳下，在鋸屑裏刨著食。

這一天，老屋裏來了一個生客，一名道士。公公這邊做壽材的事傳開了，傳到這名道士耳裏，就覓了來探虛實。道士大約有六十來歲，身體很健。他穿一件灰綠條子襯衫，滌綸西式長褲，褲腰裏別一個尋呼機。騎了一架自行車，車把上掛著人造革黑拎包。他就好像長了一雙順風耳，一進沈漊，逕直向老屋騎過來。自行車舊得撐腳架都沒了，往院牆一靠，取下車把上的拎包，一手推開虛掩的院門，笑盈盈地跨進去了。

院裏的人各自忙碌著，道士給每人發一支煙，打過照面。他很識理地沒有去坐那張沙發胚子，而是拉張矮板凳坐下了。他嘴碎地問東問西，並不在意沒有人回答他。而這三個寡言的人，其實也喜歡有人聒噪出些聲音，手下的活更起勁了。道士將院中的事物問過一遍，就說起自己的見聞。像他這樣，從十四歲起，先是跟了師傅，然後獨自單幹，走村串鄉做道場，見識自然很廣。鈕木匠破天荒插了一句話：你至今爲多少人送過終？道士伸出手來：扳指頭算好了，十四歲開始，到如今六十一，總共四十七年；每年三百六十五日，平均每兩天一場，你說有多少？鈕木匠不由一笑。凡不常笑的人，一旦笑了，總是很好看，一下子變成了個孩子。那小工就說：牛皮是不是太大？腳頭走得到的這塊地場，兩天就有一人走？道士認眞道：止是腳頭走得到嗎？還有行車走船的呢！石門、烏鎭、南潯，都去到過，不是自吹，我是有一定名氣的。小工還想說話，叫鈕木匠用眼睛喝住了，讓他扶好料，開鋸。

道士坐了一個時辰，起身告辭了。走時，一人發一張名片，上面寫著：「紹興正宗吹打道士」，底下是呼機號。小工趁機又說話了：你一個人如何吹打？還要唸呢！道士就笑了：小弟弟，這你就外行了，有說法講，有理不在聲高；有說法講，內行看門道，外行看熱鬧；不是要人多，家什多，又不是打架；而是要有板眼，有規矩；不是自吹，我一個人自吹，自打，自念，比一個管樂隊還要有氣氛；不相信，什麼時候來參觀！最後一句話，道士的眼睛是看著公公說的。小工說：我曉得你在何處吹打？道士推起自行車說：打我呼機好了！上了車，走了。

經他攪擾一陣，院子裏生出一股興奮的空氣，影響了終日。被饒舌的道士帶的，收工後，兩杯滾熱的黃酒下肚，就扯出些話頭。公公問鈕木匠，手藝從何受傳？答是他爹爹。他爹爹自小跟了一個東陽師傅，粗細木工都來得，最聞名的是做眠床。一架眠床，有三進，第一進門廳，第二進妝漱，第三進才是床。不用一根釘，統是榫頭。四邊穹頂全是雕花，不用螺鈿。圖樣有講究，單是八仙，就分明和暗兩種。明八仙是八仙，暗八仙，是八仙手中的器物。他爹爹曾經雕過全本「三國」。這樣一張床，要一千工。但因木匠不能予人做床，做床要折壽，所以，木匠的床是贈送，床前掛一塊名牌，刻上木匠姓名籍貫做落款，然後收一只紅包。四鄉八里，大戶的人家，多少床頭都吊著他爹爹的名牌！要問何以做眠床要折壽，鈕木匠只說是一代一代傳下來的規矩。公公則解說：予人做子孫床，不是將自己的壽數貼給人家了？鈕木匠想想，說：大約也是。

三人喝去兩斤黃酒，盛了稀飯吃著。稀飯早已燒好，如今漲稠了，溫吞柔軟，入口正好。熱酒發出來的汗一點一點收乾，身上十分爽快。過後，各人從鍋裏舀了溫水沖了身上，分頭睡下。公公照舊睡屋裏，鈕木匠在穿堂架了棕綳床，小工怕熱，直接在院裏睡張竹榻。月亮明晃晃地照著，牆角落有隻蟋蟀「瞿瞿」地叫。照理該入睡了，可精神格外的好，都睜著眼睛。公公忽在屋裏說起話來，聾人多是這樣，喜歡自語。他說道他這一生，從來沒有住過自己的屋，從前是窮，後來雖然有屋了，可那是分了地主的屋，並不是自己的。這些年，家家都在造屋，可是家裏的人只有走，沒有來，四方八面落了戶，他且到了閻王不叫自己去的歲數，造陽宅不如造陰穴了。公公嘎啞的聲音在水一般的月光裏躑躅，漸漸靜下去。又過一會兒，鼾聲就從三處地方起來。又一天過去了。

公公做壽材傳出去了，一早總有人上門，問公公要不要酒肉、糕餅、油條。順便伸頭看看，工做得如何，手藝好不好。一來二去，與鈕木匠熟了，曉得他人不壞，只是面相凶一些，敢同他開玩笑了。說，你們那裏的漊頭，聽說出過狀元呢！鈕木匠回答有，隔牆頭就是。誰人？人們問。鈕木匠笑嘻嘻說：腰裏縛玉帶，腳下跨白馬——箍桶匠嘛！箍桶人不是腰裏繫一條汗巾，胯下坐一條板凳？這才曉得被他繞進去了。說過，笑過，各做各的去了。近晚時，又來了，因是家中燒了特別的東西，殺了隻雞鴨，蒸了條鰻，就送半碗來。給大木匠過老酒，人家說。

這段日子，老屋成了沈溇的中心，公公呢，也有了點明星的意思。走在路上，會有人認出來，說：不就是做棺材的老頭嗎？年輕人是覺著公公背時，人家在造黃金屋，他好，做棺材！上歲數的卻覺著公公有遠見，自己親手打點好去路，定定心心地走，多麼有歸宿！公公沿了溇，走小路去華舍鎮上買菜肴。經過一個裁縫舖，一早起就擁足插金戴銀的姑娘們，一見公公來，便擠在窗口看。身前身後又都是色澤鮮麗的衣料，花團錦簇的。公公戴著白帆布旅遊帽，足登旅遊鞋，從她們譏誚的笑眼裏，一步一步走過去。

公公走進老街的茶館，相熟的茶客照老規矩坐在方桌前吃茶，公公則站著，等蒸籠揭蓋頭，撿了饅頭放進籃，拔腳就走。如今，公公是忙人了，其餘人就有種虛度光陰的愧意。嘈雜的街裏，只有公公是靜的。說也奇怪，熙攘的人堆，在公公面前自然會分出一條道，讓公公走。喧聲到公公這裏，也止住了。他和眾人，就像有一道分水嶺，各行其事，互不相干。迎面來的人，衝公公笑，嘴動著喊他。公公也動動嘴，發出些不相干的聲音，作回答。再繼續走他的路。

日頭裏有了些秋意，這體現在光線略有些薄，風就透了進來。雖然還是熱，可卻輕快多了。尤其走出街市，沿了河邊的土路，看鵝娘在柳蔭裏臥著，稻香撲鼻。遠近廠房的機器轟鳴，擾不著這個聾人的。身後籃子裏滾熱的饅頭，漸漸溫涼下來，也是麵香繞鼻。經過一處無名的漊頭，鋪了極厚的浮萍，灌木叢傾在浮萍上，綠得發暗。暗中有無數光點，斑斑地亮。走在這世外仙境裏邊，你知道公公想什麼呢？公公在算帳。一五一十地盤算，木料錢多少，酒肉錢多少，糕餅錢多少，菜蔬錢多少，再除去木匠的工錢，餘錢有多少。公公心裏一本明細賬，錯不了絲毫。公公可是個精明人啊！

公公走進村莊，過了橋就聽見老屋院裏的鋸刨聲。這一時，他的聽覺可靈了。他欽佩地想：鈕木匠眞是個手藝人！靠一雙手掙吃喝，本分。再接著，他就能嗅出鋸末酸澀的氣味了。燕子在公公前邊後邊翻上翻下地飛。這時節，村子裏可是冷清，只老屋裏那一點動靜。太陽升到與水杉上端平行的地方，將水杉一周全映透了，葉子在光裏翻上翻下，都快翻出響來了。公公走過去，推開院門。這回，公公的聽覺和嗅覺可是錯了。鈕木匠早已收起鋸刨，正給壽材上膩子，院裏滿滿都是桐油的氣味，香！

公公走進穿廊，去灶間燒飯，看見後院，荒到了底。倒伏的豆架瓜棚間，生長出一種帶絨頭的草，齊刷刷的一片透亮。

19

開學的前一天，蔣芽兒從外婆家回來了。一來就站在陽臺下面喊「夏靜穎」。秧寶寶伸出頭去，兩個人一上一下地對視了一陣，有些陌生。雙方多少改了樣子，高、黑，而且瘦。臉型似也變了。秧寶寶的臉長了些，下巴頷尖尖的。蔣芽兒的臉更小了，大約因爲肩膀闊出了些。兩人的眼神都有著一點落寞的表情，好像各自經歷了什麼，無法溝通。停了一會兒，秧寶寶縮回頭，很快，兩人在樓底下，面對面站著了。

停了一時，蔣芽兒說：方才看見李老師了。秧寶寶說：是呀？蔣芽兒又說：李老師說你在家，我就喊你來了。秧寶寶噢了一聲，沒話了。兩人又冷了一會場，到底是蔣芽兒，像動物一樣靈敏善變，她忽然笑了，露出尖細的牙齒，拉住秧寶寶的手：走呀！兩人一拉住手，隔閡便沒了。那些分離的日子，倏忽過去。她們穿過街面，從江南樓旁邊的狹道穿過去，一路咯咯笑著，驚得一些雞和貓都四下亂躥。狹弄另一頭，那幢兩層水泥房的後邊，是一片空地，約有一畝地大。原先是一塊稻田，現在廢了耕，用鐵絲圈了起來。蔣芽兒拉著秧寶寶從鐵絲底下一鑽，進去了。麥茬硌著腳底，還有些蔓生的野草，劃破了她們的腳踝。空地的上空，飛揚著白色塑料袋，在風中鼓蕩。她們在空地中央停下來，喘著氣，笑著，直不起腰來。好幾次，險些兒被地下的麥茬或者草根絆倒，又互相拉扯著不讓倒下。最終，兩人抱成一團，站穩了。

她們互相抱著對方的身子，嗅到了對方的氣味：肥皂的氣味裏夾著太陽和乾草的氣味，就像某一種特別的植物，沒有開出花來，所以不是香，而是苦澀澀的，但卻很清潔。她們抱著站了一會兒，然後各自鬆開一支手臂，另一支手臂互相勾著頸脖。蔣芽兒說：這是我們家的。她抬起那隻空著的手，對著前面的水泥樓房，劃了一周，將空地也劃了進去：我爸爸都買下來了。由於空地上什麼也沒有種，就顯得比實際面積更大，兩個小孩子站在中間，則分外的小。她們站了一會兒，就勾著頭脖往水泥樓房走去。房子的門鎖著，舊房主還沒有將東西遷走。她們蹬著臺階從窗戶往裏看。所有的窗戶都從裏面釘上了木板，顯然是遭過了盜賊，才這麼封死的。房裏很暗。兩人看了一會兒，漸漸適應了，才看得見。裏面只是堆著一些雜物，在家具交錯的腿之間，張著一面大網，一隻巨大的蜘蛛，正辛勤地吐著一根長絲，盪著，盪著，向對面另一隻家具腿上盪過去。盪了幾次也沒搆到，可它卻很耐心，歇了一會，再盪啊盪的。木板後面照射進來的一點光線，穿過家具堆，落在絲上一點，一點。看上去，那絲是斷斷續續，又像是一串極細的珠子，在空中滑來滑去。

兩人頭並頭，並著呼吸，看那大蜘蛛在絲上盪秋千。那大蜘蛛顯然比她們瀟灑，似乎不是搆不著，而是不著急，還盪出了花樣。那細珠子就一會兒彎，一會兒直。最後，終於，大蜘蛛登上了家具腳，大網又拉出一根經線。兩人都吐出一口氣，轉過眼睛互相看看。由於在暗裏看久了，回到陽光下，看出去，兩人的臉都花了，有無數光斑在游動。她們手拉手跳下臺階，讓那大蜘蛛在牠的樂園裏玩耍。

走出空地的路上，蔣芽兒不停地彎下腰，拾地上的易拉罐、汽水瓶、塑料袋。廢棄久了，這塊空地自然就成了垃圾場。秧寶寶也幫她一起拾，拾了放進一個較大的塑料袋裏，很快就裝滿了，一人扯著一角，提出空地。看看，空場上的垃圾並沒減少，便又回進去拾。這樣來回拾了五六袋，才覺著乾淨了些。太陽也到了正午，兩人都熱得不行，汗流滿面，收了手。兩人跑過空場後面的稻田，繞過幾間房子，來到河邊，下到埠頭洗手。河對岸是個鴨棚，聽到有動靜，一迭聲地叫起來，幾乎將棚頂掀翻。蔣芽兒火了，拾了河岸的爛泥，朝鴨棚扔過去，嘴裏喊：怕你！怕你！鴨叫得更烈了，帶動一百米外另一戶鴨棚也騷動起來。終於，鴨主出來了，一個女人橫著竹杆子，朝她們喊著。隔了河，又有風，再加上鴨叫，聽不見她說什麼，只看見竹杆的梢對了她們一揚一揚，女人耳朵上的金墜子一晃一晃。她們便也不怕，對了她喊：碰你鴨子了嗎？你看見嗎？有證據嗎？女人也聽不見她們的話。雙方就這麼無聲地喊了一陣。鴨子大約曉得沒什麼事了，倒安靜下來，女人退了進去，她們也離了河岸。

分手的時候，她們很熱切地道著再見，約好下午碰頭的時間。然後，蔣芽兒一閃身，消失在她家黑洞洞的店舖裏面，秧寶寶三步兩步蹬上樓梯。她這時方才發覺，她度過了一個多麼漫長難捱的暑假啊！那些烈日下的午後，一切都靜止著，白日夢似的。好了，現在蔣芽兒回來了，它們就又活過來。蔣芽兒真是一個精靈啊！她像一隻偃鼠穿行地下一樣，穿行在這個又老又新的小鎮子裏，什麼動靜都逃不出她靈敏的嗅覺。她離去這一段日子，再回來，又有許多新發現。嗅嗅空氣，氣味大不相同。只這一上午時間，秧寶寶已經把張柔桑的友誼忘在了腦後，她們差不多已經重續舊緣，又要變成好朋友了。可是，誰知道蔣芽兒會這時候回來呢？

吃罷午飯，蔣芽兒果然在底下叫了。秧寶寶奔下樓，見蔣芽兒換了裝束。穿一條白色鑲花邊的長裙，直垂腳踝，上身是一件血牙紅的無袖短衫，手中撐一把粉紅碎花的太陽傘。但這些並沒有把她變成一個淑女，反而有些滑稽，就像剪紙畫老鼠娶親中的那個新娘。秧寶寶驚異得很，問她要去哪裏？做什麼？蔣芽兒挽住秧寶寶的手臂，拉她到傘下來。傘下透明的蔭地裏，蔣芽兒的眼睛爍爍發光。她說她爸爸的一個同學，也是老闆，兒子過生日，找些小朋友去玩，她們一起去吧！秧寶寶不承想蔣芽兒出了這麼一齣節目，站住腳，說：我又不認識他兒子，我不去了。蔣芽兒卻不放她，定要她去。秧寶寶還是不依，蔣芽兒也執意不放她。兩人僵持一回，又撕扯一回，最後，蔣芽兒洩氣說：我也不去了！說罷收起了傘。這時秧寶寶才看清，蔣芽兒在臉搽了胭脂，開始還以爲是傘上的花映上去的。秧寶寶心一軟，讓步了。蔣芽兒欣喜地打開傘，地面立刻投上一團花影，兩人擠進花影中，走了。

原來和上回搭船看菩薩戲，走同一條路。從鎮碑底下走過，這時間，鎮碑底下竟坐了一個人，背著身。以爲是黃久香，結果當然不是，回過頭看她們，大約也在想，這大中午的，她們去哪裏？走過塘，塘裏積了水草，只在塘心露出一小塊水面。沒有人，卻遺留了一雙綠色的塑料拖鞋，好像過會兒就會來人似的。然後轉進一條寬巷，那寬巷裏的凹進去的一處院子，院子裏有太湖石、石凳石桌、蓮花瓣立燈，碎花石子拼成圖案的甬道，甬道延向高臺階，臺階上的五層樓房，就是她們要作客的人家。這一回，大狼狗沒有叫，而且，院門開著。她們走進去，上了臺階，底下的兩扇玻璃門也開著。門裏地面上橫七豎八放了一堆鞋，於是，她們也把鞋脫了，赤腳站在大理石上，腳心一陣沁涼。迎面一彎樓梯，也是大理石的，柚木的扶手上，嵌著金線。門廳的左手，是飯廳，長形的大餐桌上，正開著飯，坐了一圈人。她們顯然是到早了，一個燒飯女人引她們到右手的客堂坐著。這一間客堂的四周，放了紅木沙發椅，又深又寬，後背很高。面前的紅木長几中間，嵌了大理石，描著彩色的花鳥。壁上一面掛了字畫，一面掛了錦旗、獎狀，再一面是彩色照片，照片上蔣芽兒爸爸的那個同學，一個矮壯的黑臉男人，笑著與各種人物握手、舉杯、合影。

這兩個人懸空了腳坐在沙發上，聽那邊飯廳裏的喧嚷聲。鐘打了兩下，兩點了，卻沒有散席的跡象，而且，還唱起了歌。電子琴打著節拍，音響震出嗡嗡的顫音，反有些模糊。唱歌的人大多合不上拍點，音也不準，但卻唱得很投入，堅持把一首歌唱到底。所有的人都是唱同一支歌，就是：「九九女兒紅」，唱到副歌的段落，一律上來情緒，反反覆覆，越唱聲越高，聽的人就拍手。在循環往復的「九九女兒紅」裏，鐘又打了三點。進來一個男小孩子，坐在她們對面，其實是認識的，就住在菜市場過來一些的新街口上，家裏開日用百貨小店，到天黑，就在櫃檯上擺出電視機的，那個老闆的小孩。但是在這裏碰到，大家就都做著姿態，很嚴肅地坐著，誰也不說話。

終於，一陣哄笑中，音響嘎然而止。可是，立刻又換上另一支歌曲：「留住你根」。這一回，是合唱，將這一支委婉的歌，唱得頗爲雄壯。只不過還是音不準，節拍又不在一起。唱了三遍，又是一陣嘩啦啦的掌聲，然後，一陣桌椅的碰響，散席了。一個個面紅耳赤的人魚貫走出，並沒有穿鞋出門，而是向裏去，上了樓。樓梯上啪啪一陣腳底板響，直響到他們坐的客堂的天花板上，再接著，便傳下來嘩嘩的洗牌聲，牌局開了。幾個女人進出著飯廳，端出無數杯碗盤碟。又過一會，那個燒飯女人過來了，讓他們再等一時，老闆的兒子在打午覺。好像怕他們吵似的，走時還將門帶上了。

他們三個被關在了房裏，面面相覷。首先是那後來的，動了一動。因是男孩，又小一點，不像她們有耐心，已經坐不住了。他反過身，跪在大沙發上，用膝蓋挪著，欣賞壁上的字畫、照片。她們便也站起來，看牆上的物件。三人繞著客堂看了一周，唸著錦旗獎狀上的字樣。待到要唸字畫上的，就唸不準了。尤其是那小孩，不管認不認得，一逕地唸，這兩個大的就笑。於是他便得意起來，更加胡唸一氣，她們更笑。三個人憋了這半天，實在悶得很，此時就有些放縱，一勁的瘋笑。反正也沒人理會他們。忽然，其中一個從窗裏發現有人進了院子，招呼那兩個一起來看，竟是抄書郎！他依然黑衣黑褲，戴著墨鏡，臉上卻露著微笑，顯得很謙虛。他手裏提了無數大盒小盒，盒上燙了金字，繫了紅綢帶。其中有一個格外大的圓盒，四周是粉紅的玫瑰花樣，頂上是透明的塑料蓋，可看見裏面蛋糕上的奶油裱花。還有一籃鮮花，每一朵都是用彩色玻璃紙包裹著。這些東西，莫說是華舍，就是柯橋、紹興都未必見著。這些寶貝東西擠在他膝邊，腳都邁不開了。他磕磕碰碰走過彩石甬道，上了臺階。然後就聽見他顫顫的叫：有人嗎？等他放下東西，讓燒飯女人送出門外，走過甬道，將要出院門的時候，屋裏這三個約齊了一同喊：抄——書——郎！抄書郎回頭看看，什麼也沒見著，笑笑，走了。窗下伏著的這三個，早已笑得渾身打抖，爬不起來了。

這樣，他們的興趣就在了窗戶外面。爬在沙發椅上，等著還會有什麼奇跡發生。太陽斜過了一半院子，果然又來了人。拉著車，車篷上寫著「柯橋礦泉水」，車停在院門口，然後，一桶一桶往裏送，送了足有二十桶，車子大約也空了，才慢慢地騎著走了。之後，便沒了人來。於是，三個人對這窗外的戲劇也沒了耐心。又呆坐一時，那小孩忽然站起身，推開門，出去了。這兩個跟在後邊，見他飛快地到門廳裏撿了自己的鞋，拎在手裏，向樓梯後面跑去。她們也跟著撿了自己的鞋，跑過去。樓梯後面有一條過道，通灶間。她們隨了那小孩，赤腳跑進灶間，從巨大的燒柴灶前跑過去，直跑出了後門。一股潮濕的水氣撲面而來。

門外是河，河面較寬，專砌了個埠頭，燒飯女人們都在河邊淘洗，與柳蔭下的廚子調笑著，沒有注意這三個孩子跑來。他們沿了河跑去，小孩子一眨眼沒了影，剩下她們兩個。蔣芽兒早不耐煩她的長裙了，脫下來拎在手裏，只穿一條花短褲，太陽傘夾在胳肢窩下。各人手裏都還提著鞋，沿河找好下腳的地方涮洗。爽潔的陽光下，空氣是透徹的，所以，其中的氣味就清晰可辨。青草、泥土、秀穗的稻穀，水氣中含有的家禽糞便和油脂，連小蟲子的分泌物都可嗅見，就是那種在鼻子與口腔之間的部位，有些觸癢的，像吞一口煙似的氣味。

20

暑假過去了，坐回在教室裏，至少有一個上午，大家保持著嚴肅。在那曬得格外黑的皮膚底下，各自藏著一些成長的祕密，使彼此變得生分了。可是，很快地，那些朝夕相處的日子又回來，接著續上了。嬉戲、吵嘴、小心眼兒、背地裏使壞、重歸於好，密密匝匝地刻在讀書的時間表上，這時候，又往下刻著筆畫。這不，到了下半天，他們又擠簇在一起，各樣的事都生出來了。就說夏靜穎、蔣芽兒、張柔桑這三位吧！張柔桑先還以爲老朋友回到了身邊，歡歡喜喜地迎上前去，不料新知己也來了，三人兩面撞個正著，局面頓時尷尬起來。小孩子的要好，是有些像情愛一樣，很講專一，甚至比情愛還嚴格，一點苟且不得。張柔桑目光嚴厲地看著秧寶寶，秧寶寶自知有錯，不由從蔣芽兒身邊站開一點，蔣芽兒卻機敏地逼了過去。三人都不說話，站了一會兒，鈴響了，各自回到位子上。張柔桑直著身子，目光直視，再不看她那負心的朋友一眼。秧寶寶低著頭，只看桌面上的一塊墨水斑跡。蔣芽兒的眼睛卻從這兩人身上移來移去。蔣芽兒的嗅覺又起作用了，她嗅出些危險的徵兆，於是立即作出反應。下課鈴一響，她過去就坐到秧寶寶身邊，手臂彎過去，勾住秧寶寶的頸脖。張柔桑停了停，然後起身離開了教室。一場爭鬥在無聲中分出勝負，結束了。

可是，新的學年，總是有新的氣象。簇新的課本散發著油墨氣，不是好聞，而是新。課程的內容自然與上學年不同，即便是舊課目，也是有了新進度。新老師呢，也許還不如舊老師，可也沾了新的光，誰都想討好。總之，這一些都使得生活有變化，日復一日裏面，突兀出了一點標記，可供劃分階段的。當這開學頭一日結束的時候，小學生背著大書包，歡蹦歡跳地奔過操場，切莫以爲他們沒來由地開心，其實是有來由的。

這一日，蔣芽兒一直待秧寶寶很溫柔，勾著她的脖頸，輕聲與她說話。雖然秧寶寶很沉默，但外人看上去，她們眞是一對相親相愛的知己，不曉得前世修了多少年。秧寶寶的沉默多少影響了蔣芽兒，她便也靜下來，兩人走入老街，沿了河走。過橋時，河面上就留下她們的倒影。此時，農人們到了回家的時間，河裏的船隻有些擁擠。尤其過橋洞，船幫碰撞出沉悶的聲響，是含了水分的老木頭的聲響。老大們左撐右擋地操著槳，一點一點擠過去。河邊那些板壁房子，還有巷子裏頭，高牆厚瓦的院落，住的都是這鎮子的老居民，多少代的世家了。雖然板壁酥了，牆頭頹敗了，瓦呢，也碎了，又覆上了新瓦，可那裏面的煙火氣足呢！就還撐著，有威嚴。那裏面，不曉得有多少戶，是同治年間興隆的絲寓、綢莊、絲行。不是說它「日出萬丈綢」嗎？昔日裏，商船雲集，萬舸爭流的景象，在這橋洞下，船板的相撞裏，留有著一點餘音。太陽低下來了一些，它的亙古不變的光芒覆在瓦頂上，給這鎮子恢復了一點古意。從某個角度看過去，真的不知道何年何月。

兩個孩子在鎮子裏穿行，之間發生的那點微妙的小事端，使她們有些憂傷，連面前的景色都變得傷情。房頂的瓦縫裏，長出白茸茸的草，在風中搖曳。背陰的山牆上，佈著裂紋，像一張大網。河裏的水，稠得起漿，過去的那條烏篷船，吃水深得來，幫都看不見。船上的老大呢，也委實太老，老成一根藤筋。板壁房的穿廊裏，潮氣一股一股漫出來，夾著老鼠屎、餿飯粒、腐菜葉、哈火腿的氣味。小孩子哭精似的，咧著嘴，眼淚縱橫，一張小臉爬得污髒。還有太陽光，是那樣柔軟的金黃色，柔軟得教人鼻酸。

這兩個人走在橋頭，並不惹人注意。這鎮子，有的是這樣情義繾綣的小姊妹，從一丁點兒到長大成人。頭並頭，手挽手，唧唧噥噥。越劇「梁祝」裏面的「十八相送」，大約就是從這裏來的。只是將一雙姊妹換成一對兄弟，不過那一對兄弟其實是讓姊妹來扮的。總之是，纏綿悱惻。

這時候，忽聽河那邊一個尖利的聲音傳來：秧寶寶，乘花轎；蔣芽兒，黃瓜兒！兩人同時一機靈，抬頭看看，河那邊一排板壁房前，只兩個女人自己在說話，並沒有別人。兩人手拉手奔下橋，沿了那一排屋，走過去，一扇門，一扇門地查看。有的門裏沒有人，有的門裏有人，也是大人，做著自己的事。當她們頭伸進人家屋看時，又響了一聲：秧寶寶，乘花轎；蔣芽兒，黃瓜兒！她們刷地拔出頭看去，又是沒人。她們撒腿追過去，只見一扇門裏，是一條幽暗的木廊，通向後院，盡頭有一塊亮，有兩個逃躥的身影，迅速地掩起來。可她們也看清了，其中一個正是班上的一個男生，於是她們大聲喊出他的名字：宋繼綱，小和尚！這樣連喊三遍，沒把宋繼綱喊出來，倒是喊出了一個瘦長的老太，穿一件淺灰底碎白花的衣褲，手裏還拿著一本捲起的書，對她們說：你們喊他什麼都可以，就是不好喊他小和尚，他是我們家的獨苗，怎麼可以做和尚，不是咒我們家嗎？這兩個不是饒人的，又占了理，就說：讓他自己出來說話，他爲什麼自己不出來？老太還是說：你們喊他什麼都可以，就是不要喊他小和尚！有些纏不清的樣子。她們對了她身後罵一聲：縮貨！走開去了。

方才的憂傷這會兒煙消霧散，她們忿忿地，跺著腳下的石板街，想她們並沒有惹著他，他倒來惹她們。她們走出老街，從小小影樓前走過，走上新街，來到菜市口上，壅塞著人，停了一輛卡車，車上是沒長熟的青蘋果。人們都爬上車去挑蘋果，然後爬下來過秤，付錢。賣蘋果的竟是抄書郎，還雇了小工，替他做買賣，他只是抄著手站在旁邊監督，好像已經是大老闆了。菜市場進出往來的大半是外鄉人，都面生，似乎工廠都換了新人，原先那批一個都不見了。路邊小炒攤，方桌上圍坐的也是另一批，行貌都很兩樣。她們從熙攘的人群裏穿過，走上水泥橋，可看見教工樓了。天短了許多，此時已成暗灰，但依舊明亮。她們走到樓底下分了手。再前面，街角處，鎮碑輪廓很細緻，立在收割的稻田前，底下沒有一個人。這就是新一批外鄉人的不同了。他們不在鎮碑下集合，他們多是在菜市場後面，汽車站那個凹地裏。這些幾乎占了鎮上一半人口的外來民，改變著這鎮子的面目。

那麼，晚上的時分，她們又到哪裏去扎堆呢？晚上，雖然談不上溽熱了，但還餘些暑氣，在這夏季的末梢上流連。有幾陣子，挺悶的，雨要下又下不來。貪涼的人們搖著扇子，趿著拖鞋，在街上走來走去，尋找有風的地方。這鎮子就還有些喧嘩。那些沿街的舖子，點著節能燈，還開著張，蚊香、蚊香盤、火柴、速食麵、肥皂，摞起來，直延到街心。這一批打工妹普遍喜歡嗑瓜子，一路走，一路嗑，呸呸地吐著瓜子皮，沒有一個有黃久香那種風度的，但又好像是黃久香的遺風。打工仔呢，似乎都比上一批身量高大，喜歡一手拿支煙，抽著走路，黑暗中，眼光有些陰沉。

說蔣芽兒嗅覺靈呢，她一下就尋到了這鎮子的熱鬧。她們兩人，吃了晚飯，洗了澡，短衫短褲外頭罩件長袖衫，逛啊逛的，逛到了汽車站。空地上停了中巴，大約有四五輛，中巴與中巴之間，亮著一些煙頭。空地邊上，那幾棵柳樹後面，是落袋桌，有清脆的擊球傳過來，更顯得這裏寂靜。蔣芽兒與秧寶寶有些生怯，腳步遲緩下來，這裏的氣氛和鎮碑下面可不相同，有些森嚴似的。腳底下坑凹不平，兩人一腳高，一腳低，漸漸走了進去。在空地的中央，光線略微明亮，四周多少有一些遮蔽物的投下的陰影，月亮還沒完全升起。人們都站著，很少說話，打工妹們互相趴在肩膀上，有幾張臉，在朦朧的光裏顯得很清秀。亦有幾個本地人，在空地上穿行，捕捉著涼風。他們的身影顯見得是悠然自在的，腳步有些外八，背著手，蒲扇在手裏轉動。他們有意從那些外鄉人跟前經過，挨得很近地看他們的臉。這些本地人，悠遊其間，帶來著一點居家的安閒表情，一定程度緩和了這裏的危險氣氛。

那裏，有一叢人忽然蹲下，頭湊頭的，不一會兒，又站了起來。站起來後，便鬆開些，略走幾步，活動活動。好像，方才進行了一樁嚴重的事情，使他們神經緊張。他們猛吸著香煙，煙頭便急驟地明滅，明滅。另一處，也有一叢人，這時蹲了下去，頭湊頭。空地上的人，多了一些，但依然是沉寂的。外鄉的女子，互相伏在肩上，表情漠然。沒有人注意到秧寶寶和蔣芽兒，這些外鄉人，顯然不如前一些那麼風趣，而且簡單，他們好像，彼此懷著敵意。她們所以沒有離去，也是蔣芽兒的嗅覺在起作用，她總能嗅到不尋常的氣息。在這靜默裏面，一定是有著什麼，將要發生。她很機警地向一個本地人打聽時間：老伯伯，幾點鐘了？老伯伯也沒戴錶，但手裏托了一個收音機，裏面傳出嗡嗡的說唱聲，他說：八點出頭了，你們好回家睡覺了。蔣芽兒很乖巧地說，好的，卻並不離開。過一會兒，再遇到老伯伯，他們就成了熟人。老伯伯說：你們怎麼還不回去睡覺？又問她們是誰家的小孩。這一老二小站在一處說話，說了一會兒，蔣芽兒忽踮腳湊到老人耳邊問：他們在做什麼？老伯伯四下看看，並不回答，說要回去睡覺了，身上的汗早已息了。兩個孩子就跟他一起走出空地，迎面又有人向這裏來。月亮升高了，空地完全暴露在月光底下，人的眉眼都是清晰的，看過去，數量顯得很多，幾乎有些擠挨著，本地人卻都不見了。

他們沿了一道緩坡攀上空地的邊緣，走到路上。老伯伯與她們同一個方向，一同走過菜市場，在空曠平整的新街上走了一截，天地開放了許多，風裏含著稻香，她們禁不住一陣輕快，哼起了歌曲。老伯伯手掌裏的收音機，聲音也響亮許多，嘶嘶啦啦的，老伯伯說：馬上要報時了。果然，嘶啦幾下子，嘟，嘟，嘟地報時了。他們一起走過水泥橋，老伯伯要往橋下岔道去，分手時，他問她們：曉得他們在做什麼嗎？蔣芽兒眼睛亮亮地，吐出三個字：拉皮條！老伯伯返身又走上路，繃起臉，盯了她們問道：到底是誰家的小孩子？她們倒退著走了幾步，然後回轉身飛快地跑了。

跑了一大段，再回身望望，老伯伯看不見了，只聽得見他收音機裏的咿呀聲，也越來越弱，漸漸沒了。鎮子的中心地帶已沉入在一些矮房子後面，那裏有著神祕的事情。九點鐘，在這鎮子裏算是很晚的時間了，安居樂業的人都已經躺到床上，看完電視連續劇的一集，準備入眠。經過一個燠熱的暑天，初秋的夜晚特別好睡。可是，華舍還生出著另一種生活，夜生活，正在進行。兩個孩子覺出夜的涼意，瑟縮著，抱著肩膀，快快走到樓底，來不及道再見，一個閃進門洞，一個鑽入半捲的門簾底下，不見了。

21

電影院前面的空地，也是外鄉人喜歡聚集的地方。電影院位於這條東西向街的另一邊，北邊。菜市場、汽車站，則在南邊。電影院是六十年代初造的，四角四方的水泥建築，立在水泥臺階上面，底下是大約兩百平方的水泥地坪。在這個人口密集，水道交錯的江南鎮子上，這一片空地，可算得是遼闊了。這一個建築呢，多少有些突兀，可漸漸地也不了。這種北方化的機關式房屋多了，統是四角四方，闊大的院子。尤其近年來，住宅樓起來了，舊房翻成新房，水泥預製件大量湧入這個磚木結構的小鎮子，原先那種細緻的工筆線條便被灰白的塊面掩蓋了。幾十年裏，不知不覺地，這鎮子改著模樣。所謂的老街，仰仗街下的水道，前後通貫鑒湖和運河，暫且還留著，老街就也留著，可也眞是瓦礫堆了。要從上往下看，已經被那些灰白顏色的水泥塊壘，擠成了一條縫，差不多就要合上的意思。

再說電影院，曾經是很繁榮的。每來一部新電影，那廣場上就都是人。有票的等進場，沒票的買票。門前畫著大幅的電影海報。電影院裏有專門繪海報的，架著梯子，用尺子打上格子，一格一格朝裏畫，逼眞極了。有年紀的人還記得，那畫匠叫老莫，喜歡喝黃酒。後來，有了電視機，電影院就不大有人去了，改成放錄相。但是，那老街後頭的巷子裏，挨門都在放錄相，片子還更多，更開放。錄相廳也沒人去了。電影院基本就算關了門。偶爾的，有鎮民大會，就開啓了做會場。還有時，大約十年裏面有一兩次吧，某個穴頭，帶了歌舞雜技班子，到這裏來走穴，效果也不怎麼。這地方，說偏也不偏，自從柯華公路開好，到柯橋只十來分鐘，什麼沒見過？所以，這電影院就荒了下來，被幾家廠借作倉庫，堆放東西。那畫海報的老莫，也不知什麼時候走了。廣場上幾盞路燈壞了，沒有人修，一入夜，這片空地就黑著。

黑暗裏，聚著外鄉人。這裏的外鄉人，是在臺階上坐著，男的坐一邊，女的坐一邊，並不說話。不像汽車站上那樣騷動和緊張，但是，有一種詭譎。四方的電影院平頂投下整齊的陰影，正好罩住臺階。人臉都是黑的，看不清輪廓。那些閒逛的本地人，仔細去看他們的臉，也看不出什麼。

秧寶寶跟隨蔣芽兒夜間外出的活動，被李老師禁止了。天並不是那麼熱，甚至還有些涼。更重要的是，這個鎮子已不像以往那樣太平。倒不是說它已經發生什麼事情了，而是，氣味。有年紀的人都嗅得出來，氣味不對。不是連秧寶寶她們自己，都覺出了不安？所以，晚上，就不出去了。至多，兩人站在樓下的門洞裏說說話。那一方小門洞，堆了誰家的舊煤爐、竹雞籠、幾摞磚，只有轉身的空，兩人就在這裏嘁嘁噥噥。門洞外面路上，很寂靜，柏油路面反著幽光，幾乎沒有人走過。這樣的靜謐也是令人不安的。不用大人發話，她們自己就止了腳步。鎮碑底下的消涼會，變得渺茫極了。那一方碑，如今兀自立在臺階上頭，下面的人都不曉得去哪裏了。她們手扶著水泥門洞的牆框，朝外張望著。遠遠的，越過稻田、豆架，傳來機器的轟鳴聲。不是鬧，而是更靜。

蔣芽兒嗅嗅空氣，靈敏的小鼻子裏傳入了什麼異常的成分，她預言道：要出事，眞的要出事！由於害怕，還有興奮，她的聲音微微顫抖。她轉向秧寶寶，兩隻小綠豆眼灼灼發光：和我媽媽一起唸經的老婆婆，家裏一隻公雞生了一只蛋！秧寶寶不由也有點害怕，嘴裏卻說：這又算什麼呢？蔣芽兒說：丁字巷有戶人家蓋房子，我爸爸送木料去，正打地基，打下去，躥出來一隻黃鼠狼。秧寶寶說不出話來，看著蔣芽兒的眼睛。蔣芽兒再接著說：「江南樓」的老闆你有多長時間沒看見？跑掉了！對面的「江南樓」果然黑著燈，想想，是有多時沒開張了。蔣芽兒一把拉住秧寶寶的手：你曉得吧，上回我們去看菩薩戲的那個張漊廟，尼姑、女爺爺，中午打瞌睆，作了一個夢，有隻東北虎躥到這裏，你再想想，鎭上的外鄉人，哪裏人最多？東北人！兩個小孩子的手心都出了一層汗。看來，出事情是不可免的了。可是，出什麼事情呢？懷著這個老大的懸念，兩人各回各的家，爬上床去，睡了。

接下來的日子，平安無事的過去了，什麼也沒發生。甚至於，秧寶寶又看見了「江南樓」的老闆。他騎著一輛鈴木摩托車，騎下大路，往北邊去了。「江南樓」卻眞是打烊了，門窗緊閉，室外空調機上的雨篷，翻捲起來，揪成一團，好像一隻鳥巢。這也沒什麼，鎭上有許多生意，停了做，做了停，走馬燈似的。蔣芽兒呢，似乎已經忘了她的預言，再也不提。兩人每天早起，走在初秋爽潔新鮮的陽光下，一同上學去。無論是車站，還是電影院，早晨的時候，都是另一種面貌。一律是嘈雜，而且邋遢。中巴搖搖擺擺駛過空地，攀上道路，尾部噴著氣，汽油味漫了整個路口。電影院這座水泥建築，在日光中更見灰暗，臺階上遺留著瓜子殼、馬夾袋、煙頭、果皮。黑暗所造成的封閉此時打開了，敞著，與這鎮子其他的部分連爲一體，使這鎮子變得大了，平了，並且令人厭倦。然而到了夜晚，詭異的空氣又降臨了，每一樁物體都投下暗影，將空間阻隔成小塊，遮蔽著。這鎮子就像有了階層的劃分似的，呈現出各種不同的區域。要出事的感覺又回來了。

有時候，蔣芽兒拉了秧寶寶，斗膽出了門洞，越過路面，到她家買下的小樓前面去。大輪的滿月底下，空地上像栽了銀子一樣，白花花一片。仔細看去，是扔下的瓶子，易拉罐、塑料袋、泡沫塊。她們就拾了一個大塑料袋，撐開，一個提一邊，彎腰揀著。月光下她們的影子，一起一伏，一起一伏，辮子一會兒垂下，一會兒甩到背後，好像在跳著舞蹈。稻子眞的熟了，有飽滿稠厚的漿汁氣，熱呼呼地撲鼻。北面田野裏，最近的一爿廠，亮著一排燈光格子，機器聲轟鳴。可是，秋蟲清亮的叫聲卻穿透出來，直入耳去。她們揀了有五六袋子，空地略略轉了顏色，變成一種熟地的深褐色，就像剛犁過似的。並且，土地的濕潤的甜腥氣也漂浮起來。

兩人揀了一陣，將塞滿垃圾的塑料袋歸到路邊，拍拍手上的土，要走。蔣芽兒卻又要去看房子。於是，返身再走入空地。腳下的地比方才柔軟有彈性，微微地陷著腳。房子裏的家具搬空了大半，窗上的木板也撬掉幾塊。所以，房裏便灌注了光線。正方形，或者斜邊形的月光裏面，可看見地坪上粗糙的水泥顆粒，牆上面略微細膩的石灰顆粒。靠牆還有幾件什物：床板、藤箱，一堆土黃色舊布，大約是沙發套。均勻的月光裏，反而比在日光下更看得細微。這時候，她們看見房間的正中，隱約有一條虛線，兩人的目光聚到了那裏。這條虛線就像巧手的孩子用樹葉的莖做成的珠子，將細細的葉莖掐一點，拉一拉，掐一點，拉一拉，最後，那一粒粒的莖便穿在了拉出的纖維絲上。現在，這一串細珠子就從房間的中央垂直下來。不過，那珠子是由光亮變成的。並且，好幾次，它脫離了她們的視線，消失了。然後，又出現了。注視良久，她們方才看見，在那珠子的最下端，垂著一個墜子。她們同時認出了，就是那個大蜘蛛。在家具的腿之間，來回穿梭，織出了那一張複雜精密的大網的，就是牠！家具搬走了，牠的網沒了，牠竟又織出了一條線，從房頂上的裸著的電燈泡上織下來。她們都有些激動，看著這隻頑強又辛勞的大蜘蛛。月光在空房間裏移動，不知覺中變換了角度。那珠子有一瞬間，連成了一條光的線，爍然一搖。

蔣芽兒一機靈，臉離開了玻璃窗，側著，小聲說：聽見沒有？秧寶寶也側過臉，聽著。蔣芽兒說：有聲音！不等秧寶寶回過神，她拉了秧寶寶的手，躍下臺階，瘋跑起來。風從耳邊呼呼地過去，空地上的小石頭、碎磚瓦，被四隻腳踢得亂飛。她們終於跑上路，來不及兩頭望望，直奔路對面。蔣芽兒對了懵懂中的秧寶寶，喘吁吁地說聲：要出事！一頭鑽進捲簾門底下。秧寶寶也立即進了門洞，三級並兩級衝上樓梯。

天明之後，一切安然無恙。太陽底下，那股子潮濕與霉爛的垃圾味，暖烘烘地起來了，壅塞在鎮子裏的角角落落。有些熏人，卻也教人感到安全。人們又開始了一天的活動。蔣芽兒依然在樓下喊秧寶寶的名字，約了她一同上學。在秋日的早晨，她們顯得比以往更要輕鬆和愉快。秋天總是給人喜悅。卸去了溽熱的重壓，連那股子氣味都要好一些。任何一種顏色都像是摻了一點乳色，變得柔和，沉著，不再是夏天的那種「暴」。尤其是在這樣水氣重的江南，秋日的乾爽，使空氣變得單純，有利於呼吸。人的臉似都清瘦了一些，其實是神清氣朗。小孩子要比夏季時更好動，走路要快，嘴皮子也要快，一進學校，那操場上滿是躥動的身體，喧聲震耳，像鴨棚。

可這還是在白天，到了晚上，蔣芽兒和秧寶寶變得膽小如鼠。連門洞裏的黑，她們都害怕了，各自躲在家中。雖然寂寞，可是安全啊！她們人在家中，耳朵卻豎著，捕捉著外面的動靜。現在，連秧寶寶都相信，要出事情了。處處都是跡象啊！這一日晚上，其實天方才黑下來不久，可因爲天短，就變得更晚了一些。街上有人趕了一群鴨子，從東往西走，養鴨人的赤腳與鴨子的掌蹼，柔軟地踏在路面上，啪啪地肉響。秧寶寶跳起來，奔到陽臺上，往下看，正看到，蔣芽兒從捲簾門下探出身子。兩人互相看到，咫尺天涯似的，對視一會兒，各自縮了回去。

22

陸國愼回家了，挺著一個大肚子，吃飯的時候，或者做著什麼事情的時候，會突然抬起頭，說：又踢我一腳！有一回，她還讓小毛貼著她肚子聽。閃閃呢，則是戴一副聽診器，在她肚子上按來按去聽著。李老師就站在旁邊說：能聽出什麼呢？什麼也聽不出來！雖然是懷疑的態度，但分明也是有所期待。大家圍著陸國愼的時候，秧寶寶總是站得遠遠的。陸國愼回來之後，她們還沒有照過面，秧寶寶看見她在，便低下頭走了過去。好幾次，已經看見陸國愼朝她看了，她卻扭過臉去裝看不見。現在，又是陸國愼幫她裝米、裝水、裝菜盒。從陸國愼手裏接過飯袋子時，她把頭低得更深了，只看得見陸國愼的一雙腳。這雙腳穿在一雙布鞋裏，腳背卻從鞋口腫脹出來。她心裏不覺有點難過。和陸國愼之間，就是這樣，覺得難過。爲了避免每天早上與陸國愼接觸，秧寶寶開始自己料理早上的事情。她早早起來，自己舀一小瓢米，淘淨，裝進大飯盒、小飯盒裏，揀一些前日留好的菜，再將水瓶灌滿礦泉水。一件件放好，紗布袋扎緊，提著上學去了。這樣，她和陸國愼更用不著照面了。

可是有一天，吃晚飯，這一天，湊巧了，大家都聚在一起上了桌，陸國愼說：在醫院裏，吃過一次雞蛋，全是當年小母雞的頭生蛋，鮮極了，而且滋補極了。閃閃說：你怎麼知道是頭生蛋？舌頭這樣靈。陸國愼一反不與閃閃抬槓的慣例，堅持說：我吃得出來。秧寶寶的臉幾乎全埋進飯碗裏邊，眼淚馬上要流下來了。大家都忙著說話，誰也沒有注意她，關於頭生蛋的話題又很快扯開了。然而，秧寶寶和陸國愼，終於有了不理不睬之後的第一次交流。她們彼此心領神會。

與陸國愼的心領神會並沒有打開局面，反而使秧寶寶更加羞怯地躲著陸國愼。陸國愼並不去勉強她，曉得這個孩子的心，心裏越是和誰親，表面上就越是和這人疏離。晚上，她走過秧寶寶的小床，看見她蜷在薄被子裏的身形，挺想拍拍她的頭，摸摸她的臉。可是，她不想讓這孩子尷尬，就什麼也沒有做，走了過去。

就這樣，局面轉過來了，變得秧寶寶和閃閃說話，和陸國愼不說話。雖然是不說話，可秧寶寶卻時時感覺到陸國愼在場。洗乾淨，疊好了，端端正正放在她枕頭上的衣服上，有陸國愼手上的防護霜的氣味；飯桌上的幾種菜，是陸國愼特有的風格，比如，杠豆也好，茭白也好，茄子也好，南瓜也好，北瓜也好，一律上鍋蒸熟，再澆上醬麻油或者腐乳汁；晚飯以後，新聞聯播時候，家裏人都在，七嘴八舌地說話，其中又多了陸國愼女中音的音質的聲音，李老師和閃閃都是有些火爆的，而陸國愼的聲音進來，就起了中和的作用，變得均衡了；以前不覺得，現在還發現，陸國愼喜歡點衛生香，點一種檀香味的盤香，所以，家中就又有了一種陸國愼的氣味，檀香味。陸國愼雖然不像閃閃那麼活潑有趣，但她卻有著一股滲透性的影響力，在她周圍，佈滿著她的空氣。

秧寶寶在這樣的空氣裏，變得安靜了，她甚至變得稍稍有那麼一點戀家。放了學後，在外面逗留的時間明顯地短了。晚上呢，當然，早已經不出去了，就坐在客堂間的方桌上寫作業。雖然房間裏聚著人，又開著電視，但她心裏是安靜的。在這個人口比較多，作風也比較散漫的家庭裏，剛來的人會覺得有點鬧和亂，其實，內裏，則有著一種特別的安寧。生活和人性都是穩定、知足、平和，時間久了，便會感受到這一點。秧寶寶在家的時間多了，和蔣芽兒在一起的時間就少了，蔣芽兒極力地挽留她：夏靜穎，我們一起去街裏邊看娶親吧，送新娘的奧迪車已經停在街口，小小影樓的攝像師也要去拍片子呢！秧寶寶簡短地回答一句：不想看。返身上了樓梯，臨進門，又回過頭看看，蔣芽兒仰著臉也看著她。心一硬，就進了門。此時，比平時回家的時間至少早了一個小時。星期六和星期天，秧寶寶也待在家裏了，因爲，這兩天，陸國慎不上班，全天在家。蔣芽兒在樓下喊，秧寶寶伸出頭去，亦是簡短的一句回辭：不想去。

但是，蔣芽兒不是張柔桑，張柔桑是淑女，蔣芽兒則是一種動物，憑了本能行動。在樓底喊不下來秧寶寶，她就走上樓去，敲了李老師家的門。開門的人是閃閃，她回頭朝房間裏說：小九妹，同窗好友叫你來了。秧寶寶早從閃閃身後面看見蔣芽兒，心裏一驚。她曉得閃閃她們都不大贊成她和蔣芽兒玩的，果然，閃閃說出這樣帶刺的話，把她比作小九妹祝英台，蔣芽兒自然是梁山伯了。她本來並不想去的，這麼一激，她倒決定去了。可是，就在這時，陸國慎卻走過去，向蔣芽兒招招手，蔣芽兒進來了。

一家人都圍在桌邊，看李老師做魚圓。一條一斤二兩重的花鰱，去頭，去尾，去鰭，剖開，快刀剔去骨頭，然後斜過刀鋒，將魚圓從魚皮上刮下，刮到碗裏，再放進細鹽，用一雙竹筷使勁攪，攪到魚肉起絨，起粘。攪的過程大約需要五十分鐘，要格外的耐心。每個人都參加了這個程式的勞動，一只大碗圍了桌子傳著。一個人攪到手痠，就傳給下一個。這時，蔣芽兒便也擠了進去。爲討在座的人們喜歡，她攪得特別賣力，遲遲不願交班。終於，魚肉被攪得細嫩、光潔、柔軟、富有彈性，李老師宣佈可以停止了。盛來一盆清水，用調羹挖一球魚絨，放進水中，調羹一抽，一個潔白的魚圓漂在了水面上。

魚圓做好了，也到了燒飯的時間，蔣芽兒便起身告辭了。彎腰換鞋的時候，顛倒著視線，找到秧寶寶的眼睛，迅速地睫了睫眼睛，然後走出門去。這一次造訪時間雖然不長，可卻是一個開端，從此，蔣芽兒就經常地敲開李老師家的門，與秧寶寶一起坐在客堂間裏做作業、看電視、玩。李老師家的人，多是對她印象一般，覺得她嘴碎、話多，小小的腦袋裏，不曉得塞了多少亂七八糟的東西，荒誕不經。舉一個例子來說：蔣芽兒給她們講了一個故事，關於新昌的大佛。

說的是在遙遠的東南亞，有一個大老闆，一晚作了一個夢，夢見某處一座廟裏，有一座大石佛，向他祈求，修復它的斷手。大老闆醒過來之後，立志要找到這座大佛，於是開始了他周遊世界的尋找。足找了有三年之久，終於在新昌發現一處寺廟，與夢中情形完全相符。背有奇岩怪石，面臨幽谷，古楓香數株，銀杏一棵，佛亦是石佛，亦是有一支斷臂。大老闆大喜，不想此生有這等佛緣。話分兩頭，一日，新昌大佛寺忽來一遠道香客，要見廟中主持，見面就奉上一包金條，說受人之託，爲大佛修復斷臂。主持問施主姓甚名誰，家居何處仙方，來人概不答覆，只說倘若金條用完，大佛還未修畢，自會有人再送金條來此。果然，大佛修到中途，金條殆盡之時，又有一香客來到，奉上金條。前後共有三回，大佛終於修葺完畢。

再舉一個例子：蔣芽兒給她們講的第二個故事，也是關於大佛。不過，這一回的大佛是在長江三角洲的一個島，崇明島上。也是在遙遠的東南亞，一個大老闆，送了一尊緬玉的大佛給崇明島。高有三米七，玉身中數處隱有紅寶石、藍寶石，入夜，便通體瑩瑩發光。島民們甚爲珍愛，專門修一座玉佛樓，度身定做，歷時長達三年。請佛上樓那一日，天上忽然騰出一條龍形雲帶，從東貫西。在場眾僧俗均目睹，有好事者，特地攝下此奇情景，因此，有照片爲證。

大家點著頭，問：可是，有誰是親眼看見的呢？蔣芽兒說：有，同我媽媽一起唸經的一個老婆婆的在上海的親戚。哦，是這樣啊！人們說，不再與她爭辯，懷疑的神情卻顯而易見，尤其是閃閃，馬上就要笑出來了。在這個受著實證主義教育的科學文明家庭裏，蔣芽兒的故事引起的，就是滑稽的效果。秧寶寶爲她的朋友感到不好意思，想阻止她繼續往下說，可是，誰能夠阻止蔣芽兒呢？她簡直是狂熱地，眼睛放光，臉形都變了，變得更加削瘦，鼻翼翕動著，就像一種鼠類，機敏地生活在地底下的阡陌裏。於是，她又說了第三個故事。

說的是在上海，某戶人家，生有一子，三、四歲時，隨鄰人去廟裏玩耍。小子忽奔到一羅漢面前，親昵抱住，言：這就是我！旁人一看，果然極爲相似。小子又歷數金剛、羅漢，一一說出姓名來歷，顯見得是佛的弟子。現在，有許多老闆，爭著供養小子，還專爲他修了佛堂呢！

人們沒有耐心聽她胡說，各做各自的事情去了，只有陸國愼，還敷衍著她。陸國愼覺著蔣芽兒雖然糊塗，卻也十分有趣。再有一層，因這是秧寶寶的朋友，就更要認眞對待了。當然，她也是秧寶寶的朋友，但她們這一對朋友出了點問題，關係有些窘迫，處在一個困難的時期。現在，有了蔣芽兒在場，她就可以通過蔣芽兒向秧寶寶傳遞些意思。比如說，她送過來兩個柿子，說：蔣芽兒，你吃柿子。那麼，自然是，蔣芽兒一個，秧寶寶一個。比如說，她支使蔣芽兒說：撿撿米裏的石子和蟲。那麼，自然是蔣芽兒和秧寶寶一起撿米裏的石子和蟲。再比如，陸國愼問蔣芽兒學校裏的事情，蔣芽兒一邊說，一邊就要徵求秧寶寶的意見：是不是，夏靜穎？秧寶寶只得說是，或者不是。這樣，她們坐在一起聊天，別人以爲她們三個都是很好的朋友，其實呢，其中有兩個是不說話的。

總之，有蔣芽兒在，秧寶寶和陸國愼多少是自然了一點。這就是陸國愼力排眾議，歡迎蔣芽兒的原因。甚至有一次，她們三人還一起去了陸國慎的娘家。快過中秋了，李老師扎了兩盒月餅、一包梨子，還有蜂皇漿、人參含片，讓閃閃陪著送去陸國慎娘家。陸國慎卻說不要閃閃陪，她有人陪。李老師問是誰，閃閃說：誰？春香和秋香。春香和秋香都是古戲中常有的小丫環的名字，秧寶寶心裏很明白，曉得是指誰。果然，第二天，放學回來，陸國慎就對蔣芽兒說：陪我送一趟東西去。蔣芽兒問秧寶寶：去不去？秧寶寶不說話，蔣芽兒本來想去，就慫恿道：去呀！去呀！陸國慎已經將東西放在她倆跟前，自己提一個小包在前邊走了，兩人來不及商量，只得一人提一件追著下樓去。

陸國慎的身子很沉了，穿一條肥大的男式褲子，上面的襯衣很短地撅著。頭髮長了，在腦後扎一個小刷把，也是撅著。這麼樣不勻稱，可是一點不難看，因爲她神情安詳。她不慌不忙，一步一步走著，所以，雖然身子笨，速度卻也不慢。走到熙攘的橋頭，讓人讓車還相當靈活。倒是蔣芽兒手裏的籃子撞翻了，梨子一個一個從橋上滾下去。兩個孩子追著拾梨，因爲梨大，一次只能拾一個，要想再拾一個，第一個就又滾落了。陸國慎就站在橋頭看著笑，臉紅撲撲的，笑成一朵荷花。

23

陸國慎的家，住在老街裏的丁字巷，是這鎭子的老居民。父親原是鎭上供銷社的一個保管員，在陸國慎很小的時候就病故了，留下寡妻，一兒二女。陸國慎排第二，上有哥哥，下有妹妹，是家中比較頂用的那一個。人還沒有柴灶高，就會登了小板凳燒飯。第一遍鍋開，舀出米湯來，拌在糠裏，給豬吃。那時候，家裏還餵了一頭豬。再下一遍水，等水乾了，便鋪上一層蔬菜，蓋上鍋蓋燜。飯熟了，菜也燜爛了，調上醬麻油，作下飯。如今，李老師家飯桌上這一路的熱拌菜，就是這樣的來源。偶然，父親生前供職過的供銷社，以極便宜的價格，賣給她們兩斤手指頭粗的小魚，陸國慎就要開油鍋了。滑進鍋小半勺油，曝醃過的小魚煎得兩面焦，再放上辣椒絲、醬油醋，大大地翻炒幾下，一碗魚可供全家人做三天的下飯。陸國慎還會做蝦醬。大兩歲的哥哥跟了小夥伴到塘裏去捉蝦，半天下來也能捉一小碗，比縫衣針大不了多少。陸國慎帶了妹妹一起，一隻一隻剪去鬚，洗淨泥，鍋裏放少點油，將蝦炒紅，然後放豆瓣醬、蔥、薑、水，煮！蘸饅頭吃最好。說到饅頭，陸國慎也做過，不用酵粉，到街上茶館去，要來切饅頭留在麵案上的麵渣，裏面不就有酵粉的成分了？和進麵團，揉筋，捂在草窠裏，蓋上家中所有的棉被，半天過後，麵也小發起來。

丁字巷是一條老巷，台門裏邊，院子的青磚地，長滿了綠苔。窗戶上的木格子，本來雕著花，現在多半是朽了，斷了木條。二樓的板壁牆，洇了水跡，一條一條的發了黑。屋頂好像承不住瓦了，低低地傾下來，遮住了二樓的窗楣。要不是院裏的幾棵樹，樹之間扯著的晾衣繩上，五顏六色的衣衫，牆角下一周盆花，有的開，有的謝，花事挺繁忙的樣子，那麼這院子就眞要顯出頹敗了。這裏住的人家多，院裏的結構又很曲折，門裏有門，天外有天。本以爲就這麼個院子，可是，從朝南正屋和東廂房之間的狹道走過去，竟又是一個院落，也有樹，有地磚，有人家。走進底樓門裏，一條走廊過去，又是一處院落，不僅有樹，有盆花，還有一眼井。小孩子玩捉迷藏最好了。還有，說鬼怪故事也最好，要把這些人家遷走，直接就可以演「聊齋」。可有這些人家在，就不同，人氣鼎沸得很。柴火氣、煤煙氣、飯酸氣、魚肉腥氣、小孩子的尿臊氣，都夯進板壁縫，磚瓦縫裏去了。

陸國愼的家，住一側偏院裏的西廂房，上下兩間。樓梯，在迎門的地方，沒有扶手。本來大約是油漆過的，現在已退成白木顏色，中間留下一行凹下的腳印。陸國愼的哥哥在柯橋工作，家安在那邊。妹妹還未出嫁，在鎭上的農行工作，幾乎踩著她們腳後跟進了門。她騎一架鮮紅的山地車，頭髮燙成很細的一曲一曲，直抵腰際。高腰牛仔褲的側邊繡著花，在腳踝這裏開了個岔。裏面一件粉紅短T恤，外面再罩一件白色鏤空的線織衫。要不是親眼看見，她踩著尖細的高跟鞋，蹬，蹬，蹬地上了木梯子，你無論如何不能相信，這樣的老舊的雜院裏，竟住了一位摩登女郎。她的鵝蛋臉型，其實與陸國愼還是像的，可是因爲搽了粉，變得白而且平，就又不像了。

姊妹相見，先是彼此調侃，一個說一個像大肚羅漢，一個說一個是妖精，然後一個就要去摸另一個的肚子。母親這時則插了進來，不讓小的接近大的，生怕小的高跟鞋一別，撞到大的身上，動了胎氣。這兩人又非要挨著不可，撕扯一陣，終於，雙雙在床沿坐定，肩挨著肩。這是一張舊床，有帳屏，張了一頂藍印花布帳，一邊一幅挽起來，底下坐了兩個姑娘。從小在這張大床上拱媽媽的被窩，頭並頭說話，一處長大。現在，一個要做母親了，另一個也在了待嫁年齡。別看那小的是摩登的裝束，內心還是循著一代一代的古訓，從小孩子到大孩子，從小姑娘到大姑娘，一節節地走過來。

這兩個坐在床沿，看著面前的那兩個，此時，她們拘束地坐在方桌一邊，做客人的樣子。妹妹陸國恬早聽說過有秧寶寶這人，便問：誰是那乖寶？陸國慎不響，只是看著秧寶寶笑。秧寶寶怕陸國慎與她說話，紅著臉低下頭，蔣芽兒則回過頭，下巴迅速朝她同學一點，陸國恬明白了。她端詳一陣秧寶寶，說：我替你梳個頭，這樣好的頭髮，多難得。蔣芽兒立即站起來，替秧寶寶解辮子，秧寶寶略掙扎一下，就不敢動了。妹妹起身從床旁邊橫放的一張三屜桌裏，找了一段尼龍彩繩，又拿了幾把各樣的梳子，走過來。這時，蔣芽兒已經將秧寶寶的頭髮打散，讓在了一邊。

陸國恬先用一把寬齒扁身的大梳子，將秧寶寶的頭髮通了一遍。前一日方才洗過的頭髮，散發出香波的檸檬氣味，還有小孩子的那種清甜汗氣。頭髮披在肩上，烏黑的一片，把秧寶寶的臉襯得更小了。她又低著頭，要是閃閃看見，就要說她是「六月雪」裏的竇娥了。陸國慎卻只是笑，笑出了聲。秧寶寶抬起眼睛，飛快地翻了個白眼，嘴動了動，心裏說：怕你！陸國慎更笑，卻收了聲。第二遍是用齒子較密的窄梳子，細細地通，一絡一絡地通。頭髮給通得又黑又亮，而且柔順極了。再一遍，是用滾齒的圓梳，於是，光滑的頭髮又起了一層絨頭，像罩了一面金網。這時候，秧寶寶就不像蒙冤的竇娥了，而是像外國電影裏的公主。通過三遍，陸國恬放下梳子，張開五指，伸進秧寶寶的頭髮裏，鬆鬆地往下耙，禁不住感歎道：要能換給我這頭髮，多少價錢也不計的。感歎過了，就開始做新髮型。陸國恬將秧寶寶的頭髮從正中間挑開，先從後腦頂上理出三絡，一邊各一絡，中間一絡，編一股辮子。再從各邊各理一絡髮，編進去，又成一股。就這麼一邊添進髮絡，一邊往下編。直到所有的頭髮都編進去，頭髮還有兩乍長。就一逕往下編，編到底，再挽上來，從根上繫一截花頭繩。於是，頸後就垂了一個結實漂亮的麻花髻，秧寶寶變成了一個時髦的小媳婦。蔣芽兒激動得顫著聲音說：夏靜穎，你眞是太好看了！出於安慰的性質，陸國恬也給蔣芽兒設計了一個髮型。也是從中間分頭路，卻貼了耳後編成雙辮。爲辮子粗一些，就將花頭繩辟開，編進辮子裏。這樣，蔣芽兒就有了兩條花辮子，也很活潑，就好像秧寶寶的陪嫁丫環。

辮子編好了，陸國慎媽媽的點心也燒好了。是雞蛋面餅，不是用蔥花鹽，而是調進白糖，攤出來就有一層晶亮的糖色，黃澄澄的，上面滋出極細的油珠子。每人泡一大碗「風消」——用柴灶，鍋裏不能有一點油星，稻草燒鍋，糯米粉調成又稀又筋的漿，懸著，只在燒熱的鍋底一沾，立即殼起一層鍋巴，消薄消薄。掰碎後，盛在碗裏，加上白糖，滾水一沖，滋養得很。現如今，柴灶少了，會做風消的人也少了，小一點的孩子，都有沒聽說過的。

小孩子都是饞甜食的，所以就吃得十分滿意。吃完點心，兩人到院子裏轉了轉。東廂房的屋簷下，有兩個老伯在方凳上擺了棋局，她們看了一會，並看不懂，走了開去。偏院外邊的正院，比較熱鬧。有大人在罵小孩子，放了學後不回家，罵半天，只聽屋內掙著辯一句。還有一個四、五歲的小小孩，很危險地拿了一把菜刀，削一個南瓜。在一扇啓開的門裏，兩個與她們差不多大小的女生，很詭密地說著話，手裏飛快地鈎著花邊。她們在門口站了一會兒，等那兩個與她們招呼，可進屋去看她們手裏的花樣。那兩個卻不看她們，只顧自己熱烈地說話，翻飛著鈎針。她們只得很無趣地走開了。人們都在忙著自己的事情，她們在院子當中茫然地站著，卻有一個男生過來讓她們走開，說這是他的地盤，說罷拖過一張矮桌，四邊布下凳子，像是要吃晚飯的樣子，其實呢？他娘剛在淘米。

她們慢慢退回方才的偏院，回進陸國愼的家。房間裏，那母女三人正在看嬰兒的衣服，一件一件。花絨布的小衫，和尙領、斜門襟，不用扣子，怕硌著嬰兒，而是用一條布帶子，圍在腰裏，一繫。花絨布褲，則不用鬆緊帶，布帶子一繫。襪子，是兩個小布袋袋，也用兩條布帶子，一邊一繫。棉衣服，也是和尙領、斜門襟，棉褲的褲腰很寬，屁股這裏特別肥，敞著襠，褲腳倒沒有口，連著兩個小棉布袋，看上去滑稽得很。陸國愼的娘說：看起來，你多是生囡，女兒打扮娘，你倒是比有喜前好看了。陸國愼說：生囡很好，我就喜歡囡，像這樣的！她用下巴朝兩個小的那邊翹翹，秧寶寶往旁邊站了站，表示和自己無關，心裏卻曉得陸國愼其實專說給她聽。

嬰兒的衣服看過了又收起來，藏進櫃子，說等陸國愼生了，娘看女兒的時候帶去。然後將帶來出空的籃子再裝滿，一個籃子裏是一小包方才吃過的「風消」，一封芝麻核桃糕，再一個籃裏則是一條醃青魚。讓秧寶寶和蔣芽兒一人一個提著，送她們出了家門。出門時，陸國愼一手攙住蔣芽兒的手，一手去攙秧寶寶。秧寶寶不能當了人家娘的面前耍性子，就低頭換一隻手提籃子，讓過了陸國愼的手。一路上，她都走在陸國愼和蔣芽兒半步後面，陸國愼並不回頭看她，只顧往前走。三個人前後跟著，走出老街，上了石橋，走到菜市場口上，天已有暮色了。

經過這次出門作客，秧寶寶不能說不和陸國愼好了。人家娘的屋子去了，人家娘的東西也吃了，還讓人家的妹妹梳了頭，可是，她還是不能和陸國愼說話呢！這是爲什麼？因爲，因爲陸國愼還沒有和她說話呢！一旦陸國愼露出與她說話的意思，她又趕緊地避開了，這又是因爲什麼？因爲倘若陸國愼開口說話，她不知道該怎麼回答。事情陷入了僵局，不知道要等待一個什麼樣的契機，才能夠走出來。

回家以後，陸國愼的肚子又大了點，裏面的小孩子也動得更多了，而且時間持續得更長。這時候，陸國愼就停下手裏的事情，望著大家，說：你們看，你們看！大家肅然地看著她衣衫下隆起的肚子，好像眞能看見一個小孩子在裏面打滾。這段時間，似乎大家的夢都特別多，多是關於這個小孩子的。幾乎每天早上，都有一個人，一邊吃早飯，一邊敘述他的夢。有一個夢是說，到市場買了一條大魚，回到家，剖開魚肚子，裏面躺了個花生大的小孩子，還梳著一個抓鬏。有一個夢說到河邊洗衣服，一只鞋掉下去，好多人幫著撈，撈上來一隻鞋大的小孩子。又有一個夢，作的是盆裏一朵海棠花開了，聽起來與小孩子無關，其實是一個重要的隱喻，它表示即將來臨的，將是個女小孩子。後來，隔壁樓裏有個鄰居，過去和李老師同事的退休老師，也跑來說她作了一個夢，看見一隻好看的小黃鳥，飛著，飛著，飛著，一下子飛進李老師家的窗戶。終於，這天晚上，秧寶寶也夢見這個小孩子了，這個小孩子張口就叫她，叫她「寶姊姊」，但不是像閃閃的小毛那樣，帶有諷意的，而是很親熱。然後，秧寶寶就給她梳小辮。她都能覺得出，小孩子柔軟的頭髮，在手心裏癢酥酥的。就是這麼逼眞的一個夢。秧寶寶當然誰也沒說起，她是連「陸國愼」這三個字也不提的。她暗中做了一個決定，決定要替這個乖巧的小孩子準備一件禮物，她要爲她鈎一頂帽子。秧寶寶還沒來得及跟媽媽學編織活呢，蔣芽兒的媽媽也不會教蔣芽兒這些，可是有一個人會，這個人就是張柔桑。

24

先前說過了，張柔桑是淑女。她從小的玩具就是毛線針、繡花針，鈎針、毛線、絲線、花線。到夏至那一日，她們張墅村裏，所有的小孩子胸前掛著的雞蛋，都套著張柔桑編織的彩線網袋，底下垂著一束穗子。有些老婆婆說，張柔桑是天上巧姊的孩子。因爲每年七月七，牛郎織女在鵲橋相會，是必定要懷小孩子的，這些小孩子就散落在凡間各家。恰巧呢，張柔桑耳朵邊有一塊朱砂胎記，手指甲大小的，那些神祕主義的老婆婆就說：像不像，像不像一個織布梭子？就是巧姊留下的，爲了想她孩子的時候，好找得見。

要說，張柔桑長得也有些像仙女。比秧寶寶還要略高出一點，在她們這個年齡，就相當修長了。頭髮不像秧寶寶那樣厚和黑，但更長和柔順，沒有束起來，或者編成辮子，而是散著，直垂到腰際。前邊呢，斜分開來，不留劉海，在髮多一邊的額際上，別一個髮卡。說到這個髮卡，就又要說到張柔桑的才能了。這個髮卡，是最最普通的，五角錢可買一板的黑鐵絲髮卡。但是，張柔桑在髮卡朝外的卡絲上，用一色桃紅和一色翠綠的花線，編織了一道盤龍花。編餘下的花線，並不截斷，而是散著垂下來，一直垂到耳際。張柔桑的臉型，要比秧寶寶圓和扁平一些，因是太多秧寶寶這樣小小的鴨蛋臉，這裏人就認爲張柔桑這樣的臉型是極美的。而且張柔桑膚色比較白，配著溫柔的大眼睛，眞是一個美女啊！張柔桑走過來，女人們都要停住腳步，羨慕地看上一眼。

張柔桑的外表是這樣柔和，性情也是柔和的，但卻並不是沒有主意。她的內心，甚至是很剛的。對於秧寶寶的無情無意，她可以原諒一次，也可以原諒第二次，但第三次，她就不再縱容了。所以，自打開學以後，秧寶寶又一次被蔣芽兒拉了過去，她再沒有向秧寶寶傳送過一點友誼的表示。現在，秧寶寶出於功利的目的，要與張柔桑拉關係，多少是有些卑下了。當然，那是不考慮秧寶寶內心另一種感情的說法。

就這樣，秧寶寶怎麼說都是腆著臉地，去和張柔桑說話。張柔桑不卑不亢，並不給她的舊友難看，卻絕談不上對舊情有什麼顧念。她的向來很溫存的大眼睛裏，此時含有著一股嚴峻的表情，這比不理不睬更加拒人以千里之外。然而，秧寶寶其實也苦得很，一方面自尊心受著打擊，另一方面，也眞正體會到張柔桑被她傷得有多厲害。她卑屈地隨在張柔桑的身後，問這問那，不顧蔣芽兒的打岔，還有拉扯。課間的十分鐘很快就過去了，她只得回到自己位子上，隔了幾排桌椅，遠遠地望一眼張柔桑。有幾次，張柔桑無意間與她的目光相遇，那目光眞是怪可憐的。張柔桑裝作看不見，趕緊避了開去。放學了，秧寶寶緊跟著張柔桑出了教室，爲了跟上她，在桌椅間磕碰了腿腳，也不覺著。下了樓梯，走出校門，秧寶寶追上了張柔桑，可張柔桑的步子卻快了一些，將秧寶寶又拉下一點。秧寶寶小跑著追上，張柔桑再快一點，始終和她保持著五六步的距離。就這麼，一追一趕地，走到向西去的新街上。

秋日的陽光，下午三時許，已經斜下來。但因爲雲層薄，空氣透爽，所以光鋪得開，均勻地明亮著。這一刻，就像早晨十點鐘的時分，只是影子掉了個方向，向東。這兩個小孩子，前一個是粉紅色的格子襯衫，套著蘋果綠色的毛線背心；後一個是紅黑白鑲拼的運動衫外套，翻出淡黃碎花的襯衣領子。底下都是褲腳和膝蓋上貼著花的牛仔褲、白旅遊鞋。背上的書包壓得她們有些佝僂，脖頸一伸一伸地向前走。看那身後拖曳的影子，比她們的人長、重、遲緩、埋著心事。再拉開些距離，就能看見，在這一前一後兩個人的後邊，遠得多，至少有一百米的地方，還有個彩色的小花點。一身大朵大朵的玫瑰紫團花，也拖曳著一條佝僂的憂傷的影子，那就是蔣芽兒。

看著張柔桑的背影，下了新街，走在車轍縱橫的土路上。沿了一堵石灰白的山牆，路窄了起來，只剩下一步寬，接下去就到了一個岔道。張柔桑走上去往張墅的村路，秧寶寶跟著也要往張墅去了，可就在這時，她看見通往沈漊的石橋上，有幾個女人前呼後喚著走過，下了石橋便往老屋的方向去了。秧寶寶不由也跟著上了石橋，這樣，就可以看見老屋了。老屋的門口，圍了一些人。秧寶寶心亂跳著，跑下橋，追上方才那幾個女人，聽見女人們笑道：公公發耿勁了！秧寶寶一氣跑到老屋跟前，繞過圍著的人，就去推院門。院門閉著，上了拴，可能還頂上了東西，一動不動。她扒著門縫喊：公公，開門，是我，夏靜穎！沒有人應。身後的人也幫著喊：秧寶回來了，開門呀！還是沒有人應。人們又笑道：公公發耿勁了！

秧寶寶喘息著，歇下手，回身看看。門口圍著的多是莊裏的女人和孩子，其中有兩個生人，穿著鐵灰色的滌綸西裝，推著自行車。此時將自行車架在地上，自己找了塊石頭坐下來，大約已經等一時了。看起來，他們並不著急，而是笑嘻嘻的，好像感到很有趣。他們從兜裏摸出香煙，互相點了火，慢慢地吸著。其中一個，向眾人解釋說：我們並不是來抬他棺材的，只是與他宣傳火葬。眾人就朝裏喊：公公，他們要與你講講話而已！院門裏寂然無聲。人們就向來人說：公公是聾人，不定聽得見。來人說：你說他聽不見，我們剛開口說，我們是土葬改革辦公室的，他立即將門關閉。眾人就說：那不是聽出來的，是聞味道聞出來的！大家就笑，那兩個幹部也笑。笑過了，側耳聽聽，門裏面還是沒聲音。太陽又西去一些，從門上斜過一塊。人們或坐，或站，都找到了安置的地方，閒扯著，扯一陣，朝裏邊喊一聲：公公，開門！再扯一陣，喊一聲：公公，道士來了！裏面總是無聲。人們就笑。

秧寶寶貼門站著，企圖朝裏看，可門縫緊閉，一絲空隙不留。什麼動靜也沒有，連那些腳腱強勁的雞都沉默著，傳遞出一種警惕的氣息。過一會兒，那兩人吸完一支煙，站起來，拍拍褲子後面的灰，推起自行車，故意大聲地說：不讓進算數，走了，走了，明日再來！說罷又悄悄將自行車原樣架好，屏息等著。大家曉得他們是嚇公公開門，都忍著笑，等著。半天，也沒有動靜。於是，人們又哄聲笑了，兩幹部重新坐下來。有好事的女人自發地上前，咚咚地擂著門，威嚇著：再不開門，要撬了啊！秧寶寶發起火來，奮力將那女人推開，說：撬誰的門？撬你家的門！大家又笑，笑秧寶寶原來很護家的，破屋當寶啊！就在這紛亂之時，院子裏，忽然拔起一聲吼叫，人們不由靜了一靜。這一聲吼叫，嘶啞卻高亢，有點像野獸，只有秧寶寶聽出來，公公在唱歌，唱的是：狀元囝，有個曹阿狗，田種九畝九分九厘九毫九絲九，爹，殺豬吊酒，娘，上綳落繡，買得個淒，上種紅菱下種藕，田塍沿裏下毛豆，河磡邊裏種楊柳……隨著公公唱腔有了板眼，人們才醒過來，輕鬆地笑了。兩幹部互相說：你會不會唱？與老頭對上一段！然後站起來，再一次拍去褲後面的灰，說：要麼去田裏看看，將他的墓處理了。於是，就有人引路，往公公的自留地裏去了。

秧寶寶對了門裏喊：公公，人走了，開門！回答她的是公公激越的歌聲：楊柳高頭延扁豆，楊柳底下排蔥韭，大兒子又賣紅菱又賣藕，二兒子賣蔥韭，三兒子打藤頭，大媳婦趕市上街走，二媳婦挑水澆菜跑河頭，三媳婦劈柴掃地管灶頭……這平直的歌調裏，拚力掙著一股勁，教秧寶寶害怕極了，不由地，她挪動腳步，隨著眾人走去。

人們繞過老屋，從兩座低矮的院牆之間穿過去，再順了一條田埂走一段，來到了公公的自留地。這是一塊旱地，大約有兩分，種了些毛豆。因為人力不濟，毛豆長得不好。稀稀拉拉的豆棵裏邊，石塊砌了一個方坑，半邊的上方，兩爿石板架成一個屋脊。這就是公公為自己造的陰穴。人們指點給兩幹部看，兩幹部戲謔地說：這陰穴也忒簡陋了，魂靈也關不牢的。人們便告訴道：雖然簡陋，可公公卻是用心用意，專程請了石匠來，鑿了石方，放下，接縫，才造好沒幾日，看，鑿痕新得很呢！兩幹部說：要是新造的，就更錯了，縣裏老早立法保護耕地，廢除土葬，滿牆張貼的都是：讓得三分地，留給子孫耕，難道看不見？人們說：公家都造墳山，為何不讓給子孫耕？兩幹部說：那是山地，不是耕地。人們就說：現在你們不是來了嗎？來得及給子孫耕的！大家還都朝後站站，看那兩人怎麼動手。

兩幹部站在石穴旁邊，就有些尷尬，眞要動手拆人家墳，到底是怕傷陰騭。太陽已經低到公路的路面了，有自行車在一道金光裏駛著。這邊呢，光是淡金色的，從貼地的豆棵根裏淌過來，淌過石板。石板上還敷著一層薄薄的石粉，看上去很新鮮。那兩人嘴裏繼續嘀咕著，手抄在懷裏，又站了一時，就有人說：其實這還算不得陰穴，要埋了人才算得呢！又有人插嘴道：難道往自家地裏栽一塊石板也要立法嗎？兩幹部得了提醒一般，放下手來，說：反正不能土葬！就轉過身子往回走了。大家隨在身後，又湧回了村子。秧寶寶遠遠跟著人們，走到路上，回頭看看毛豆地，地裏面的石穴，穴上的石板聚了一些落日的光，又被豆棵擋了些，閃閃爍爍的。可這會兒，天眞是有些暗了。那毛豆地，以及邊上的幾塊菜地，都顯得荒。那一點光，漸漸也流散了，露出灰白的顏色。

人們擁著兩幹部，從田埂上走回巷道。這一次，他們沒有在老屋跟前停留，逕直走了過去。老屋的院門依然閉著，公公已經不唱了，沉寂下來。幹部的自行車叮鈴鈴地上了石橋。人們各回各的家，燕子也回巢了。這個寂寥的村莊，不期而至的一齣戲劇，落幕了。秧寶寶站在老屋跟前，遲疑地用手推了推門，門紋絲不動。她移過身，躲到牆邊一棵水杉後面，眼淚流了下來。她手扶著樹，感覺到樹皮粗糙的溫暖。這是白晝太陽留下的熱，也是樹的體溫，情義綿綿地抓撓著孩子的手心。風吹著，樹葉在很高的上方嘩響。秧寶寶輕聲哭泣著，不為別的，就為了公公，公公可憐，可憐，可憐！別人家的門裏都飄出飯菜的香，唯有老屋，沉寂著，沒一絲動靜。

秧寶寶光顧自己哭著，根本不會想到，在屋前邊的空地，空地邊上一座無人的空屋斷牆後面，也站著一個人。這個人，從頭至尾目睹了方才的一幕，此時也在哭泣。那是張柔桑。她們倆也都不知道，更遠一些，其實也不遠，就在石橋下面，漊底頭，蹲了一個她們的同學，蔣芽兒，也在哭。應該說，剛才的一幕，她看得並不清楚，可是她嗅都嗅得到這個下午的傷心的空氣。大人們都在嘻笑著，可是，孩子們都在傷心。

暮色降臨，將這三個哭泣的小孩子，罩在一種藍灰色的影調裏。她們身上衣衫的諸多色彩，全調進了一種透明的顏料，變淺、變暗，沉暗中，有一層隱藏的明亮，這又使得顏色變輕盈了。在這樣的色澤中，她們變得更小，而且更輕，她們慢慢地移出各自哭泣的窩，飄一般走動起來，悄無聲息。淚痕都巴在臉上，喉嚨口不時還抽噎一下，手足有些麻軟，身子就好像不是自己的。她們散開在帶些潮氣的薄霧裏邊，彼此也看不見，離開了這個村莊。

第二天，上課之前，張柔桑走到秧寶寶座位前，從書包裏掏出一個手絹包，打開，是一團粉紅色的開司米，還有一柄鉤針。她迅速地起了一個頭，手在秧寶寶眼皮底下上下翻飛一陣，立即出現一排辮子花，然後放在桌面上，走開了。只這幾下，秧寶寶已經看懂了，拾起來試著。小心地送進鉤針，繞了線，再抽出來，一股辮子花在針下顯現了。蔣芽兒依在身邊，看著她鉤。三個人都沒說話，靜靜的，然後，上課鈴響了。

25

接下來的日子，秧寶寶就是鉤著這頂小帽子。總是這樣，關鍵的時刻，張柔桑就會過來指點。並不說話，只是拿起來示範性地鉤幾針，再還給徒弟。蔣芽兒呢，偎在秧寶寶旁邊，眼睛隨著鉤針，織出一朵一朵瓣子花，漸漸的，有了帽子的輪廓。在這編織活裏，她們小心裏的一種痛楚，漸漸撫平了，變得十分安靜。每天放學，整理好書包，背上肩，秧寶寶就取出編織活，一邊走，一邊鉤。蔣芽兒勾著她的肩，一手替她拿著線團，看她鉤。兩人走出校門，走上校門前的新街，向東走去。街市熙攘起來，尤其菜市場口上那一段，人車都很擁擠。要放在過去，她們就要興奮起來，東躥西走的。可是現在，她們置若罔聞。難免有人撞著她們，連一聲「對不起」都沒的，她們也不去和人講理，認了。兩人專心在編織活裏，走出了鬧市口，街面寬起來，人群也疏闊許多。她們上了水泥橋，眼看教工樓就在面前了，卻過到路這邊，穿進一條狹弄，走到那兩層水泥樓後面去了。

那是蔣芽兒的新家，他們已經搬過來了。原先的家空著，等人來租賃。她們來到房子後面的空地上，現在，這裏略略打理一遍，門前鋪了大約三十平方的水泥地坪，西北角，毛竹搭了一個棚，堆放木材，四周用竹爿臨時圍了一圈籬笆。她們就在毛竹棚底下，爬到方子上坐著，繼續鉤帽子。這活兒，秧寶寶從來不在李老師家露的。太陽低下來，棚裏反倒有了光，不見得那麼暗。房裏傳出來，蔣芽兒媽媽的唸經聲，有些像哭，又有些像唱，總之，單調。但此時聽來，卻很靜謐。

棚子裏終於暗下來了，蔣芽兒比她還珍愛地，將線團、鉤針，織了一半的活，用手絹包好。手絹還是張柔桑的，散發出張柔桑的氣息，一種很像茉莉花香的氣息。收好活計，兩人依然摟著肩膀坐著，兩個小身體挨在一處，汲取著對方的體溫。也是這種肌膚的親昵，使秧寶寶傾向了蔣芽兒，而張柔桑太矜持了。也不完全是這個，還是有境遇的原因。秧寶寶是在寂寞的境地裏與蔣芽兒做了朋友，她就好像退回到了嬰兒時期，特別需要柔情蜜意。從毛竹的棚簷底下，看得見前邊的河，河對岸的鴨棚忽然喧嘩起來，嘎嘎嘎，鴨鳴一片。原來是放鴨人回來了，趕鴨進巢呢！再過些時，兩人才起身，互相攙扶著，從方子上滑下來，穿過底層的店堂，一個望著另一個越過街面。

蔣芽兒爸爸的生意又做大了些，底層的店堂裏擺了裝潢小五金：門把手、鎖、合頁、絞鏈、浴缸的三通、龍頭，等等。有許多實力不如他的建材商，都到紹興、杭州，甚至上海的建材城去租攤發展了。可蔣芽兒爸爸的膽略比較小，或者說是穩當，他從沈漊做到華舍，已經闖了新世界，再要接著闖，就有些生畏，他想不出華舍外面的世界是什麼樣的。可是，誰說得定呢？由他不由他，他的腳都在往那個世界的門檻挪呢！到時候，一步就邁了過去。人家都在說，蔣老闆是臥虎藏龍！

蔣芽兒家原先的教工樓底層的房屋空下了，已經有人來看過。有一家是要開錫箔紙扎店，又有一家要開小百貨，但總歸顧慮，這裏的地勢，是在鎮子的尾上，怕人不來。雖然有蔣老闆的例子，可那是蔣老闆，誰敢說自己就是第二個蔣老闆？所以，那房子暫時還空著。不久，又有第三家主顧動它的腦筋了，這就是樓上李老師家。

事情是這樣的，開學後不久，閃閃就從小世界幼兒園辭職出來了。她在幼兒園裏闖了一個禍。一日，閃閃帶兒子到柯橋醫院去，讓小毛驗個血查炎症。手指頭上叮一下，等半小時便可看結果。驗血單都是夾在一處，掛在化驗間窗口，病人自己去查。結果，查到一張她們同事，一個保育員的化驗單，單上查的是肝功能，大小三件，件件是陽性，其中肝功能一項，指數大大超標。照閃閃從幼師裏學來的，凡傳染病患者，立即要與小孩子隔離，還要消毒，給接觸者注射胎盤球蛋白。可是，在她的記憶中，這個同事卻一直在上班。她逕直來到院長辦公室，將那化驗單朝桌上一拍，開罪了。那院長，書是讀的少些，可人家原先是做企業的，廠開得好，後來，想爲下一代效力，來開了這個幼兒園，遠近都很聞名，哪裏聽得進閃閃的道理。閃閃腦子不會轉彎，見和院長說不通，就跑到縣裏衛生局、教育局去說。調查信是寄到幼兒園的，如此一來，閃閃不走也得走了。

丟了這麼個高收入的飯碗，閃閃並不心痛，倒例舉出其中種種的不好，證明自己早就想走了，只不過沒有機會。許多老賬翻了出來，比如，家裏交的贊助款多，小孩子就寶貝，睡的床向陽，吃的也好些；比如，每到評比，不是把工作做好，而是劃出賬去請酒；再有，對外宣揚開發娃娃電腦，裝備的一間電腦房卻從不讓小孩子進去，只在外人參觀時才打開。閃閃說，以前我是不想講，想爲他們遮醜，現在不管了。但是，接下來，閃閃卻又不願意到幼兒園做了。原先工作過的鎮政府幼兒園，有意讓閃閃去應聘定合同，閃閃就是不應。看來，這件事還是很傷了閃閃的感情，幼兒園變成一個創口，再不願去觸動它了。

平靜一段時日，閃閃開始考慮今後的去向。應當承認，蔣芽兒家的房子出空，對她是一個啓發。她想，何不也開個店？有一個自己的店，自己作主，何不勝於替人家打工，受人家氣？這鎮子上，差不多人人開店，比自己智才差幾等的，也不至於賺不回吃喝。只要認準路子，勤勉地做，不貪婪，不欺騙，不相信做不出來！閃閃這樣有創造性的人，自然不會流於俗套。什麼百貨、五金、服裝、出租錄相帶，都不在閃閃的視野裏。閃閃要做的是一個藝術性質的店，什麼店呢？一個畫廊。她對這個畫廊的設想是：一半出售字畫，當然，這些字畫主要由她的父親，顧老師創作。不是有許多人來向顧老師求字嗎？提著水果、煙酒。李老師總是讓他們把煙酒提回去，水果呢，百般推辭以後只得留下來。字，多是那些吉祥的，比如「壽」字，顧老師能寫一百種不同字體的「壽」。還有「魁」，顧老師也能有幾十種的寫法。再有，「蘭亭記」，顧老師寫過好幾幅呢！那都是送朋友的，朋友也送他。畫裏，顧老師善畫「百子圖」，那一個個小人兒，憨態可掬，人見人愛。但因為畫時較長，好不容易才畫就一幅，顧老師是送朋友裏的至交的。現在，閃閃打算統統拿來充實畫廊。這是一半，另一半，則是由閃閃來創作了。隔年的美麗的年曆，裁去日曆表，裝上鏡框，就是一幅風景，或者美人，再或者貓狗。閃閃在幼師裏上美術課，成績最好的就是布貼畫，裝上框，誰敢說不是藝術品？閃閃用尼龍綢帶和小鈴鐺可做出盛麗的風鈴。閃閃用畫報紙和回形針，可做出別致的門簾。這些女孩子家的小手藝，用料極簡，用心卻極巧。

閃閃想好了，還不算定，要將它說給全家聽，看大家如何意見。閃閃雖然很獨立，也很驕傲，但是絕不盲目。再說，在開店這個問題上，她究竟需要家人的幫助。這一日吃晚飯，大家到齊了，閃閃就把她的計畫說了出來。大家倒也無異議，一是因為閃閃已經想得挺成熟；二是受挫的閃閃，應該得到安慰和鼓勵；三呢，顧老師也有興趣。一時間，顧老師連店名都想好了，叫作「絲社」。這「絲」字，是從「日出萬丈綢」得來的，又象徵著千針萬線織出來的意思，吳越語裏，「絲」還和「詩」諧音。不過，顧老師的提議並沒有得到相應，人人都覺著過於「雅」了，又喊不響，再有，「社」後頭還要不要接「畫廊」兩個字呢？「社」已經包括進了「畫廊」的意思，要不接的話，字又太少了。李老師說：這店是閃閃做老闆，店名當由她來起，或者就叫「閃閃畫廊」。閃閃則說，這店雖然用她的名義申請執照，但其實是全家的，所以，應該用她和哥哥的名字，就叫「閃亮」。這名字響亮，有「閃亮登場」的意思，大家便通過了。

務虛會開得差不多了，接下來就要進行實際操作。第一要租房子，沒有店面，說什麼都白說。租房子的事，就由李老師負責了。她做過蔣老闆的老師，此地風氣十分尊師，李老師開了口，事情就算大半成。果然，李老師去說，蔣老闆一口答應，還將租金壓了兩成。他說：其實我一直在等你李老師，如今人人開店，爲什麼老師你就不開店！李老師說：閃閃這個店，也估計不出賠還是賺，所以，暫時就不敢買你的店面，要買也買不起，只能先做做看。蔣老闆說：老師你儘管放心做，我總歸是等你的，什麼都優老師的先。於是，這邊全家湊了三個月的租金，給蔣老闆送去，那邊就跑工商所申請執照。陸國慎讓她的妹妹陸國恬去負責這後一件事，陸國恬在銀行裏，與工商所總有一路通。第三方面，就是佈置店堂，自然閃閃全權。

到了這一步，閃閃便是慎而又慎。爲了最快收回投資，她給自己定了兩個字：「早」和「簡」。要盡早開張，勤簡辦事。但這絕不是說閃閃打算馬虎行事，閃閃還是原先的閃閃，什麼事都要做得漂亮。她首先決定暫時不裝修，這就節省了一個大頭。她穿了一身舊衣服，頭巾把頭髮包起來，拿一把長掃帚，將天花板與四壁細細地掃一遍。然後又去翻箱底，翻出幾塊花布，釘在牆上，遮去那些斑跡齷齪。一面牆是藍印花布，上頭就掛顧老師的幾幅條幅。另一面是墨綠色的厚尼龍，配的是幾幅鏡框，鏡框是請木匠做的。其中一幅是外國的森林，林中小溪；一幅是靜物：色澤鮮豔的蘋果、鴨梨、玻璃水瓶；再一幅是頂水罐的西方女郎。因爲畫有些嫌少，閃閃將自己的一些木珠掛件、磁磚畫、珠花髮飾、鑰匙圈，甚至一件寬袖斜襟盤紐的大紅隱花短夾襖，也展平了別在布上。正對了店門的一面牆，則張了一幅龍鳳呈祥的大紅花被面布，上面掛一幅顧老師新畫的「百子圖」，熱鬧極了，紅火極了。

塑料地氈，花去了預算裏的絕大部分，閃閃認爲地是絕不可忽視的。這問題上，她又變得有些奢侈，將兩間店面的地全都鋪滿。等灰白粗糙的水泥地，覆蓋上嶄新的蔥綠色地氈，整個房間都變得明亮與華麗起來。餘下的錢，買幾盞射燈，按在頂角線上，照著畫。正中的一盞燈，再沒錢買燈罩了，閃閃卻怎能讓它裸著呢？幼市畢業那年，大家結伴去海南，買回的一頂鏤空斗笠，翻過來，兜住燈泡，光從鏤花的眼中，篩下來，滿屋都是金稻穀子。陽臺上養的花草，統統搬下來，海棠、梔子、杜鵑、龜背，沿牆放一周。花期已經過了，可葉子都綠著，用抹布擦洗去上面的灰——這事情就交給秧寶寶了。沒有櫃檯，閃閃將自己房裏的寫字臺搬下來，側放著，一面在桌上製作布貼畫和風鈴，一面做生意。

等一切就緒，陸國恬也將營業執照送來了。受託辦事的人很熱心，在營業範圍內寫了工藝品、美術品，還寫了服裝、鞋襪、小百貨、化妝品、辦公用具，一直寫到冷飲、食品，才告結束。這樣，受託人向陸國恬解釋道，假如畫廊做不好，還可以做別的。

此時，鎮上人人都知道李老師家要開店了，也有人跑來打探，就覺著稀奇和好看，卻不甚知道那究竟是個什麼店。有一日，秧寶寶放學從老街口回來，走過小小影樓，門裏衝出妹囡，拉住秧寶寶，神色驚慌地問：李老師的囡要開影樓了嗎？秧寶寶嘲諷地看看她，心裏好笑說：天下除去影樓，你還曉得什麼？掙開手，一言不發地走了。留下妹囡，站在熙攘的街口，滿臉疑慮。

26

顧老師說他有一個老友，特別擅長畫荷花，荷葉間的風都畫得出來。倘若能有他的兩幅荷花，掛在店堂裏，壁上就有了水氣，增色許多。不過，顧老師又說，這老友脾氣孤介得很，也是遭遇所至。老友原本住在上海，在一個機關裏做文員。反右的時候，爲別人抱不平，說了幾句公道話，定爲右傾。要放在別人身上，也就認了，可他偏不。生氣辭了公職，攜家眷回來老家，周家橋。夫婦倆都到前清鎮小學教書，老友又做了校長，直到退休。如今小孩都大了，出去做事了，他們老夫婦還住周家橋老宅裏，過著隱居的生活。說來，已經許多年未見，求不到畫，見一面也好的。於是，下一個星期天，女婿小季，到菜市場約了一條周家橋過來賣菜的船，顧老師帶了秧寶寶，還有小毛，一同搭船去周家橋看望老友了。

一早起，閃閃就開始打扮小毛和秧寶寶。小毛穿成一個外國的少爺：鵝黃色的毛衣，束在吊帶西裝長褲裏，一雙錚亮的皮鞋，頭戴一頂花格貝雷帽。秧寶寶頭髮打散開，發筒捲緊了用電吹風吹，放下來就有了波浪。然後從最底下掏出兩綹頭髮，各編成細細的辮子，翻出來，攏住頭髮，再合成一股，別一個大大的花綢結。穿一條西洋紅格子呢裙、齊膝的白長統襪、紅皮鞋。因怕河上風冷，閃閃拿出自己一件線鈎鏤花衫，讓她罩在外面。閃閃雖然沒有說，可人人看得出來，她是不想教那上海出身的老友以爲他們鄉氣。顧老師也換了乾淨的衣服，擦亮皮鞋，頭上戴一頂米黃窄沿帆布帽。準備的禮物是一罈花雕、四封雲片糕、一方火腿，一具竹製的筆架和筆筒，還有顧老師的一幅字，因曉得老友是清閒淡泊的性情，寫的是一個「竹」字。李老師則叮囑兩個小孩，不可說「翻船」、「倒灶」，諸如此類教老大不高興的話。彼此間亦不可吵嘴鬧氣，教外人看笑話，笑話李老師家裏出來的人沒規矩。小毛呢，要拉著姊姊的手，秧寶呢，也要曉得照應弟弟。這麼叮囑著出門去，一老二小，十分光鮮地上了路。

船是停在老街橋下的埠頭。略等一會兒，老大便到了，擔著出空的竹筐，兩個疊在一起，塞到船篷最裏面。然後，展開一張新席子，鋪在篷下，顧老師坐裏面。外面，依了顧老師的腿，坐兩個小孩，篷只遮到一半頭上，反正小孩子不怕曬。老大自己翻轉身，面對面坐船頭。赤腳往櫓上一踩，手裏的槳一橫，船離了埠頭。

老大看上去就像又一個公公，一個略爲年輕和健壯的公公。樹根樣盤筋錯節的手和腳，褐色的皮膚，眼睛在眉稜底下發光，固執地閉著嘴，小孩子都有些怕他。因此，秧寶寶和小毛都很老實。過橋洞時，和別人家船屏住，那年輕的老大搶了他的先，他罵人的話也與公公一樣：格賊娘養的賤胎！因是星期天，四鄉到華舍來的船比較多，又有兩條賣水的大船，從鑒湖裏過來的，河道裏便擠擠挨挨的，出不去也進不來。有一陣子，滿河裏都是船。老大們喪氣地說：不走了，溫一壺老酒來吃！一邊說氣話，一邊還是左騰右挪，慢慢地活動了。

船上罩了一層水氣，所以，岸上的聲音，便被隔開了，聽起來嗡嗡的。那些低矮的房屋，此時坐在船上看，也需仰視著，屋簷幾乎伸到河面上來了。新洗晾的衣服，叮叮噹噹濺著水珠，濺到船上的客人臉上。後來船出去了，河道便開闊了一些，也不是太開闊，兩邊的岸還是近的，架上的葫蘆老了，黃了，打在一起，聲音是「空空」的。太陽高了，河面上的霧氣一下子全收起。就像從水裏面升上來的，鴨鳴陡地響了，含了一種金屬的鑔鑔聲，嗶啷啷的，遍地皆是。緊接著，遠處的機器聲就蓋了過來，是比較密集和沉悶的轟鳴，還有電夯聲，間在裏面，打著重節拍。一時間，萬物齊鳴。陽光也亮了一成，化作千萬根金針，扎在水面上，爍爍地搖晃。船就從金針的氈子上劃了過去。這般喧嘩中，槳的吱嘎聲，依然耿耿地穿透出來，一節一節地向前去。

河道，寬一時，又窄一時，亦有船開對頭，交錯而過。是機動船，馬達轟響著，船上架著八仙桌，桌上擺了糕點，貼了喜字的大花瓶；桌下是成箱的啤酒、飲料、成盆的魚、肉；穿了新衣的男女老少紛坐在前後。是一家辦事情的。船下的水清了些，幾乎看得見水草，有魚在草叢間遊，伸手一撈，卻是一片塑料袋。只得又放回水中。船身搖了搖，老大正過臉，眉稜底下的眼睛，瞪了瞪對面兩個小孩。小毛就向秧寶寶身邊縮了縮，秧寶寶則對著老大的眼，心裏說：怕你！老大的臉又偏過去了。前邊一個埠頭上，立了一個男子，腳下放了一架車轅，等老大慢慢將船靠過去，就並力提起車轅走下臺階。然後老大立起來，兩人一人一頭，將車轅抬上船，放下，正抵著秧寶寶的腳。那人直起腰，摸出煙來敬老大，老大接過一支，夾在耳後，那人又取出一支夾在老大另一個耳後，回過頭來還要敬顧老師，顧老師搖搖手謝辭了。於是那人便上岸去，船又離了埠頭。

現在，老大的一邊一個耳朵各架了一根香煙，好像耳朵上又長了一對耳朵，就變得不那麼兇惡，而是有些滑稽。可小毛還是怕他，不動一動。秧寶寶可不管他，從船幫俯身下去，將手浸在水裏。被太陽曬暖的水滑絲絲地從指間溜了過去。因爲車轅壓了船，船並不晃動，老大也沒有看他們。所以，小毛也學著去划水了。這樣，就可感覺到船速，其實並不像看上去那麼緩慢。前邊又有一個埠頭立了人，身邊是幾罈老酒，上了船，再接著走。走過一帶寬闊的水面，忽然，耳根「刷」地靜下來，機器轟隆、鴨鳴，全都止了。前邊，兩岸相近處，柳樹幾乎攜起手來，底下是一彎石橋。周家橋到了。

此時，可聽見槳下的水聲了，嘩嘩的，一股一股，船進了岸間。有清脆的剪聲，剪螺螄的尾巴。船靠在一個埠頭，顧老師與老大交割了船錢。正在淘米的女人欠了身子，讓船上人上岸。

近午時分，岸邊木廊下，聚了幾個人，在看盆裏的活魚。顧老師帶了兩個小孩，走進一條巷子。巷子一側拉出一個涼棚，底下擺著肥皂、草紙、火柴、膠鞋一類雜物，店主在棚下捧一大碗麵吃。石板路就好像用墨線構杓過一般，黑是黑，白是白。有女人拎了醬油瓶迎面來，問他們找誰家。顧老師告訴她，女人「哦」了一聲繼續走自己的路。顧老師帶他們從巷口拐過去，進了又一條橫巷。巷口是個裁縫舖，窗戶裏望進去，只見一桌面的布料，上面停了一把戒尺，還有一塊滑粉，裁縫跑出去了。這條橫巷的盡頭有一扇鐵皮門，門口覆了些藤蔓植物，那老友就住在裏面。

老友其實算得上顧老師的老師，要比顧老師年長，卻不讓顧老師叫他老師，說無以爲授，何以爲師？顧老師就在他的名字「仲明」後加一個「公」字，爲「仲明公」，表示敬意，聽起來就像一個古人。事實上呢？老友要是古人，也是個古代的作田人。他是橫寬的身板，臉型也是橫寬的。吊梢眼，平顴骨，短鼻梁，與本地人的臉不太一樣。關於這個問題，老友是作過一番研究的。他查證道，歷史上此地曾經有過北人遷徙過來。應該是元代，忽必烈打天下，蒙古人進了中原。《南村輟耕錄》裏，曾經記載過這樣一件事情。延佑年間，蒙古大官來到浙江巡察，此地的蒙古移民，訴苦說水土不服，要求安排去別處居住。因爲這些移民全是叛黨，所以蒙古大官便不客氣地拒絕了。老友自稱就是這幫人的後代，並且說，凡是能從遷徙中傳下來的血脈，必是非常強壯。果然，老友他特別健碩，皮膚發出桐油的光澤，花白頭髮推得極短，顯露出巨大的頭顱，捲起來的白襯衣袖口裏，伸出的小臂，肌腱結實有力。要不是耳聾，眞看不出他是七十多歲的老者。也因爲耳聾，他說話就很響，那嘹亮的喉嚨，就又忒不像老人了。

就這樣，顧老師和老友吊了喉嚨敘舊，隔院聽了會以爲在吵架。秧寶寶和小毛坐在一邊吃花生，喝炒米白糖茶。老友的老太在灶間炒菜。

老友家的這個院落是從大院裏隔出來的一個小偏院，另外開了門，裏面的格局就有些繞。門朝西，進去，走過一個極窄的過道，朝北拐，拐進一個低矮的門洞，頂上是誰家的屋，聽得見咚咚的腳步響。要是有興趣，踩一個凳子，仰起臉，瞇眼從頂上的木板縫裏看，能看見那走路人穿的什麼鞋襪。走出去，再朝西過一個門，便見有一個小小的，三步深，五步寬的院子。院子後面，是兩間東廂房。這就是老友家的院子了。院子雖然小，花草卻很茂盛，種的最多是藤蔓植物，爬得滿壁滿牆，中間偶有一些花朵，粉紅的薔薇、粉紫的紫藤。院中央，有一個大石鼎，內外都布了綠苔，裏面養了金魚。秧寶寶和小毛，吃喝完了，就過來看金魚。小毛一直貼著秧寶寶，秧寶寶也由他去，好像到了這個陌生的地方，顧老師又不管他們，就剩了這兩個親人，要相依爲命了。看一會金魚，老友的老太倒過來找他們，端了半淘籮毛豆，請他們同她一起剝毛豆，一邊給他們講了兩個故事。

第一個故事，講的是紹興人到上海，看見外國人欺負黃包車夫，飛起一腳，正踢在外國人心口窩，當場吐血，躺倒。這時候，紅頭阿三，就是印度巡捕趕到，將紹興人捉進巡捕房。巧得很，當班理事的正是一位紹興師爺，一對口音，兩人對上了，立即起了同情心，決意要放他，就問道：你可曉得三十六？紹興人一聽，就明白了，不是「三十六計，走爲上計」嗎？連忙回答：三十六我曉得的。紹興師爺一拍桌子：把三十六替我喊來！立在旁邊的巡捕，以爲紹興師爺是讓他去找同案犯，就讓他走了。事後，師爺反倒有理了，問那紅頭阿三：人呢？怎麼不回來了？去尋啊！這是第一個故事。第二個故事，也是講紹興人到上海，不過，這次到上海的，是一個師爺。

紹興師爺想到上海去玩玩，開開眼界，這天就去了。身穿土布長衫，腳穿布鞋，頭戴秋帽，在馬路上逛來逛去，看見了許多新奇東西，不知不覺就到了中午。來不及回親戚家吃中飯，就走進一爿兩層樓的麵館，上了二樓，挑了個雅座。一位堂倌過來問他吃什麼，他說吃碗陽春麵。堂倌本來就看他土氣，又聽他是吃陽春麵，立即趕他下去。原來有一張公告，上面寫明，吃大肉麵，樓上雅座請，吃陽春麵，樓下請。紹興師爺再看一遍，發覺公告上並沒寫吃小肉麵應坐何處，因此，他就搬條板凳，橫在樓梯中間坐下，聲稱來吃小肉麵，把顧客全堵在樓梯兩端。不讓他堵，他就講他的道理，結果扭進了衙門。審判官也以爲他的道理對，把老闆判打四十大板。從此，上海人再不敢小看紹興人了。這是第二個故事。待要講第三個故事時，老友在那邊叫道：老太婆，上酒來！

27

老友喝了半斤黃酒，便起身離桌，到另一張臨窗的案上，鋪開了紙。顧老師曉得老友是要作畫了，也跑過去，替他研墨。小孩子本來吃飯就沒耐心，這時候就跟著過去，立在一邊看。此時，老友的臉膛紅通通的，眼睛潮亮。他從筆架上挑了一支粗筆，硯臺上一滾，將顧老師磨出來的那點墨汁全吸進去了。先停著，那墨因爲濃，並不往下滴，只是將筆毫漲得發鼓。忽然，迅雷不及掩耳地，一送筆，紙上一團濃黑欲滴的墨跡。幾乎能感覺出，老友他慢慢地運了氣，呼吸變得平緩均勻。他側著筆，用按扁的筆鋒，細細地描出一線。眞是想不到啊！一雙作田人的粗手，畫出這樣細緻流麗的墨線。一朵荷花，出水而來。老友在畫底下簽上落款，年月日，又蓋上一個鮮紅的印章。顧老師輕輕地揭起來，放到一邊，這邊又鋪開一張。這一回是滿塘的荷花，角角落落都鋪滿了，千株萬株的氣象。顧老師在旁說了一句：此是盛秋之時啊！老友就說：你是懂我的。接下來的一幅，則是殘荷了。可殘相也很好，疏朗的葉梗，錯落地搭著，其間透著光。再下來，就是一池的蓮蓬了。

老友說：這幾幅算我送給令嬡，開張誌喜，下一回畫了，再與她拆賬。老友看看秧寶寶和小毛，又說：這兩個小人兒很乖，我一人送一隻秋蟲。說罷，動手裁下兩頁尺方，換一支小筆，平了筆鋒，在紙上扁了幾回，就出來一隻青蛙，蹲在一張荷葉上。再一張，淡淡劃了幾道，尖起筆，飛快地寫了一個字，寫畢，卻不是字，是一隻蟋蟀，在草叢裏聽動靜。將畫好的畫鋪開在床上、案上，眾人回到桌上繼續吃飯。酒再溫起，菜再熱上，吃了一時，忽有人來，問是不是有從華舍來的客人？因有一條船三時多往那裏去，要不要搭乘。本來打算乘三輪車回去的，但畢竟土路不太方便走，有船自然好，趕緊答應下了。一看，時間已是下午二時半，就加快吃喝。老友正在興頭上，新得的幾張碑拓還未給顧老師看，就留他們住一宿。顧老師說：我倒不要緊，兩個孩子第二日一個上學，一個上幼兒園，今日必得回去。老友說：那樣，你留下，小人兒回去，就這麼定了！一想也無甚不可，於是，就催小孩子快吃。這邊，老友取來一截毛竹筒，中間的竹節已經鑿通，將畫捲起，裝進，兩頭用蠟紙蒙上，扎上細繩。老太裝了一小籃鮮菱角，再有一聽上海奶粉，又讓每個孩子手裏握一把蓮蓬，一起送他們出了門。

船已經停在埠頭下了，老大還在茶館喝茶。讓兩個小孩上船，坐好，東西安置妥了，三個大人就在岸邊說話。柳絲拖下來，直垂到水裏，婆婆娑娑的，全是影。等了一時，過來個人，穿尋常衣服，但頭髮茬子裏有幾排香眼，才曉得是個和尚。他笑嘻嘻地走近埠頭，請各位「施主」讓讓，便下石階上了船。原來這船專是送和尚，去華舍邊上的王家漊做佛事。王家漊的村民們集資造了一座廟，明日開廟門，燒頭炷香。和尚說：遠來的和尚好燒香！自己先笑了。話說著，老大走了過來。換了一個，年輕一些，也面善一些。從顧老師手裏收了船錢，下來坐到船頭，不太恭敬地用槳戳戳和尚的背脊，讓他側過身坐，不要背著他，難道不喜歡看他？於是，老大面朝船尾坐，和尚在老大腳跟前側了身子坐，再後邊是兩個小孩並排坐船篷裏。槳一抵岸，漂走了。

這位老大很愛說話，問那和尚何方人士？在哪裏出家？師傅是誰？和尚歎息一聲：這就說來話長了！然後，和尚就說了第一個故事：

和尚從小沒有父母，就不知究竟是何籍貫，只記得是比此地更南邊，更溽熱的地方，有蒲扇形狀，卻要大得多的葉子的樹，還有山。小時的事他都記不清了，懵懂中，他是走在路上，大太陽頭裏，匆匆地趕路。卻不記得要趕去哪裏，又趕去做什麼。懵懂中，他像是病了，發很高的高熱，並且臉上起了無數的水泡。然後——記憶逐漸清晰起來——他昏昏沉沉躺在泥地上，讓泥地冰著滾燙的身子，聽見有人說：這孩子得的是天花，要死了！他也以爲自己要死了，飄飄忽忽地，覺得眼前亮得很，就像住在光裏面。這時，走來一個老和尚——

說到這裏，老大插嘴道：你已經快死了，怎麼還認得出人？和尚說：我要講的是一樁奇事。老大不響了，和尚再繼續說下去：

走來一個老和尚，看看他，將人橫抱起，抱進一座廟裏，放在一張柴床上。然後，老和尚從一個罈子底下，摸到一隻蟾蜍，翻轉過來，碎瓦爿的刃一劃，肚子立時剖開，肚腸、血漿，咕嘟嘟朝外翻。老和尚雙手托起來，合撲在他臉上，你看——和尚抬起臉，朝老大跟前送了送——人活下來了，臉上一點疤都沒有。

老大這回服氣了，欽佩地說：人確是有仙凡之分。和尚說：這就是我的師傅，沒有法號，住的是無名的廟，拜的是無頭菩薩，唸的無字經。兩人都沉靜著，看船下水的粼光。岸上的機器轟鳴聲不曉得什麼時候起來了，聽久了就不覺得有聲音。

靜一會兒，老大再問，他師傅又是何方人士，哪裏出家，師傅的師傅是誰？和尚笑了，說老大問得好，讓他想起了師傅與他說的一個故事，於是，和尚說了第二個故事：

很遠的時候，有一個江西覓寶人，漫山遍野搜找寶物。據說，他們江西覓寶人，都是各有各的寶脈，寶脈是老祖宗密傳下來，傳男不傳女。在傳的過程中，發生偏差也是常有的事。這個覓寶人就不曉得是否有了偏差，他跟的這條脈，特別促狹，有時鑽山，有時涉水，再有時，轉來轉去又回到原地，搞得他暈頭轉向。寶呢？並無看見。有時候，明明覺得地貌有些應徵，挖下去，卻只挖出些土和石頭。這麼尋著，離家鄉越來越遠。盤纏用完了，身上衣也爛了，腳下鞋也破了，看上去，不像個覓寶人，倒像個乞丐。比乞丐還要糟的是，這條寶脈引他越走越荒，老早離了人煙，討飯都無處討。他只得挖嫩筍、野菜、地老鼠果腹——

老大又插嘴：那麼祖訓裏有沒有說，究竟是個什麼寶呢？和尚笑道：老大不要急，你聽我往下說。於是，繼續往下說——

有一天，覓寶人從一個老鼠洞裏挖出一把麥種，心想，種種看吧！就闢清一塊地，挖了洞，將麥種埋下去。既然種了麥，人就不好走開了，只得劈幾棵雜樹，搭一個棚，棚小得來，只夠他一個人盤腿坐裏面。就這樣，他等著麥種出土、抽葉、拔節、揚花、結穗。一季麥熟了，他已經忘了他要去哪裏，又去做什麼，他又種下第二季麥。就這樣，他一季一季地種了下去。有一天，來了一個人，竟叫出他的名字，原來也是一個同行，從這裏覓寶覓過去。他方才想起，他原來是個覓寶人，現在呢，他還是，寶已經覓到了，就是跟前的麥田。

這回，老大不那麼滿意了，他疑惑道：那他豈不是白白的嗎？江西難道沒有麥子，何苦吃那麼多苦，跑那麼多路來找麥子。和尚寬容地一笑：這麥子與那麥子可不同了。老大略略領會到其中有著什麼玄機，不再響了。這時，華舍也到了。船穿過橋洞，讓開船隻，停在老街底下的埠頭，讓兩個小孩上了岸，船再要走一截。

秧寶寶看看小毛，再看看腳底下一攤東西，並沒有發愁。她在心裏將東西歸了歸，便行動起來。先將她與小毛手裏的蓮蓬，莖對莖扎了結，掛在自己的脖頸上。然後將一聽上海奶粉交到小毛手裏，讓他抱著。自己一手托著藏畫的竹筒，一手提鮮菱角。最後，她對小毛說：我騰不出手攙你，你要用眼睛看牢我，跟我走，要是走不快，走掉了，我不管的。小毛本有些怕她，又是在如此形勢之下，自然是并足勁，緊跟著她不放。兩人一前一後穿出老街，走到新街。菜市場口上喧嚷得很，是一天裏又一個熱鬧的時刻。他們在熙攘的人群裏擠著，因爲負重，不及躲大人們的腿腳，好幾次被撞著，小毛卻一步沒有拉下。秧寶寶雖然嘴上說「不管」，心裏還是顧念的，背上好像長了眼睛，不肯讓小毛看不見她。走過菜市場口，兩人才鬆了口氣，再並一會兒，就看見了教工樓。過了水泥橋，逕直進到「閃亮畫廊」。

眾人正聚在店裏，看壁上的畫，見這兩個小人這般形狀進來，不由一驚，問外公在哪裏？秧寶寶將事情說了一遍，於是，大家先是罵顧老師，再是罵老友，接著就誇獎秧寶寶，當然，小毛也不錯，很聽話。秧寶寶被簇擁著，揭開竹筒上的蠟紙，抽出畫來，展在大家面前。人們看一幅，驚一遍，看一幅，驚一遍。看完四幅荷花，李老師感歎道：眞好比走完一季秋！再看那兩幅小的，都笑了，說很像呢，像什麼？像這兩個小人兒唄！青蛙是小毛，鼓頭鼓腦；蟋蟀呢，那麼伶俐相，活脫是秧寶寶。閃閃愛惜地將畫卷好，等顧老師明天回來托裱，然後上牆。閃閃特別對秧寶寶說：你的畫當然歸你，我只是掛在牆上，讓大家看看，不賣的，你什麼時候走，就什麼時候帶了去。秧寶寶自然沒有理由不同意，再說，就像一物降一物，小毛怕她，她怕閃閃。

等顧老師將畫托裱好，閃閃特地請人做兩個鏡框，將兩幅秋蟲裝了框，門的兩邊各掛一幅。這兩邊牆是兩個窄條，沒有掛布幔，而是貼了花紙：米老鼠、唐老鴨、花仙子。在五彩繽紛的牆上，就掛了兩隻秋蟲，專門吸引小孩子的。可是呢，大人也喜歡看這邊。看一會兒，就要笑一聲，說畫得「活」。

現在，「閃亮畫廊」裏滿滿當當，四壁牆是四重天地。站在中間，轉一轉方向，就換一重天地。鎮上的人都來看，連妹囡也悄悄地來過了，放下一顆心。畫廊是畫廊，影樓是影樓，井水不犯河水。等到大家都來過，看過，店裏便冷清下來。沒有人來買。曾有一個人來，問是否有賣菩薩。還有一個人，熟人，來買顧老師的「壽」字，老母親過八十大壽，掛牆上用。顧老師自然不肯要他買，臨時寫了送他。這一天，卻來了一個人，這人是誰？就是抄書郎。

抄書郎依然是一身黑，黑襯衫外面再罩了件帆布背心，上上下下有無數口袋的那種式樣。他摘下墨鏡，在手掌心裏輕輕敲著，環顧四壁，看了一圈。最後指了西牆上一幅歐洲風光的油畫印刷品說，拿下來看看。閃閃頭也不抬：此地不賒賬。抄書郎笑嘻嘻地說：誰人要賒賬，看看不可以，不是說顧客就是上帝嗎？閃閃說：儘管看。抄書郎碰了釘子，卻不動氣，還是笑嘻嘻地，在店堂裏兜著圈子看。閃閃、陸國愼、抄書郎，都是一個班上的同學，抄書郎曾經對閃閃有那麼點意思，閃閃哪裏會理他！抄書郎看了幾圈，還是指著那張畫說：買一幅。說罷就向桌上放了一張五十元的紙幣。閃閃倒一怔，沒想到開張頭一筆生意，是與這個人成交的。要說同學間，怕是這人最落魄了。她立起來，將那幅裝了框的印刷品取下，交給了抄書郎。等他走出門，又將那張紙幣舉起來，對了日光照照。下一日，有同學來玩，說起來，方才知道，抄書郎也發跡了，在個老闆處做跟班。日日坐在老闆的汽車裏，進進出出。老闆上車，他關車門，下車，開車門。老闆要吃飯，他去定座、點菜、買單。老闆要唱卡拉OK，他去找小姐。就這樣，他成了鎮上第一大忙人。

28

這是一段轟轟烈烈的日子，有許多事情交疊著發生。就在閃閃忙著開店的時候，三樓的住戶有了變動。原來的一位老師，全家搬出了。他兒子在外面買了房子，接父母老小出去住，空下的房子出租給了外鄉人。這是來自東北的四個老闆，推銷藥材和山貨。每天早上，四個人西裝革履，手裏提著裝樣品的拷克箱，站在鎮碑那裏等過路中巴，往四鄉八鎮去了。傍晚，又紛紛在鎮碑那裏下了車，穿過街，回到樓裏。過了一會兒，又見他們中間的一個或兩個，下樓來。這回是掉轉了方向，往鎮子裏面去，去買酒。每天晚上，他們都喝酒。很晚了，人們關電視關燈，上床睡覺，就傳來他們的碰杯聲，還有行令聲：老虎、杠子、雞，什麼的。他們並不喧鬧，只是因爲靜，所以聽來十分清晰。太陽好的日子裏，他們就會留下一個人，在陽臺上翻曬藥材。從樓下看不見，只覺著有碎屑末子，紛紛揚揚地飄落下來。還有苦澀的藥味，充斥在空氣裏。

有一個下雨天的晚上，大家都睡下了，忽聽有人敲門。小季起來開門，見是樓上的兩個東北人，端一口大號鋼精鍋，手裏握兩把捲麵，還有一包木耳，說他們液化氣沒氣了，想借他們的液化氣下麵。說罷就遞上那包木耳，硬讓小季收下。小季推託著，一邊讓他們進了門，房間裏頓時一股子酒氣。這時，閃閃也起來了，跑到西邊屋裏報告給李老師。於是，李老師、顧老師，還有陸國愼相繼起來，來到客堂裏。等那兩個東北人下熟一大鍋麵條，走出廚房，只見一客堂的人披衣趿鞋，聚在燈下，神情嚴肅。訕訕地笑了一下，低頭就走，又走錯了門，進了廁所。回過身來，再訕訕地笑一聲，屋裏人倒有些不好意思了。李老師過去開了門，說一句：這麵條裏什麼也沒有，怎麼吃？其中一個就回答說：吃撈麵條呢，拌醬油醋就得！氣氛略微輕鬆下來。送走兩人，關上門，大家不覺相視而笑，各回房裏繼續睡覺。第二天早晨，三樓與東北人相鄰的那一家，遇見李老師說，昨夜裏東北人先是來敲他家的門，他家不開門，就下樓去敲李老師家的，聽見開了門，眞是捏一把汗。李老師說，也沒什麼，不過是借煤氣用一用而已。那人就叮囑李老師小心，走了開去。

這樣，就算與東北人認識了。他們又上門送過一次鹿茸。這一回，李老師無論如何不肯收了，因爲過於貴重。東北人也很堅持，說要不收就是看不起他們，又說，在家靠父母，出門靠朋友，李老師一家就是他們的朋友。看起來，那晚讓他們進門下麵，雖然是件極小的事情，但是他們卻看得很重。最後，李老師還是沒收鹿茸，但收下一包枸杞子和一包人參片。後來，李老師用枸杞子和參片燉了一鍋雞湯，家裏的小孩子都不愛吃，嫌湯裏有藥味。分了半鍋，讓小季端到樓上送東北人。下來後，小季說，其實三樓只租給他們一間屋，另一間放了東西鎖起著。於是這一間屋裏又要堆貨，又要睡人，因怕貨受潮，就都架在床板上，人倒是睡地舖，中間還要擠一塊地方走路。屋子裏又是灰濛濛的，是藥材山貨蓬出來的塵土。吃的很是混雜：菜、土豆、肉、蔥、蒜、蘿蔔、茄子、熟雞塊，十三不靠的東西煮成一鍋，就這麼下酒下飯。酒是喝得眞多，沿牆都站著酒瓶子，而且都是白酒。經他描繪，這些外鄉人是過著一種飄零的生活，雖然是在創業，可終有落拓之感。

現在，他們有時會到「閃亮畫廊」裏來玩玩。其中一個，會些木匠活，就幫著做了幾個鏡框。他有些輕蔑地掂掂那些木條子，說他們家鄉燒火的柴拌子都比這木頭像木頭。他們都來自東北的一個林區，如今要保護山林，停止伐木，林區的效益大滑坡，許多人下崗。而他們這些高中畢業，沒考上大學的，也很難找到工作。幾個同學籌集了些本錢，出來闖世界了。一走幾千里，沒有賠錢，可本錢也沒有回來，光夠掙些吃喝住的開銷，不管怎麼說，也算自己養活自己了。總之，過一天算一天吧！閃閃便勸他們不必灰心，不是年輕嗎？奮鬥幾年，定會有成果的。他們雖然並不怎麼相信閃閃的話，但在這樣孤寂又茫然的處境裏，一點點好意就可使他們感覺鼓舞。於是，他們樓上樓下，就結成了友誼。

李老師家人多，他們分不清關係，年齡輩分是看得懂的。兩個長輩分別稱「顧老師」和「李老師」，年輕一輩的，凡男的都叫「大哥」，女的則叫「大姊」。兩個小綠豆芽子，就直呼其名了。他們東北口音是字正腔圓的普通話，只在某些字詞後面帶著少許拖腔，有了方言的意思，卻感覺纏綿。大家都喜歡聽他們說話，相當書面。不像江南地方的話那樣刁鑽。他們對某些事物的形容，又帶著那個遙遠的東北地界的生活圖畫，是大家感到新鮮的。他們不懂爲什麼人們聽他們說話時老是笑，可他們喜歡看人們的笑臉，從中感受到歡迎和熱情。這個小鎮子在他們眼裏是相當逼仄的，又那麼潮濕，空氣裏壅塞著一股子古怪的腥臭。語言是拗口的，舌頭不知是怎麼拐的彎，發出局促的聲調。食物也是奇異的，似乎有一種變質在其中。比如那穿街走巷叫賣著的「莧菜梗」，發著「海菜光」的音，還有「霉千張」，那樣偏狹幽微的味覺，一切都顯得曖昧。要不是，要不是這一家人，他們就眞是非常的抑鬱了。現在，多少，漸漸地，景物在明朗起來，就像從霧裏面一點點凸現起來。

他們畢竟是客邊，所以就是謙恭的。這家的老小，都是他們的導師，教他們這，教他們那。連那個寄養這裏的小丫頭——他們慢慢地也弄懂了其中一些關係，這小丫頭時常帶小學生似地，領著他們一行人，去老街裏面看腳划船。那走船的老大乾癟得像一隻猴，可神情卻那麼凜然。船呢，也是陳舊灰暗的，等到了遠處，突然變得輪廓清晰，這才發覺它的造型是那麼具有著古意：簡約、質樸、精緻，動力部分的原理則稚氣天眞，卻又管用。水道是眞窄啊！可阡陌縱橫，也要全局地看，那就是相當壯觀了。還有水邊的房子，快成瓦礫堆了，可那瓦縫間的泥裏，卻開出花來。這些座橋，玩意兒似的，少了它們就不行，人來車往從哪裏過？所以，這些橋就好像座座都是恩重如山，刻著感恩戴德的名字：共濟橋、勝德橋、仁公橋、善人橋。他們確是很受教育，在這人口密匝的地方，看到了一種由來已久的生存大計。

在這江南地方，他們辨不清方向。路是彎曲的，房子也不是正南正北，他們坐在汽車上，開著開著就轉了向。轉到背面去了。眼中望出去的景物，又是如此零亂、雜沓、擁簇，又重複，難以辨別其中隱匿的各自的特徵。這些鎮子，挨得很近，多是依著河段沿出一條老街，老街的週邊則是新街。新街倒是有些和他們那裏面目相近了，寬闊的水泥路面，路邊的臨時搭建的店舖，偶有一些也像是臨時建起的樓房。但這些新街在這裏有一種粗暴干涉的性質，硬生生地切開了景物稠密的地面，這就又和他們北方不像了。他們的貨在這裏並不太受歡迎，都嫌它們太過熱性，容易上火。此地人都有些內熱、濕重，更喜歡一些大涼的藥材，比如黃蓮、靈芝，什麼的。因爲潮氣重，他們也需要驅寒，但在驅寒的同時，還是要注意濕熱，適用一些中性的，溫和的藥材，比如黃耆。他們的脾胃也是幽微的，不適合大開大闔的進補。所以，東北人在這一帶的生意並不見好，隨時準備離開，去下一個地方。至於下一個地方是哪裏，他們並沒有太多的考慮，走到哪算哪。幾千里的路，就是這樣走下來的。

暮色降臨時分，他們倘若回來得早，站在陽臺上，看著空氣裏漸漸呈現出灰藍的顏色，極有洇染力地吸入許多細節，天地成爲一色，陡然間開闊起來。這一回，眞有些像他們家鄉的景色了。但這一刻並不長，等灰藍顏色中，灰勝於藍，藍再勝於灰，一色降一色，最終成爲墨色，就有一些細碎的聲音打破他們的幻覺。那是一些蟲鳴聲，不像他們家鄉，是合唱，這裏，多是獨唱和重唱。空間又分割成零碎的局部。還有各家門裏，碗筷的叮噹聲、小孩子的啼哭聲、貓叫、門響、簷上的滴水。怎麼這麼多的聲音呀！什麼物件都會出聲似的，都是小蟲子，唱著獨唱。伶俐的口齒，清泠泠的音質，切切嚓嚓。可眞鬧啊！這些聲音，還似乎有著照明的功能，本來是暗的，有了它們，卻有了一層微明的光。那不遠處的眞正的燈，霓虹燈，紫色的「華舍大酒店」幾個字，倒顯得昏沉沉的。下弦月還沒起來呢，房子、田地、地裏的秋季作物，倒顯出了輪廓。鎭碑也顯出了輪廓。這地方就是有這點神呢！

這小鎭子的夜晚，不是如他們家鄉那樣大塊大塊的，而是細長細長。他們喝了多少酒，才將它擠過去一丁點。是因爲貨多少走出一些，還是教左鄰右舍的煙火氣熏的，屋子裏那一股辛辣的藥味，和山貨的乏土味，淡下去許多，取而代之的是油醬味、醃菜味、腐乳味、衣服上的肥皂味。尤其在這細溜溜長的夜裏，濃得很，塡塞著虛空。忽然，有一陣輕盈的鈴聲傳來，嘁裏嚓嚓的，是閃閃店裏的風鈴。這聲音眞就是帶顏色的，粉藍、粉紅、粉白，間著亮光，是小鈴鐺裏的小錘子，一悠一悠。過了這麼久，其實閃閃才關店門呢！

他們很愛到閃閃的畫廊去。這店，是個小世界，與外邊截然不同的。說它是店，它其實更像幼兒園。走進去，都變成了小孩子，而閃閃，則是小孩子的老師。她坐在迎門放的桌子後邊，面前是一堆彩紙、尼龍緞帶、碎花布，花團錦簇。那個秧寶寶呢，是她的使喚丫頭，立在一邊打下手，沿著圖樣剪著什麼，或者往白卡紙、藍卡紙上貼著什麼。這間店鋪被她們裝飾得越來越鮮豔，四壁都掛滿她們的作品：布貼畫、絨線畫，風鈴垂在房間上方，還有一個罈子垂著，裏面蓬蓬勃勃插了一束稻穗。他們這四個人，站在裏面，局促得很，生怕將什麼東西弄壞了，就站到門口，一半黑，一半光裏，說著話。

他們告訴閃閃，在他們家鄉，有一種樺樹的樹皮，揭下來，可以寫字畫圖，倘要做成一幅工藝品，在這裏一定很希罕。還有，刨花。林區有一爿工藝品廠，專用刨花做成畫，也很希罕。從樹皮刨花，他們說起了森林、冰河、冰燈、火炕、韃子香、映山紅，說著，說著，不由激動起來，有一股巨大、磅礴的氣象，蓋地而來。屋裏的人靜靜聽著，雙方都感到天地的遼闊，世界的大。他們都是生活在世界的犄角裏的人，寸步邁出，便覺著生得駭人，生得驚心。可現在不要緊，在這五色斑斕的小屋子裏，很安全，什麼都駭不著他們。這小鎮子裏粘纏澀滯的夜晚，變得流暢起來。

29

國慶節頭天假的上午，東北人相幫著替「閃亮畫廊」做個燈箱。鐵條焊一個架子，再是木頭打一個框子，嵌上毛玻璃，裏面接了電源，裝一盞燈。秧寶寶和東北人鬥嘴，學他們說話，把「人」說成「銀」。東北人也學她們說話，把「沒有」說成「嗯紐」。兩邊都學不像，又加上故意歪曲，就發著古怪的音。忽然聽有人喊「秧寶寶」，扭頭一看，對面開過一輛中巴，一對下車的男女正向自己走來，卻是爸爸和媽媽。秧寶寶一怔，接著竟轉身走進樓道，上樓進門，將門在身後「砰」地一摔。過了一會，爸爸和媽媽也上樓來了，一邊敲門一邊喊「秧寶」，秧寶寶早已走過陽臺，到西邊屋裏坐著了。結果是李老師走出去開的門，將他們邀了進來。爸爸說：秧寶寶不睬我呢！李老師說：秧寶寶是生氣了，氣你不來看她。就走回去拉秧寶寶過來。秧寶寶一逕低著頭，不看她爸爸。媽媽將她拉過去，她還是不抬頭，眼瞼裏，有爸爸的一雙腳：棕黃色的軟皮船鞋，鞋口有一道折邊，邊上綴一顆銅飾扣，裏面是黑色隱條的尼龍絲襪，半掩在一角褲管底下。褲子是米黃色，褲縫筆直的西褲。顯然都是新的。爸爸穿了新衣服來看自己，秧寶寶心裏便有些觸動。

而且，爸爸不像媽媽，那麼對李老師刻薄，他說了許多恭敬的話語。說李老師比他們會養小孩子，秧寶寶不是長高了？而且，也漂亮了。這又使秧寶寶對爸爸原諒了一些。爸爸帶來比媽媽上兩次來加起來還多的東西，有布料、人參茶、餅乾、藕粉、黃楊木雕的龍，堆在茶几上，滿滿一几。秧寶寶再一次對爸爸滿意了，漸漸地抬起頭來。這時候，爸爸的眼睛已經從她身上移開去，與李老師很熱切地談著話。談自己的生意，談在外謀生的苦處，談目下政府給生意人的政策與限制，同行間的競爭——不是我不想秧寶寶，他說，隨即看了秧寶寶一眼，秧寶寶要轉臉，已經來不及了，爸爸趕緊地笑一笑，帶著討好的意思——實在是抽不出身來，爸爸繼續說。這一瞥，秧寶寶已經看清爸爸的臉，有些不像了，黃、瘦，顴骨高了出來，下巴卻長了。新衣服並沒有使他好看，反而，加重了憔悴的面色。心裏又是一動，決定不再與爸爸作對了。爸爸說，這一回，國慶假期，他下決心，諸事放下，全家在一起過個節。李老師就問：還回沈漊去嗎？媽媽接過話頭說，沈漊就不去了，上次回去，見那老屋已經朽得不成樣子，他們去柯橋，住賓館。秧寶寶就又是一振。

李老師留他們午飯，爸爸欣然答應。於是，李老師便和陸國慎一同商量飯菜。小季領了任務，直奔菜市場。這家人忙著待客的午飯，秧寶寶就領爸爸媽媽下樓看閃閃的店。此時，她已經與爸爸和解，讓爸爸拉著她的一隻手。爸爸自然對閃閃的店大加誇獎，說這店要放在上海也不遜色的，自然，在此地不免是超前了一些，只怕要受冷落一個時期，等鎮上人趕上潮流，便會興隆起來。爸爸看完店，很快就參加到製作燈箱的工作中去。新西裝一脫，捲起白襯衣的袖子，蹬蹬上了扶梯，去接電源。這利索和能幹的樣子，使秧寶寶又看見了那個熟悉的爸爸。他與東北人說話的樣子，也讓她看見了熟悉的爸爸：幽默、機智、有人緣。到底人多，燈箱很快就做成了，試了試，效果十分神奇。

這是一個別致的燈箱，用的是髮廊門前燈柱的原理。方型的燈箱、四面玻璃畫著聖誕樹、紅頂小房子、馬車、趕車的戴紅帽子老頭，上方是雪花。裏面的燈一亮，轉動起來，雪花就飛舞著，飛舞著。還不是夜晚呢，就有人圍攏過來，點著燈箱上的畫問，是什麼樹，誰家的房子，那老公公又爲何穿紅的。閃閃不屑於回答，只是讓人們離遠些，別碰了燈箱。秧寶寶的爸爸便與人答道：樹叫人字樹，屋是你家屋，至於老公公爲何穿紅，你問他自己好了。於是，大家就哄笑。秧寶寶偷眼看閃閃，見閃閃也在笑，心裏十分快活。

將門前收拾乾淨，人漸漸走散，就到了中午飯的時間。李老師家因爲有客，飯自然是晚了。年輕人就聚在客堂裏說話。爸爸的秉性就是，和誰都說得上話。這時候，同小季，還有紹興回家度假的亮亮，一同說起了音響、喇叭、功放、家庭影院。爸爸說，這些東西就好比結婚談戀愛，雙方不在於錢多錢少，也不在於好看不好看，還不在於門第高和低，就看彼此調和不調和，調和不調和，就看如何搭配了。爸爸說他有一個朋友，花了十萬塊，聲音聽起來還是渾，而另一個朋友，只花了八千塊，卻很好！聽的人就問如何配？爸爸說這他就不懂了，但是，倘若他們要配，他可以請他的朋友寫一張菜單——這種配方，行話就叫「菜單」。媽媽聽不懂他們的話，跑到灶間裏幫忙。李老師說，你是客人，如何好叫你勞動？硬推她出去，她執意不肯，李老師就讓陸國愼陪她去說話，反正這裏也好了。於是，陸國愼拉媽媽到自己屋裏，兩人很祕密地談生產和哺乳的經驗。等酒菜都上了桌，李老師差秧寶寶喊媽媽來吃飯。走過去，進了李老師房間，正聽見陸國愼說，就想生個秧寶這樣的囡。秧寶寶就停下了腳步，隔了牆喊一聲：吃飯了！

總之，爸爸媽媽這一次造訪李老師家，眞是十全十美，挑不出一點缺點。這一天呢，也是十全十美，從上午到下午都是融洽和快樂的。午飯從近一點開始，吃到三點才結束。年輕人喝起酒總歸是魯莽的，眞刀實槍地拚。顧老師就出了幾個雅令，讓他們拼詞對曲，自然都不會，只得退一步，讓大家猜謎，誰輸誰喝。猜謎語，誰怕？連小毛都出了一個：千條線，萬條線，落到河裏看不見。當然，這是不用猜的，明擺著的事情。當然，誰也不會允他喝酒，用筷子尖蘸一蘸，點點舌頭罷了。反正，這下子熱鬧起來，都搶著出謎，再搶著猜謎。可到底是顧老師有學問，出的謎難猜。他出了一道，總共四句：四四方方地一坪，有人有物有山林，細看日月雖然有，歷盡千年不見星。這四句話耽擱了不少時間，猜得脾氣都上來了，還是猜不出來。最後，每個人都罰了酒，請顧老師交代了謎底。謎底是什麼，兩個字：契約，就是今天講的產證合同。「四四方方地一坪」，指的是紙；上面有甲方乙方的姓名，可不是「有人」；合同裏所約定的東西，或就是地畝樹木，則是「有物有山林」；「日月」其實是指年月日裏的「日月」，星星當然是不會有了；要緊的是「歷盡千年」這四個字，眞正說明了「契約」的性質。雖然只是紙一張，可是牢靠得很，誰也犯你不得。秧寶寶的爸爸說：可是如今的產權都是有限的，註明時間，十年、二十年，連國家承包給農民的土地，都不過百年。所以，顧老師不得不承認，這是一個古老的過時的謎語，他也喝了一口酒，自己認罰。

不知不覺地，酒都喝多了，尤其是幾個男的，不勝酒力，紛紛躺倒。爸爸就在秧寶寶的小床上，睡熟了。等他一覺醒來，天已暗了。李老師再要留他們一家晚飯，無論如何不能應了。一是晚飯後，怕沒了去柯橋的中巴，二也是，中午吃的還沒消化，如何又吃得下？於是，三口人收拾收拾，站在陽臺上，遠遠看見一輛往柯橋的中巴，趕緊下了樓去，正好迎手招住，上了車。從車窗伸出頭去，看那一家都站在陽臺上，往這邊看著，漸漸地看不見了。

這日暮時分往柯橋去的，沒幾個人。對面過來的車上，卻是很滿。應該是意興闌珊了，卻並沒有，因爲還有下一幕等著開演呢！河塘裏的水變暗了，汪著幾攤金，像油一樣，從某個角度放著光。稻子結了穗，頂上浮著一片青黃，密匝匝的，這裏一方，那裏一方。在矮壯的稻子上方，是格外高闊的天空，薄透的白，摻了些灰。這灰白洇在了空氣裏，染得四處都是。路面上浮了一層，車裏頭也泛了一層，濛濛的白。人好像在煙裏，這就是暮色。車，沿途還是開關著門，極少有人上，車門砰砰地空響著。也是濛在煙裏，隔了一層，卻又清晰得很。公路上寂寥了些，有時候，一輛拖拉機吐吐地駛來，車斗裏空著，跳跳著過去了。偶有幾架自行車，迎風騎一段，下了公路，不見了。車裏頭總共七八個人，亦都不說話，由著車顛簸著身子。車開得飛快，有幾次騎著了坎，將人彈起來，再落回來。越近柯橋越快，曉得不會有人上了，車門也不開了。捲了一層土，陡地停在了街沿，柯橋到了。

秧寶寶其實已經瞌睡著了，木木的，讓媽媽牽著手下車。站在街沿上，有無數車從面前過去。懵懂中，覺著這情景有些熟悉，又不知是何時經過的。來不及想，已被爸爸媽媽扯著從車流中過到路對面。路對面的商店，大多打了烊，從小街穿過去，可以嗅到水的腥氣，便曉得接近老街了。天大白著，卻有幾盞燈亮起了，反而增添了夜色。人，還是多，當然不是熙攘，可也是來來往往。河裏倒是乾淨了，船都回家去了。有一些印象，慢慢地回來了，那是又嗅到了一股氣味，大肉饅頭的氣味。發酵麵粉的酸甜，調了醬油的肉餡的鹹香。如今嗅來，有一些飽和膩。瞌睡跑走了。秧寶寶掙脫媽媽的手，自己走在前面，心裏說：又不是沒來過的！

爸爸媽媽引她去的地方，果然是她曾來過的，「魚得水大酒店」，可懵懂中，也不像了。她走過逼仄的院子，走上臺階，進了轉門，自動門開了，走進去，穿過大理石地面，來到電梯口。眼睛裏都是亮，晶瑩閃爍，一時辨不出細部，只看見電梯鍍鉻的門上，映著自己模糊的影。然後進了電梯，電梯上方的液晶顯示，靜靜地翻著數位。終於停住，開門，走出去。三個人一點聲息沒有地，走過紅地毯，在走廊頂頭的門前停住。爸爸摸出一張卡片，在門把手上放了放，把手上跳出一點綠光，一推，門開了。迎門的大半扇牆是一大幅畫，畫著半暗的天空。走近去，才知不是畫，是玻璃窗，映著柯橋的夜空。本是暗的，深灰的藍，卻有些浮塵，肉眼看不見的顆粒，教些微光映著，便透黃了。在那灰、藍、黃的極深處，藏著些星光，像人的眼睛，一點一點尖起來，看出來。秧寶寶已經到了柯橋最高的高處，「魚得水大酒店」的頂樓。

秧寶寶走近窗戶，窗底下是一周沙發。她爬上去，跪著，手摸著沁涼的窗玻璃，就好像摸著了柯橋的天空，天空的遠處，有一座孤伶伶的塔吊，塔頂上一盞燈，靜靜地明暗著。柯橋沉在很底下的夜色裏面，在那下面，是比較沉的黑，而且混沌。媽媽在身後打開了燈，秧寶寶的身影陡地跳進窗玻璃上的夜空裏。她看見自己，背著亮，眼睛在幽深處閃著光。她與窗玻璃裏面的自己對視著，互相都不相信對方是眞的似的，好像都在問：你是誰？在哪裏？房間裏面的燈，一盞一盞亮起在玻璃上，禮花一般，一爆，然後綻開，定住了。夜空一片墨黑，房間裏的一切，都跳到上面，變成一面黑鏡子。

30

雖然，據人說，夏介民的父親曾在上海開過小百貨舖，母親呢，在小百貨舖隔壁開了一個絨線社，可他卻是從小生長在沈漊。和所有的紹興鄉下人一樣，他勤儉、刻苦，又精明。他不相信鯉魚能跳龍門，但相信螞蟻搬家，他的生意就是這麼做起來的。先是替人打工，有了本錢，再自己做。一開始，是與人合夥，再慢慢地，分出來獨立做。他不借錢，不貸款，也不賣房，他做生意是有當無地做，要賠也是賠進吃飯穿衣以外的一點餘錢。生意道上的人說他是「有限公司」，他說他是有妻小的人，不敢冒風險，要是早十年，他是連身家性命也敢押寶的。說是這樣說，誰信呢？人的秉性是天生就的，任何情況下都不會大變。他也是和蔣芽兒的爸爸，蔣老闆有些像的。其實，紹興地界，多是這一類生意人，作田一樣地作生意，不惜流汗，甚而至於流血，汗和血是自家的，卻不敢說大話，說大話是要兌現的。沒有實力，拿什麼兌現？那些蓋高樓大屋、買奧迪車、養小老婆的暴發戶，有是有，是在寶塔尖上的那個尖。底下，大量的，還是這些老實肯做的中小生意人。當然，其中也是有區別的。蔣老闆的性子比夏介民要縮一些，倘不是山窮水盡，他是走不出這一步險棋的。然而一旦走出了，他就不回頭，一步一步走了下去。這時候，他的性子又耿起來了。夏介民比較中庸，走，不是非走不可，而是隨時可退；正因爲隨時可退，才一步一步走了下來。前者是背水一戰，只可進不可退；後者是可進可退，遊刃有餘。在生意的成果上，前者要略勝一籌，但做人也要辛苦一成。

於是，夏介民在這些奔波飄零的日子裏面，就要找機會犒勞自己一下。他定了這最豪華的賓館裏最豪華的頂樓套間，租了一箱碟片，其中半數電影，半數卡拉ＯＫ，決定足不出戶，享受三天。這樣的奢華多少是違反了夏介民勤儉的本性，可是，生意場上的進出也多少打開了夏介民的眼界。他是個有積累的人了，本著賺十塊，用一塊的原則，他也是足夠承擔這三日的消費。只是，夏介民的見識畢竟還是有限，天生又是個不會玩的人，不曉得除去住賓館，天下還能有何等樣的幸福。夫妻倆擠住在逼仄潮濕，租金卻貴得驚人的人家的偏廈側屋，或是臨時搭建的油毛氈頂，鐵皮門簾後面的店舖，甚至只是貨棧的一角，用舊床單攔起，住上幾對夫婦，他們就商量著日後如何一家人團在一起，過幾日豪華的生活。來到柯橋，儘管是旅遊旺季，住宿費半折不打，夏介民依然毫不猶豫地要下這個套間，爽氣地付了定金。

當晚，三口人就進了餐廳。媽媽說沒有胃口，在房間裏吃些餅乾也罷了。夏介民說：住賓館，吃餅乾，被服務小姐撞見，牙齒也要笑掉了。於是，一家人出房間，乘電梯下到二樓。餐廳擺在圓形圍欄一周，從上面往下看，正是一樓大堂的中心。除去電梯，另有一彎寬闊的大理石樓梯通下去。餐廳裏大約有三成座，三人找了個靠欄杆的桌子落座，可看見底下的人走動。菜單是硬面的長大的一本，翻開來，單是海鮮就是一面，燉品又是一面，鍋仔還是一面。菜名都很氣派：大黃蛇、象鼻蚌、蝦籽大烏參，等等。輪到點菜，點了幾個，卻都沒有貨。夏介民說：沒有貨，寫上去做什麼？小姐不饒人地說：這都是時令貨，要吃鮮活，全靠飛機送，冰箱裏不是沒有，冷凍的，你要不要？夏介民本想問：飛機停哪裏，停河埠頭嗎？但到底不想淘氣，壞了自家的興致。就將菜單一合，放下，問：你有什麼，報給我聽聽。報上來的倒都是鄉下的家常菜，炒南瓜、煎臭豆腐、蔥烤鯽魚，這倒很中夏介民女人的意，實惠。不過，等菜端上來，她就不中意了，說沒有她炒的好吃，菜又揀得不乾淨，草梗都在裏面，不由譏諷道：豪華人原來是吃草。夏介民就說：草和草一樣嗎？稻草是草，白娘娘盜仙草的草，也是草。鬥著嘴，一餐飯就吃下來。喊來小姐簽單，小姐卻要現付，說是餐廳與客房各是各，單立賬戶的。夏介民只得付錢，一邊說：還是不接軌啊！小姐一撇嘴，不屑回答地，昂然走了。

三口人離了座，沿大理石樓梯下去，大堂的四周看看。見有一小超市，媽媽就要進去，說要買些餅乾。夏介民笑她，總是餅乾，餅乾，生怕吃不飽！母女兩人都笑了。進電梯，上去，回房間。開門一看，顯然又進來人服務過了。幾盞枱燈開了，床罩揭去，被子折一個直角，熱水瓶裏也換了新水。三人都驚奇而滿意。夏介民立即動手查看電視音響有沒有接電源，抽出一張片子準備唱歌。秧寶寶和媽媽則裏外地看著。床頭櫃底下有兩雙紙拖鞋，套在腳上，輕飄飄地，不敢著地，生怕一著地便要破。母女倆一人一雙趿著，小心翼翼地走。衣櫃裏有兩套毛巾布的浴衣，母女倆也一人套一件。上身才發現並不乾淨，有一些污漬，不曉得什麼樣的人穿過了又沒洗，媽媽趕緊呵斥秧寶寶脫下來，放回去。接著，又在寫字臺上，一本大皮革夾子裏，發現了印刷精美的信紙、信封，還有一個小小的針線包：一小片白卡紙上，繞了五六種顏色的絲線，線上插一枚小針。秧寶寶想收起來，又不敢，怕服務員要來檢查。但再又想，就算她們用掉了又如何？後來決定暫且放著，走時再帶上。趿著紙拖鞋，兩人蹣跚著進了浴間。浴間可有一間廂房那樣大，迎門是一個沖淋房，沖淋房一側是一個三角形的浴缸，邊上有無數按鈕，不知作何用途。隔一個馬桶，對面是一長條大理石臺面，嵌著兩個洗臉盆，台盆上方，是整面牆寬的鏡子。

媽媽對著鏡子停住了，好像不認得鏡裏的那個人了。良久，說了聲：這女人介難看！鏡前的燈，與頂上的燈交相輝映，又從滿壁的白瓷磚上反射照耀，一片雪白，纖毫畢露。臉上的斑痣、細折、皮屑，全一覽無餘。媽媽不由抬起手，摩沙一下面孔。這時又從鏡裏看見了自己的手，枯黃、粗糙、乾裂，指甲邊都是倒刺。全身上下，簡直一無是處了。秧寶寶的注意力全在鏡臺上的小東西，一排排的小瓶，顏色各異。綠色的是洗髮香波，黃色的是護髮素，乳白的是洗浴液。封套裏是一把白色的小梳子。盒子也有一排，香皂、浴帽、剃鬚刀，還有牙刷，配一管小小的牙膏。忙不迭地打開一管，卻無論如何擠不出來，不知是何年何月的牙膏，都硬住了。秧寶寶還是珍惜地旋上蓋子，放好，決定回去時一併帶上，分給蔣芽兒一半。媽媽已經從鏡子裏將自己全部檢查完畢，終也發現並無大礙。頭髮是黑的，眼睛是亮的，牙齒還比較白，主要是皮膚。那麼，就抓住這幾天，狠命地養一養，不相信養不好。她打消了一些沮喪的情緒，重新振作起來，與秧寶寶一同欣賞著這些洗漱玩意兒。

現在，可以開始洗澡了。找冷熱水開關，找了一會兒。找好，調勻，一邊放水，一邊幫秧寶寶脫衣。媽媽發現秧寶寶手腳長了許多，因沒有發育，身上沒什麼肉，就顯得更長了，像一隻螞蚱。媽媽將秧寶寶的頭髮攏到頭頂，盤一個大髻，插上幾根大髮卡，固定好。細看她的肩、背、腰，已可約略看出輪廓，是個高銚個兒的身胚子。秧寶寶坐進水裏，覺著人像是要浮起來，不由尖叫一聲。母女倆又將手邊的按鈕亂按一陣，有一回，水從頂上蓮蓬頭裏撒下來，母女倆一同尖叫一聲，再一陣亂按，水回到底下龍頭裏。又一回，浴缸四周忽射出無數股細流，尖尖地刺在秧寶寶身上，秧寶寶便像條魚似地躍起來，一邊大笑。下面一回，水是集成較粗的幾股，緩緩地衝擊著，秧寶寶就笑得好些了。

母女倆在浴間裏鬧成一團，夏介民自個兒在客廳裏也唱得很沸騰。他的嗓音本來不錯，有點小鋼槍的意思，可是一旦配上伴奏，就顯得多少有些音不準。自己總歸聽不出來，越唱越激昂，別人聽來就有些滑稽。所以，那兩人從浴間裏熱騰騰地出來，都捂著耳朵不要他唱。他偏要唱，過去奪他的話筒，只得讓給她們唱，不料更不濟。秧寶寶總是要高或者低半個音，沒一句合得上。媽媽呢，喜歡唱越劇，找了張「問紫鵑」，卻一句也問不上來，結果還是夏介民唱。經過一番親身演練，這時聽來就順耳許多，曉得卡拉OK唱來並不容易，需要歷練歷練。有人欣賞，夏介民更唱得入聲入調，一支連一支。而秧寶寶裏在雪白鬆軟的浴巾裏面，很快就睡熟了。

早晨醒來，秧寶寶是在媽媽床上。爸爸睡對面床，兩人還在夢鄉。房間裏很黑，只從窗簾的邊緣，透進一點模糊的光線，表示天已經亮了。在這點模糊的光線裏，房間漸漸顯出大致的輪廓。這是什麼地方？秧寶寶定神想了想，昨日的一幕幕場景回到了眼前。是從門前做燈箱，中巴上下來兩個人，向自己走來開始，接連著，一浪高過一浪，終至高潮，他們來到了這個柯橋的至高點，滿目晶瑩璀爍。秧寶寶不由合了合眼，感覺到身下的柔軟。繃直身子彈了彈，身底下的席夢思微微波動了幾下。她又睜開眼睛，再也不想睡了。今天還有什麼在等待著呢？她小心地掙出媽媽懷裏，坐起來，赤腳在床前摸索了一會，摸索不到紙拖鞋，乾脆不摸了，光腳下了地，走出臥室，來到客廳。

客廳已經大亮了，昨晚放的碟片，沒有收好人就走開了，空殼子和碟片，東一件，西一件地擺在茶几上。還有一攤瓜子殼，半封餅乾。爸爸的大皮鞋，也東一隻，西一隻地扔在地毯上。秧寶寶繞過鞋，逕直向窗前走去。此時，窗戶拉上了一長幅白色扣紗簾子，靜靜地垂地。透過白紗簾，可見天邊的早霞，細長的，一道桔紅、一道粉紫、一道金白，一骨朵一骨朵的白雲，上下擠著它們，漸漸地洇開、瀰散，顏色攪在一起，流淌得四處都是。秧寶寶撩開紗簾，所有的顏色向她跳了一跳，天空逼近了一些。這時候，她看見了天空底下的柯橋，亦好像是蒙著一層紗簾，那是霧氣。濛濛的霧氣之下，這灰黃色的大鎮子，有著一種奇怪的躍動的面目。這是由於街道裏飛馳的汽車，工廠煙囪裏湧動的白煙黑煙，河道裏緩緩行駛的船隻，笨拙地調著頭的塔吊，所有的細碎的枝節，全都騰騰地勃動起來。錯覺之下，它們似乎同時地移出各自原先的位置，佔領了鄰近的位置，再離開，再佔領。但互相之間，邊緣始終咬合著，協作著行動。最終，又都回復到各自的原位。

現在，秧寶寶看見，柯橋是在她的腳下跳動著。原來這一面玻璃窗是落到地的。她擠到沙發背面，席地坐下，雙手抱著膝蓋，從上往下看著這個神奇的大鎮子。太陽不知什麼時候升起來了，光線變成金黃色的，透過厚厚的玻璃，她亦能感覺到灼亮與熱。底下的鎮子，也改了顏色。那水泥的灰白，灰白裏嵌的幾道墨線，是老屋的屋脊，以及河水的渾綠的線條，原先是蒙在水氣，和空氣中的微屑合成的霧障後面，形成灰黃的暗淡調子。現在卻染成較爲明亮的薑黃了，在此薑黃調子裏，那種躍動的形態變成有格律地變換光線，一深一淺，帶些閃。然後，又加進大量的漫動著的顆粒，那是人，越來越多的人。於是，這種律動又變成篩子篩動砂粒的狀態。一整個大鎮子有節奏地搖，搖，搖。太陽又升高一些，底下的鎮子忽然被斜切成兩半，一半明，一半暗。薑黃調子從兩半同時退去了，重新顯現出水泥的乾燥生硬的灰白色，這種灰白是鎮子的基調，掩蓋了其他的不同的因素。

顏色變淺變淡，但亮度更高了，甚至起了反光。而相應的，那暗的一半亦顯得更暗，幾乎又回進了黎明之前。然而，那光亮很快就擴展了。就像一面巨大的書頁，斜著揭了開去。迅速地，整個鎮子都暴露在光天化日之下。眞是無比的清晰，每一個細節都凸現在眼前。方才那有節奏的律動，此時卻全部消退，局部都是相對地孤立著，靜或者動，均是在各自有限的範圍內。總之，腳下的景物變得具體了。

你可看見這個鎮子基本的格式，在幾條寬和直的粗線條——這是由新街擔任的，在這些粗線條框成的整齊的大格子裏，是一些彎曲和零落的細筆觸，這則是由老街和河道形成的。這些細碎的筆觸，一方面塡補了大格子裏的空虛，又一方面增添了大格子裏的凌亂。但就是這兩方面，使得這些單調的大格子有了些趣味，變得比較生動了。從版圖上來看，這些新街的線條，就像是在一個根據氣候、土壤、人力的資源，自然發展的地表上，再次劃分的行政區域的邊界。多少帶些強力的干涉，將所有不同的性質，全都簡單歸納起來。這些粗直的線條邊上，大致有兩種建築。一種是簡陋的臨時搭建的，通常是作商業用的平頂房子，一層、兩層、三層不等，其中間雜著第二種，便是機關和酒店。馬賽克的牆面，或者玻璃幕牆、鋁合金窗戶框架，人造大理石的基座。這些豪華的建築卻也給人臨時搭建的印象，那是因爲在這些外表光鮮的新型建築材料底下，是單薄、脆弱和易舊的質地。並且，與周遭灰暗環境不協調，也是一個原因，使人覺得，這只是暫且的事情，過了這一段，還要打散重來。大格子裏面的碎筆觸，名堂就多了，有黑瓦板牆的老房子，有磚砌泥披的獨家院，有石頭嵌出花斑紋的牆基，還有臨水的，立在椿柱上的水閣。這些房子多是破舊不堪，幾乎成碎瓦礫了。可是，撇開它們的破爛不說，仔細追究，它們其實是蠻精緻的。那立在水裏的椿柱，如何巧妙地承著大半座木樓的重力，一絲兒不歪斜；那魚鱗瓦，齊齊地從尖起的屋脊開始，流瀉下來，到了簷邊，又翹起一些，瓦卻一行不錯，形成一幅均衡的幾何圖形；那木頭窗櫺，雖然沒有什麼華麗的雕飾，可做得榫是榫，卯是卯，稜是稜，角是角；那小巷子裏的卵石地，拼得如何的匀稱，和諧，天生成一般。你猜不出有多少時間附在它上頭，你就考證吧！

31

早餐是自助餐，就在昨晚上吃飯的餐廳，桌椅重新排過了。倚了欄杆擺起一溜長桌，鋪了白桌布，上面放著一盆盆的食物，有麵包、饅頭、稀飯、炒麵；有冷菜、有熱炒、有葷有素；有各色水果、蛋糕。眼睛都不夠用了。秧寶寶往返徘徊幾次，都拿不定主意從何下手。今天，秧寶寶是盛裝出場。媽媽給她梳了一個全新的髮型。編一條長長的辮子，然後沿了髮際盤一周。相距一指，別一個髮卡。髮卡是粉紅、粉藍、粉黃、粉綠。插在髮裏，露出一小點顏色。於是，就好像頂了一具細緻美麗的花環。裙子是新裙子。白綢子的面料，從高高的，繫一個葵花黃的蝴蝶結的腰際往下，漸漸有了綠色的枝葉，接著便是大朵大朵的向日葵花，一直垂到腳踝。腳上套了白色的長襪，鞋子是金線鑲嵌的白皮鞋。甚至，秧寶寶還略略化了妝。修了眉，唇上塗了唇膏，臉頰上拍了粉，眞成了個小美人。可是卻也沒有多少人看她，今早在餐廳裏出入的，都是這樣盛裝的大小美人，在桌椅餐台間傲然穿行。

小孩子總是被顏色鮮豔的東西吸引，所以，秧寶寶上來就是一盤水果，然後一盤西式點心，同時則不停地喝飲料，隨後，便飽了。望著這許多好吃的東西，卻再也吃不動，心裏是很遺憾的。可是不還有明天嗎？這才是個開頭呢！這樣想著，便安慰些了。爸爸媽媽也已吃停當了，三口人手拉手地出了餐廳。爸爸建議四處轉轉，這樣的四星級大酒店裏，應該有著各種消費的，比如桑那、游泳池、保齡球館。於是，他們沿著大理石樓梯下到大堂。迎門斜立一塊指示牌，上面寫有各項服務，除去方才舉的那幾項，還有KTV包房、美容美髮廳、健身房什麼的。循了上面的指示，去找桑那，卻找不著，攔了一個小姐問，小姐很不耐煩地回答不開放。又問什麼時候開放？回答不知道，就繞過他們走了。再找保齡球館，倒是找著了，一大間房間，並沒有什麼保齡球，倒是放了幾張檯球桌，卻也沒有球杆和球，冷清清的，一股子石灰水味道。找游泳池，就更蹊蹺了，牆上明明有箭頭，指去一個方向，可順了方向走，走走就沒了路。從頭來起，又是走走沒了路，好像是從牆壁裏消失了。還是秧寶寶機靈，她走下幾級樓梯，扒著拐彎角一扇鎖著的門，往外一看，說，那就是游泳池。於是，大家也都扒了門縫看一回，後天井似的逼仄的一角，地面上有二分地大小的一具方坑，四周與底部倒是砌了馬賽克瓷磚，邊上有一彎鐵梯。顯然也不會開放。只得沿來路回去。媽媽想到美髮廳做個頭髮，美髮廳是十點開門，現在是九點。經過了健身房，就在辦公室隔壁，一間同樣大小的屋子，放了幾架器械。辦公室裏的人卻說，是會員制的。他們並不懂什麼叫「會員制」，但意興已經降低許多，還是覺著回房間最好，便乘了電梯上去。那房間只住了一晚上，卻有些像家一樣，覺著親切了。

服務員進來收拾過了。床鋪好，亂放的東西歸整齊，窗簾按規矩挽起來，熱水瓶也換上滿的，新的。浴室裏，昨晚拆用了的肥皀、浴帽，此時收去了，卻補上新的。秧寶很是欣喜，乾脆將牙刷、梳子、肥皀都收起一份，反正明日還會補上。這樣，不僅可分給蔣芽兒一份，小毛也有一份了。她還在床頭櫃底下發現昨天遺漏的一件東西，一個小鐵盒，打開後，是一片海綿，專門擦鞋。她也小心地收好了。這樣，房間裏所有的寶物都搜尋完畢。

上午，爸爸找了一張電影片子，放了。美國片，講綁架小孩的，倒是非常緊張好看。到最後，汽車追殺，從牆頭越過去，穿過房間，衝出玻璃牆，翻幾個觔斗落到大街，一正過車身，再接著追。直到滿街稀巴爛，才追到綁匪，停歇下來。小孩卻又在另一個地方，並且身上繫了定時炸彈，眼看就要到爆炸時間。於是，換了汽車再開，幾乎是從頭上軋過去的，千鈞一髮的時候，開到地點，找到小孩，卸下炸彈。僅僅一秒鐘，便爆炸，一時上，炸死許多無辜的人，小孩卻脫逃出來。實在玄妙得很。放完片子，已到午飯時間，餘興未休地說，吃完飯再接著看，才起身出房間。

餐廳裏出奇地人多。有一個大旅行團，從紹興過來的，白種人的臉曬成了龍蝦色，老太太穿得花紅柳綠，空氣中充滿著外國香水和汗味。一個導遊小姐，攏羊似的將他們攏到幾張圓桌前，大聲地說著外國話。其餘的客人，也大多是外地來的遊客。早上來，晚上就走的。說著杭州話、蘇州話、上海話，甚至北方話。百多張嘴都在叫喊、吆喝、斥責小姐。小姐們的粉臉上流著汗，在桌椅間擠來擠去。昨晚上對本地人的傲岸表情全不見了，換上的是惶惑不安。

夏介民帶了妻女找到廊柱後面的一張小桌子，坐下。小姐都忙，廊柱又遮著，好久沒有人來上茶點菜。夏介民就說：反正沒有事情，坐等好了。不料卻有一位小姐看見了他們，過來就驅他們走，說吃完了不要佔桌子，都輪不過來了。夏介民笑著反問：你看見我們吃什麼了？佔桌子幾個時辰了？小姐答不出來，翻了翻眼睛跑開了。以爲她會去拿茶水菜單，可一去竟不回來。夏介民這才有點沉不住氣，走過去與一個男領班交涉。男領班滿口的答應，可卻又如何對付得過來？這一時，眞是亂得可以，這一桌菜上到那一桌的也有；後來比先來的早上菜的也有；吃完了不買單就開溜的也有；吵著要投訴消協的更有。又等了大半個時辰，人走了略一半，漸漸緩下來，終於有小姐過來招呼。可此時，要飯沒有，要麵也沒有。小姐甚至建議可去別的飯店，不會像他們這樣人多，因爲這是旅行社定點飯店，旅遊手冊上都有記載。夏介民諷刺說：百聞不如一見嘛！胡亂點了些蔬菜，要一盤刀切饅頭，便罷了。又等了一會兒，總算上菜了。謝天謝地，一連氣地上全了，不像旁邊有一桌，頭一道菜是什麼都忘了，末一道菜還未上來。匆匆吃畢，趕緊離開，還是回房間。

回到房間，接著看碟片。這一回就不如上一回順利了，挑了一張，剛看個開頭，就覺著不好看，要換。撤下來，換上一張，還是抵不上午飯前看的那一張好，再撤下。於是，一家人圍了紙箱子坐在地毯上，一起翻騰。碟片盒上有內容說明，卻都寫得看不懂，差不多覺著有些意思的，放進去一看，卻與那說明一點不沾邊。捺了性子看一會兒，還是不沾邊。接著再搜尋。媽媽說，這是籮裏挑花，越挑越花。夏介民就立規矩：這一回，無論放哪一張，必須看到底，好看，要看，不好看，也要看！就這樣，由秧寶寶來摸一張，因小孩子手氣好。這一張一開頭，還沒看出個名堂，夏介民就躺在地毯上睡著了。不一會兒，媽媽在沙發上也睡著了。只剩秧寶寶一個，倚著沙發腿坐在地上，堅持往下看。這一回，也是美國片，也是槍殺和追擊，鏡頭閃得很快，底下的字幕大約是香港人寫的，是廣東話的像聲字，十三不靠地連在一起。又有不少白字、錯字。個個字都認得，併成句子卻不知何意，眞好比廣東話說的，「一頭霧水」。半部片子過去，也只看出個大概。

房間裏充斥著激烈聳動的音樂聲，汽車相撞，大樓爆炸的效果聲，還有俚俗氣很重的英語對白。這些聲響，在這午間的大客廳裏，卻顯出寂寥。

片子陡然結束，略爲抒情的音樂聲裏，演職員排名一行行飛快走過。秧寶寶閉上眼睛，又從紙箱裏摸出一張片子，換上，又一個電影開始了。很奇怪的，這一張和上一張極其相似。同樣的快速切片，汽車追擊，男人和女人，音樂也是震耳欲聾，英語對白也是腔調俚俗，中文字幕呢，同樣是廣東話的像音字，還有生造字。在難得的間隙裏，可聽見爸爸媽媽連綿起伏的鼻鼾，這增添了房間裏的午時寂靜。秧寶寶一點睏意也沒有，尤其在這樣一個白天，說不定會發生什麼有趣的事情。誰能料到呢？就在二十四小時之前，她不是還在李老師家？午飯桌上，顧老師給大家出謎語：四四方方地一坪，有人有物有山林，細看日月雖然有，歷盡千年不見星。謎底是什麼來著？是契約！秧寶寶的思想開溜了。電視機屏幕上閃動著光色，由於是當午，又是在這一間光線充沛的大客廳裏，螢幕顯得蒼白，光和色都有些力不從心，多少是令人疲倦的。這張片子結束得很快，秧寶寶又換上一張，又一輪轟炸與追殺開始了。

房間裏的光線壓低了些，不覺著暗，只覺著四周不那麼空曠，好像空間擠緊了些，那種寂寥略微消散。夏介民醒來，翻身爬到沙發上，蹲著。眼睛亮亮的，又是惘然的，不認識似地看著房間。他看上去，眞的，非常像捕魚人船頭上立著的那隻魚鷹。媽媽醒了一次，還沒睡夠，乾脆進臥室裏，躺到床上正式睡。太陽換了角度，房間裏陡地亮起來，但卻是暖色調的光。這種色調總是教人惆悵，因爲覺著，大好的時光在一點一點溜走。

秧寶寶終於放棄了電視。她像隻小狗一樣，手腳並用，爬到沙發背面，看玻璃窗下的景色。煙黃色的大鎭子撲面而來，煙囱裏的煙斜著從鎭子上頭劃過去，景物便抖動一下。河道裏，小梭子樣的船隻你來我往。那些方塊平頂的水泥建築，像地質上的泥石流，漫無秩序地湧著、推著，又一路遺落著散石，眼看要覆蓋河道和舊屋。幾乎是與眼睛平視的前方，塵埃與霧氣之中，一個紅色的太陽奇怪地停滯著，令人不敢相信，這是太陽。它的光被空氣中的雜質溶解了，球形邊緣是一周粗糙的絨頭。它的紅也紅得不自然，就像一個醃熟的鴨蛋黃，包著一團油似的。這一個太陽，從清早起，走到現在，已經疲乏了，新鮮勁過去了一半。

吃晚飯的時候，夏介民對妻女說，明天要想個法子，像今天這樣過，太悶了。秧寶寶和媽媽都沒有反對。一個漫長的下午過去了，現在又有了些生氣。晚餐的餐廳裏，人不那麼多了。遊客已經離開，節日中公事辦酒的桌頭亦少了，人們都在家裏吃飯，剩下的多是住酒店的一些散客。大堂裏，咖啡座中間的三角鋼琴打開了，坐了個年輕女子，彈著曲子，聲音傳到二樓餐廳。小姐們的目光也稍稍溫柔了些，有心情問答幾句閒話。吃完飯，三口人再到大堂裏逛逛，聽聽曲子。這一回，美容美髮廳倒開著門，可一看價目表，媽媽又洩氣了，說還是回房間去洗，用多少水不可以？秧寶寶倒有些發怔，她想起了黃久香，就是在這裏，最後一眼看見她的背影。然後，他們又順了指示要往地下一層去，那裏有ＫＴＶ包房。路上有幾個美豔的小姐一同向那裏走，夏介民又刹住腳步，說：唱歌也還是回房間去唱，唱多少不可以？於是，三口人依舊進電梯，上去，回房間。

32

第三天，一早起來，夏介民就打電話，去邀他的朋友，到酒店裏玩。打了一遭，邀定了兩名。上午十一時光景，兩個朋友帶著妻子小孩，提著大包小包，相繼來到。這裏的一家三口，看見來客，竟是興奮異常，很有點異地重逢的意思。來的人忙著參觀套房，套房的臨時主人便帶著介紹。分成三夥，夏介民帶男客看廳裏的音響、家庭影院；媽媽帶女客看浴室；秧寶寶則帶兩個小孩從玻璃窗往下看。其中有一男孩，恐高，不敢往前站，兩個女孩一邊一個拉他，他卻哭了。這一哭，把大人們喚攏來，問是怎麼一回事？勸慰一陣，時間已到十二點。夏介民早已經在餐廳定了一個包間，這時就該下去了。於是，一夥人趕不迭地湧出門，湧進電梯。小孩子瞎摁，一下子下到底層大堂，再從大理石樓梯上到二層，由一名小姐引進了包房。包房裏專有兩名小姐服務，與大廳裏的態度很不同，臉上有笑意，言語也相當尊敬。先點冷菜，再點熱菜，點到湯的時候，冷菜已經上來了，無須操心，就騰出精神專事說話。

來的這兩名客人，原先都是夏介民的中學同學，如今自稱是給人打工，其實呢？是總經理，在各自的廠裏都有股份。其中一個，所在廠是校辦廠，校長是廠長兼法人，而實際這同學就佔有百分之六十股份，是眞正的老闆，經理只是個名義。兩同學都已造了幾層高的樓房，買了汽車，兩家都是開車過來的。夏介民說：兩位老兄都已安居樂業，小弟卻還在奔波，一家三口不得聚首。這兩位就笑道：曉得你夏老闆是有鴻鵠大志，不像我們老婆孩子熱炕頭，眼光淺，已經到頭，而你的前途無可限量！夏介民自然有些得意，但也是由衷地歎道：如今世道，誰敢說前途無可限量的大話？就是一個事實：人人開店，誰來買東西？生意道上擠扁頭，要想做大，一是資金大，一是膽大，像我夏介民，資金是一點一滴乾抹布裏絞出來的，膽子是稻火草窠裏捂出來的，贏是贏不得，輸卻輸不起，前途不敢說，不過是走一步，看一步。那兩個深有同感，說，就在這裏，這座酒店裏，那掃地端盤中間，至少也有七、八個是昨天的大老闆，頭寸一下子軋牢，轉不過來，破產，再做夥計；也至少有那麼七、八個，是明天的大老闆，忽然中了頭彩，或者股市裏賺了一票，買廠買設備，外地招工，利潤成倍翻進來。

談著富貴榮辱，酒過了三巡，熱菜一個個開始上。其中一位客人，提出了天命論的觀點，言道：無論是沉還是浮，雖然有資金大小、膽略大小的作用，但在這底下，終是運氣在作祟，就說你——他指著另一位客人，三年前，不過是幫忙你那位校長親戚，去到校辦廠做管理，賺點薪水，比一般人略好一點點而已，誰想得到會有股份制政策出臺？國有資產評估作股，你自然近水樓臺先得月，做了控股股東，這廠就算是你的了，不是運氣又是什麼？那一位客人，卻不同意：照你這麼說，我是瞎貓撞死老鼠？其中還是有判斷力的存在，你拿我做例子，我也拿你做例子，當時找你做經理的有三個老闆，至今，也是三年，其餘兩家都不景氣，只你做的這一家還維持著，不是你有眼光嗎？這一位就說：你曉得我出得什麼力氣？工人面前我做兒子，客戶面前我做孫子——夏介民笑道，可是，老闆做你的灰孫子啊！——所以，還是存在人的能動性，那一位總結說。這一位並不服貼，說人的能動性只是在打工的層次裏存在著，高一點的層次就用不上了，據說，美國白宮裏還有專職的星相師，專測行事利弊的定數。餘下那兩個就聯起手了，說，要到這樣的層次，誰也沒有發言權。

三個當家的，酒都有點上頭，通紅著臉。好在，點心也上來了。幾個小孩子早已吃飽，大人說話又聽得不耐煩，就由秧寶寶領著，離桌去參觀酒店，一項一項的。櫃檯前世界各地的鐘點、美髮美容廳裏塗了面膜的女鬼臉、不開放的健身房、隔了門望望乾涸的游泳池。桌上的三個女人就開始說自家的孩子，一個已經在杭州報好了戶口，另兩個正在紹興物色學校，送去住讀。總之，華舍這小鎮子遲早是要報廢的，地方那麼小，人越來越雜。雖然這兩個家裏起了新樓，家中什麼設備沒有？可是，自來水水壓不夠，洗衣機不能用；電壓不夠，空調不能用；一萬多塊錢的按摩浴盆放著作擺設，自來水多少渾，洗在身上要出疹子的。提到洗澡，她們想起什麼來了，匆匆吃畢，離桌去，找幾個小孩，到客房裏洗頭洗澡。換洗衣服，洗澡毛巾都帶來了。

女人小孩一走，餘下了這三個。小姐略收拾一下桌面，將吃剩的菜盤並攏，應招呼再上兩個新菜，新熱一壺「古越龍山」，再吃喝一輪。這一輪，說的是比較私密的話題了，三人都壓低了喉嚨，防止別人聽見。這三個可說都是華舍社會裏的小成功者，諳得了一些奮鬥的機密，也因此懂得各自的有限，清楚什麼是有望，什麼是不可望。而他們這一階層的，難免更受誘惑。四鄉里那些流傳著的致富的神話，在他們其實都是一臂之遙的現實，卻終也臨不到他們頭上，心裏多少有著些不平衡，不得意。做起來的時候不覺著，因爲是農人的務實本性，一旦思忖起來，卻會感到人世和人生的無奈何。嘁嘁地說了一會兒，忽然都低了興致，無趣地吃了幾筷，新上的酒菜幾乎動都沒動，便離了桌。回到樓上，未進門，就已聽見一片吱哇亂叫。女人們輪番將小孩按進大澡盆裏，開各種開關沖淋他們。女客們感歎說，這才曉得按摩浴盆是做什麼用的，算開了眼界。小孩子洗得剝皮豬似地拎出來，穿好衣服，女人再輪番自己洗。廳裏邊，男人將一張大寫字臺搬到中間，鋪上一塊包裹皮，雖然是長方桌，湊合著，也可做麻將桌了。三個男人一人坐一面，女人們輪番坐一面，輸贏各歸各家。立好規矩，便洗起牌。秧寶寶的媽媽不打牌，她要盡女主人的義務。將客人們帶來的瓜果，削皮、去籽、切片，放在茶盤裏，送給大人小孩吃。一時上，房間裏果香撲鼻，汁水淋在地毯上，一攤攤的污漬。

三個孩子年歲差不多，女孩子總歸要精明些，又是二對一，那一個不免就要受欺負。好在沒開竅，就不在意，三個人還玩得來。這小女客人長了一張鳥臉，尤其是側面看，完全是個雀子，額頭與鼻梁骨連成一線送出去，下頜部分又收了回來，小嘴尖尖的，又紅，像鳥裏面比較俊俏的一族。這會兒洗了熱水澡，面色粉白，側彎了腿坐在床上，是一隻棲枝的小鳥。她有一個本領，就是速算，四位數的加減法，不用過腦子，一張嘴，答案出來了。開始並不知道，是打撲克，「二十四分」，領教的。四張牌攤在面前，她一過眼就拍下。那兩個贏不了一副牌，全是吃進，要等她脫了手，一對一地，才有回合。待發現她這一本領，便輪著考她，題目出的再刁鑽，也是一吐嘴，答案出來。於是，考官們就進一步，讓做乘法，她說也行，只是乘數不得超過兩位數，出了幾道，略微慢半拍，答案也出來了。這兩個就跟著在紙上筆算，對答案。結果，要錯也是他倆錯，她是不錯一錯的。酒店裏的大小信紙，鋪了一床，上面全寫了算式。那小女客人越戰越勇，眼睛亮著，嘴唇鮮紅，吐出一串串的數位，落地有聲。

客廳裏的牌桌，亦是大珠小珠落玉盤。三家人跟前的籌碼都堆起了些，「大牌」一副連一副，高潮迭起。中間有兩次，服務小姐進來換開水，也忍不住在牌桌前站一站，看一看。每一副大牌之後，大家都要熱烈地「復盤」，重享成功的喜悅。牌時就拉得很長。下午很快就過去了，到了晚飯時間。有人提議不必下到餐廳裏去吃，就在房間裏開飯，不是帶來很多吃的嗎？於是，牌桌暫時收起，籌碼擱一邊，窗簾拉起來，燈都打開了，吃的東西一件一件擺上桌子。方便碗麵，一人一碗，正好碗上附著塑料叉，一人一柄作食具。熏魚、紅腸、牛百葉、花生米、旺旺米雪餅、自家炸的五角星泡芙，整條整條的黃瓜、番茄，還有啤酒、飲料。連一次性塑料杯，都有人帶來了。這一頓晚餐，一點不比餐廳裏的差，並且又自由又痛快。孩子們拿了自己的一份，躲在沙發後面，落地窗簾前，席地開了一桌。讓那男孩背了窗坐，然後，很惡作劇地，悄悄拉開窗簾，對了窗戶猛喝一聲：看！男孩陡地回過頭去，原以爲他會嚇得倒地，不料他只是怔著。再看，那一面深藍的天幕，綴著一些幽遠的小星星，博大而且安寧。三個孩子都靜下來。房間裏的燈，映在夜空裏，他們自己的影，也映在夜空裏，就好像是天上的小孩子。

這一天是怎麼結束的，他們都不知道。秧寶寶醒來時，房間裏已經大亮。爸爸媽媽早已起來，正收拾東西，房間的地上，放著幾個包。見秧寶寶睁眼，就催她起來，要將毛巾牙刷收起了。秧寶寶走進浴間，將小盒小瓶統統裝進一個塑料袋，藏進自己的小包，才又回進浴室洗漱。媽媽站在身後，替她梳頭。因是要離開了，媽媽就不大有耐心，只是將頭髮梳通，根上扎緊，繫一個大紅綢帶。衣服又換上來的那日穿的，白襯衣、花格短裙，套一件毛線背心。將秧寶寶收拾停當，媽媽再回過頭收拾行李。爸爸則蹲在地上清點租來的碟片。

窗簾全拉開了，太陽光照進來，照著地毯上的污漬。昨晚拉出的寫字臺，沒有推回去，桌上攤著速食麵的空碗、塑料叉、塑料杯、魚骨頭、包裝紙、花生衣、酒瓶、吃剩的紅腸。在充沛的光線裏，這一片狼藉更顯出疲憊與消沉。陽光下的大鏡子，呈出的水泥色，也令人感到倦怠。停了一時，東西都收拾了，媽媽生怕落下什麼，將櫥櫃抽屜都拉開檢查一遍，又不推上，就這麼敞著。掖在床墊下的毯子被單也全扯出來，抖了一陣，放下來，胡亂堆著。一整個房間，好像開膛破肚一樣。然後，就下樓吃早飯。

現在，秧寶寶發現，餐廳的地毯上也是一攤一攤的污漬，桌布上是果汁和醬油的印跡，筷子的紙封套隨便扔著，吃過的杯盤碗碟沒收走，有一隻蒼蠅來回地飛著。稀飯涼了一半；小籠包子的底粘在籠布上，湯就淌走了；炒麵放了太多的油，汪在盤子上，看了就飽了；西瓜是餿的。總之，這一餐自助餐亦是教人掃興。三個人都不大有胃口，但還是努力吃著，因覺得不吃是浪費，只是食而不知其味。吃好，上樓取了東西，沒有坐一下，就出了門。這個房間教人多看一眼都會心煩，還會，難過。因爲，確實的，在裏面度過了快樂的時光。可是，非常短暫。

他們下了樓，到櫃檯結賬、付錢、還鑰匙，最後走出了大門。太陽一下子刺了眼，隨後，噪聲盈耳。四面都是轟響：切割大理石的銳叫、汽車發動機和喇叭叫、音響裏電子樂的流行曲、水泥攪拌機沉悶的轟響，還有人聲——雖然不是那樣尖銳刺耳，但卻稠密得很，壓在最底處，像合唱中的哼鳴。他們走下臺階，走過臺階前的空地，走進一條窄街。沿了窄街走一段，就到了河沿。這是比較寬闊的一段水道，對岸，未散盡的霧氣中，立了兩座塔吊，在緩緩地運動。走過沿河的竹器木器市場，離開老街，往新街去了。

他們這一家人，今天要分手了。爸爸媽媽往紹興去搭乘下午的火車，之前呢，要將秧寶寶送上回華舍的中巴。現在，還有些時間，他們還能再聚一會兒。街邊的攤子一個一個擺出來了，涼棚撐起來，服裝挑得高高的，喇叭放大了聲音。眼看著，一條新街被兩邊的服裝攤位擠成小巷，頭頂上是萬國旗樣的衣裙。人多起來了，拉到客人的三輪車在人中間穿過去。爸爸在出租影碟的小店還了碟片。秧寶寶又嗅到空氣中的肉饅頭氣味了：酵粉的酸、麵的香、肉的鮮肥油膩。但這一回喚起的，不是別的，而是一個人，黃久香。她在哪裏呢？

他們因沒有什麼目標，又有那麼多的時間，就胡亂逛著。可是手裏拿著行李，磕磕碰碰的。人呢，越來越多。就想找個地方安頓下來，坐著。媽媽忽又後悔不該這樣早離開酒店，十二點之前總歸是算一天的錢。可當時並不那樣想，只想早走早好，一頭扎了出來。爸爸建議，再到某個酒店的大堂裏去坐，媽媽不同意，說進去不定要花什麼錢，這三天的花銷已經很駭人了。爸爸並不堅持，其實也是沒心情。那麼，就找家飯店進去坐坐，吃頓早午飯，時間又不對，大多飯店都沒開張。三人在人群裏擠著，不知不覺走到一條長廊底下，臨了一條人工挖出的水道。秧寶寶認出來了，那回，就是在這裏消磨的時候，看見了載著黃久香的三輪車。

只兩個月時間，這木廊已經舊了許多，廊下的河，又髒了不少，堆積著各色垃圾。河邊的垂柳，似也老了，變得枯和黃，而且枝條稀疏。廊下坐著的人似乎還是兩個月前的人，只是更疲憊。有人脫了鞋，盤膝坐在美人靠椅上，目光不定地掃來掃去。有人則吃著乾糧，一口一口吞嚥著，吃完之後繼續坐著。亦有人帶著包裹，臉上蒙著油汗，夜裏大約就是睡這裏的，醒來後還沒選定方向。有個穿藍布衫、扎白毛巾的北方女人，很端淑地坐著，雙手擱在膝上，像是等人來領，人卻總也不來。她就這麼一直坐著，一點不急躁。這裏聚集的多是些前不著村，後不著店的人，秧寶寶一家，暫且也成了中間的一員。

33

秧寶寶僅僅離開華舍三天，又有一些新的事情發生了。樓上的東北人走了，搬進來的新房客是一家三口。那女的挺著個大肚子，看來又要進人口了。孕婦和小孩進了門就再沒有出來，男的則上上下下，進進出出，卻不同人多言語。看那男人小個子、凹眼窩、厚嘴唇，像南邊地方的人。夜裏，從陽臺的門窗傳出大人小孩的說話聲，不知是哪一地的方言，一句聽不懂。還有時，夫婦倆你一句我一句地唱歌，曲調亦是陌生的，歌詞一句不懂。又一次，夜深人靜，夫婦突然吵起架來，情緒激烈緊張，每一句都是高聲喊出，照理是聽得十分清楚，可依然不懂。就有人傳說是日本人，或者韓國人，如今韓國人到內地做生意的不是很多？

在秧寶寶離開的三天裏，閃閃的畫廊也有些小變化。壁上的畫少了幾幅，不是賣出去，而是送出去。節日裏，李老師和顧老師的老同事老朋友來拜訪，自然要參觀畫廊。亮亮從紹興帶來些老師同學玩，也要參觀畫廊。都是帶了大包小包的禮物上門，而且四鄉八里老遠地來，看他們滿喜歡的，閃閃又是個豪爽的人，就送了幾幅。畫廊裏倒也添了東西，什麼東西呢？陸國恬的時髦衣服，過了時，或者不喜歡了的，都拿到店裏來賣，反正營業執照上，經營範圍裏有「服裝」兩個字。那衣服不難看，可畢竟顯得雜了。燈箱運轉正常，只是天黑之後，這一大空廓的暗地裏，小小的燈箱兀自轉著，反顯得落寞得很。

相對前些時候的熱鬧紅火，這會兒是冷清了。秧寶寶再回到華舍，情緒不免有些受影響，變得低沉了。外表看起來，她倒是安穩許多，放學就回家，吃過晚飯，早早上床睡了。蔣芽兒找她玩，她也懶懶的，寧願一個人坐著。蔣芽兒呢，就陪著。要說，蔣芽兒眞是個忠臣！無論何種情形，她都不棄不離。連閃閃都受了感動，當了秧寶寶說：紫鵑是個丫頭，林黛玉還叫她一聲「好妹妹」。意即，秧寶寶對蔣芽兒也不要忒怠慢了。秧寶寶自然裝聽不見，其實，她內心裏並不像表現出來的那麼傲慢。有蔣芽兒在身邊，她還是感激的，只是不想說話。每天下午，放學後，又做完作業，兩人就坐在陽臺上看街景。看對面蔣芽兒家的店門敞著，進去些許陽光，忽有一人從光裏走過，是蔣芽兒的爸爸。越過樓頂，可看見院裏毛竹棚的一角。再遠些，是小塊的田，稻子已經割了，留下整齊的稻茬。綽約可聽見鴨鳴。將眼光收回來，收到樓底下，閃閃店前的燈箱，兀自立著，頂上落了一片樹葉子。偶爾地，閃閃出來，倚著門張望一下。看不見她的臉，但她的身影，有一點惆悵的樣子。然後，又進去了。

這季節，這天氣，陽光和風都是和煦的，誰家玻璃窗搖動了，反射出明亮的光線。然後，窗裏傳出一句歌聲，流行曲，清清楚楚的一句漢語歌詞。兩個小孩相對一怔，就笑了：誰說樓上新房客是日本人、韓國人，明明是中國人嘛！她們想想，又一次笑了。以往的那些活潑快樂的日子，又回到眼前。蔣芽兒前後搖著身子，凳子咯吱咯吱叫著，她問秧寶寶：還記得嗎？上回罵我們的那個鴨棚裏的女人，她家棚裏的下蛋鴨毒死一大群呢，哭得要死！秧寶寶不說話，她又自顧自往下說：小小影樓裏的婚紗，教老鼠啃了一個洞一個洞，妹囡卻說，是鏤空花，好笑不好笑？她再接著告訴秧寶寶：以後你要注意，陸國慎進門，是左腳先進，還是右腳先進；左腳先進生兒子，右腳先進，生囡。秧寶寶回過頭，沒頭沒腦地說了一句：我爸爸要轉我去紹興讀書呢！蔣芽兒立刻回了一句：我爸爸要辦我到日本去讀書！滿好。秧寶寶說了一句，轉回頭去。兩人復又不說話，坐著。

太陽光漫到遠處去了，把極遠處的河倒映明瞭，極細的一條亮水，兩頭延得很長。對面蔣芽兒家的店門口，走出蔣芽兒的媽，一個身子細伶伶的女人。腦後低低地垂了個髻，穿一件紅色的羊毛衫，醒目得很，很不像個生過孩子的女人。她怕光似地，手在額下遮個涼棚，左右望著。秧寶寶想對蔣芽兒說：你媽媽在看什麼？一側臉，見蔣芽兒雙臂撐在凳面，肩頭聳得高高的，頭卻低到膝蓋上，十分氣餒的樣子，不由低頭去看她的臉。蔣芽兒抬起了臉，眼睛裏含了一包淚，說：可是，我一點不想去，我哪裏也不想去！她抽噎起來，淚水湧滿了眼眶。秧寶寶不由也抽噎了一下，她要強地扭過頭，眼前的景色已經模糊了。蔣芽兒抽噎了一陣，漸漸平靜下來，說道：我哪裏也不去。這時，她看見了媽媽，正在對面向她招手，要她回去。她跳下凳子，忽然抱了一下秧寶寶的脖頸，說：你也不要去！鬆開手，沿了陽臺跑過去，穿過客堂，下樓。不一會兒，她那難看的雞胸的小身子從樓底下出現了，邁著兩條細瘦的腿，像個笨拙又機敏的螳螂，跑過街面，到了她家店門口，跟媽媽進去了。

在這段日子裏，還發生了一件事情。由於是間雜在這樣多的事端裏面，它的重要性，不由就被抹煞了，顯得不那麼震動。那就是，公公死了。

是節後第一天上學，張柔桑傳給她一張字條。在她們目前的關係底下，用傳字條來傳達意思是比較恰當的。過去的事情都已經過去，沒有什麼需要生氣的了，但是，往昔的日子還是留下了一些記憶，心情複雜，見面不如不見面。這很像是一對拆夥的情人，雖然無怨無艾，但卻不堪面對。就這樣，張柔桑寫了一張字條，折成小方塊，請一名女生交給秧寶寶。這名女生是在近日裏方才與張柔桑好上的，比張柔桑矮半頭，戴一副眼鏡，已經開始自學英語，亦有著某一方面的才能。張柔桑選的朋友，必定不是等閒之輩。這也是她對秧寶寶失望的地方，夏靜穎怎麼能和蔣芽兒這樣一個平庸的人才結伴呢？張柔桑的新朋友將紙條交到秧寶寶手裏，很負責地看她把紙條打開，才離去向張柔桑交差。字條裏寫的就是公公的死訊。

公公也沒什麼病，真就是老死。大約有一周時間，躺在床上，不吃不喝。頭兩天，村裏人並沒覺察，第三天發覺了，沒見公公出去吃茶，秧寶寶家老屋的門從早到晚關著，就過去喊門。卻想到公公是個聾人，未必喊得應，乾脆翻牆進去幾個人，問是不是要拉他看病？公公搖搖手，不肯動。人們就從家中送來粥、菜、麵條、開水。過一天來看，沒動絲毫，原樣放著。換上新的，下一日還是不動。就大聲問公公，要不要寫信叫兒子回家。這一回，公公點頭了，還指指床頭一個人造革黑包，意思地址和郵費都在裏面。於是，人們拉開黑包，找出三個兒子的三個信封，照信封上的地址分別發出三封信。第一天沒人來，第二天沒人來，第三天，晚上，躺了一周的公公坐起來，吃了一個饅頭，喝了一聽飲料，然後大聲唱起來。沈漊的人們都去聽了。公公坐在席上，九月的天，公公還沒換席。公公坐在席上，雖然瘦成皮包骨，臉色卻很好，眼睛亮亮的。他先是唱戲，唱了幾段的篤戲，都是古戲。老人還知道他是在唱「唐僧出世」、「二堂放子」、「金山戰鼓」。年輕人就聽不懂了，但也覺得有板有眼。唱了大約一個時辰的篤戲，公公又改唱歌，老歌夾著新歌，最近的一首歌是「社員都是向陽花」，至少是四十歲朝上的人才聽得出來。扳指頭算算，從這首歌以後，公公的耳朵就走下坡路了。歌中，自然有那首「曹阿狗」。這支民謠無腔無調，最適合聾人公公唱了，念板似的，一句不拉。唱歌又唱了大約一個時辰，人們就勸道：唱到這時，公公也累了，躺倒睡覺吧！公公便躺倒睡覺了。第二天早上，去看公公的人發現公公已經過去了。摸摸身上，還熱著，剛剛過去。正要喊人，門外走進公公第一個兒子，住紹興的。然後，杭州、上海，第二、第三個兒子也相繼到了。人們都說公公福氣很好，前腳走，後腳，兒子來送殯了。

不過，公公最終還是沒住進他的陰穴。人一走，鄉里殯葬改革辦公室的人就到了。公公的三個兒子全是受新派教育，思想開通得很，無須多說，略看看日子，撿個說得過的時辰，將公公殮在棺材裏，送到柯橋火葬場一併燒了，骨灰裝了個盒子。毛豆地裏的幾塊青石板拔了，水泥穴撬起來，扔在路邊。由老大帶著骨灰盒，三人一起走了。公公出殯這日，有兩樁奇事。一是管墅的鈕木匠，不曉得聽到什麼風聲，或者是碰巧，竟來了。跟在棺材後頭，到了火葬場，然後再從柯橋搭船回家。第二樁是關於公公養的雞，這一日竟跑得一隻不剩。誰也沒看見牠們，不曉得去了什麼地方。

秧寶寶將紙條看過，立即撕了。現在，公公沒有了，老屋她也不想回了。沒有人氣頂著，老屋不曉得要荒成什麼樣子。她將撕碎的紙條扔進垃圾箱，與蔣芽兒勾著脖子走了。

蔣芽兒家新近從街上拾了幾隻小野貓，在放木材的棚子裏，圈了一個貓圈，養貓了。貓都是蔣芽兒媽媽拾的，因是一起吃素唸佛的人說，貓是性靈之物，不準是哪一位先人投的胎呢！所以要養生積往生德。拾來之後，蔣芽兒卻喜歡得不得了，搶著要餵。她媽媽就放手不管了，只管唸經超度。多年養病，蔣芽兒的媽媽已經不太會做活了。

雖然，客戶們有反映，說，蔣老闆的料上有貓臊味，蔣老闆卻並不干涉他女人養貓。還是那句話，不信，也不得罪。再講，做生意的人，多少是有些天命論的，因為世事太難料了，所以，什麼也都是半信半疑。

蔣芽兒和秧寶寶急急地走過老街的街口，小小影樓的老闆娘，妹囡，特地趕出來，為了和秧寶寶說上這麼一句話：人家說，藝術畫廊的生意好得來，無須賣，都白送了！誰聽不出話裏的得意呢？兩人共同回嘴道：不要管人家，管好自己的鏤空裙子！不等妹囡再說話，兩人加快腳步走了過去。一路來不及停留地，來到新街頭上，轉一個彎，進了菜市場。繞過蔬菜攤、禽蛋攤，直到菜市中央，水產的一排盆前，一個攤，一個攤挨過去。一人手裏張一個塑料袋，腆著臉，問人家討殺魚殺出來的魚肚腸，又不時地，眼明手快，從地上拾起一隻蹦出盆的活蝦。有一些攤主很大方，將魚肚腸兜底送進她們的袋中，倘是沒有，便誠懇地說：你看，沒人叫我殺魚，不是我不給你們。有一些就不那麼好說話了，說自己家中也養貓，或者說有固定的人家向他定好了，過一會兒要來拿。果然，有人來了，塑料袋裝走魚肚腸，臨走又遞上煙。秧寶寶和蔣芽兒沒有煙遞，只憑一張嘴，甜得好像抹了蜜，好話說盡。也有的攤主是見她們像乞兒一樣可憐，賞給一條兩條小白條子魚。這就是寶貨了，趕緊拾起來，另外裝一個袋子，是給最小最弱的那隻貓吃的。這樣，終於，找好了貓食，兩人再興匆匆地上路，回家去。

回到蔣芽兒家中，先將收穫來的魚肚腸裝在大盆裏沖洗。其實，貓食是無須那樣衛生的，但她們不管，什麼都要做到家。洗好魚肚腸，就在鍋裏煮，加進些米飯。整條的魚蝦呢？另外煮。煮開後，晾著。貓們嗅見腥味已經不安了，在四周走動著。她們則開始替貓洗澡，用洗髮的香波洗。開始，貓們都怕水，叫著，爪子撓著她們的手。現在，不了，一個個都很享受。半閉著眼睛，任憑她們揉搓。然後，濕淋淋地一個蹲一個板凳，微微打著寒戰。一會兒就好了，太陽曬著，毛很快就蓬鬆柔順，發著光亮。這時，貓食也晾得差不多了。她們將貓食舀在各個小盆裏，實行分食制。

然後，她們才算歇下來，坐在小凳上，擦把汗，看貓們嗞嗞地吃食。她們並不說話，勞動和養育使她們心生安寧。

34

在度過一段高潮迭起的日子之後，生活又進入到日常的平穩節奏裏去，感覺上時間是過得比較快了。不知不覺地，天寒了。街邊零落的幾塊地裏，犁了稻茬，播了麥種、瓜棚豆架，也都摘淨果實，黃了葉蔓。樹葉，一批一批落著，露出疏闊的枝子，枝子上長了些結子，看上去有點蒼勁的意思。映在清朗的天空上，則是一幅對比均衡的圖案。這個黃濁顏色的小鎮子，此時顯露出它的另一面。這另一面，就是澹淡和明亮，是冷色調的，有些泛青。然而，在這樣退白的顏色中，那種水泥的，質地粗疏，反光生硬的灰，也更凸現出來。它甚至侵蝕了四周的色澤，使這冷色調多少有些變質，變得蒼白。但是，有一些細緻的筆觸還是帶著它的清俊格調跳出來。比如，瓦稜的黑、木和磚的深褐與深灰、石頭的青、樹枝子的淺褐。這些中間色的密度都比較高，顏色就比較透，透到底。吃光，也吃到底，折射就很含蓄。由於氣候乾燥，它們又都浮著一層霜白，這層霜白很有效地將歲月造成的差別調勻了。並且，更重要的是，它使得這些年經月久的老色澤變得輕盈了，有一種絹似的薄和柔。絕不是飄逸，而是沉著。

小鎮子裏的那些水呢？渾還是渾，卻也寒素了些。因爲空氣中的濕度不那麼大，流通的速度快一些，那些生活垃圾、菜葉子啊、魚腸子啊，豬下水啊，不像夏季的腐爛程度高，腥味淡了許多。小鎮子裏壅塞的那股子濕溻溻的汗氣，消散殆盡，這也是空氣流通的一個原因。也因此，那股子工業的硫磺味、酸鹼味，卻變得尖銳。它們穿透了動植物的有機的腐味，浮在小鎮子空氣的上端，人在底下走來走去。橋洞裏的苔蘚也蒙了霜白，襯著石頭的青，成了水墨畫裏的，有對比的白和黑。這樣，小鎮子自早到晚，都有了一種晨意，寒凜凜的，但很清新。人臉亦都白淨了些，輪廓線條也細緻了。換了裝束，不像夏季那麼隨便和邋遢，光膀、赤足，揮汗如雨。穿戴得整齊，人就變得規矩有禮，說話斯文。所以，這小鎮子的聲氣也變了，變得不那麼鬧。總之，神定氣閒。小舢板子不疾不緩地穿過橋洞，水嗞嗞地洗著船幫子。老房子裏的炊煙咕嘟嘟出了磚砌煙囪子，徐徐飄搖著，麻雀子呢？從容地一飛一停，覓過冬的口糧。有時，高遠的天上，行過一個雁陣，或一字，或人字，向南過去。低頭一看，燕子已經空窩了。所以，閒定之中，又有著惘然。這小鎮子，其實是善感的，並不像它表面上那樣務實。

外鄉人的聚集，漸漸由室外移向室內，老街後巷裏那一排錄相室，大多在外間擺了牌桌，菜市場後頭柳樹底下的檯球桌，如今圍起了蘆席棚，擋風。再有，電影院也重新開張了，不過不是放電影，是出租給人經營電子遊戲機。門前走過，朝裏望望，門裏黑洞洞的，只聽見一片咔嚓嚓、轟隆隆的撕殺搏鬥聲。還有，華舍大酒店的門廳裏，也是外鄉打工仔的去處。並不買票進去，只擁在門口，聽裏面傳出的音樂。表面上，小鎮子是少了些人，清靜了些，其實呢？全擠在芯子裏。好像走到哪裏，一推門，都是人，外鄉人。李老師家樓上那一戶外來的，沒聽見任何動靜，就添了人口，忽然一日，響起嬰兒的啼哭聲。人們也已經打聽到了，這戶人家是哪裏人。你知道是哪裏？貴州苗族人。怪不得是那樣的口音，那樣的長相，又過著那樣的生活，只聞其聲不見其人。這小鎮子不曉得什麼地方，就嵌著遙遠地方的一些人，帶著陌生的神情，警覺地看著四周。

就這麼著，天短了許多。早上，天灰濛濛的，華舍就動起來了。拖拉機轟隆隆地開過來，車斗裏的青石料還蒙著一層霜色。中巴也開出了，一路吆著上客。店舖嘩啷啷地吊起捲簾門，自行車叮鈴鈴地響。鎮子的上方，還壓著一片晨霧，剛剛顯出大致的輪廓。只是那些私家的華屋，五層或者六層的琉璃瓦頂，有了較爲鮮明的顏色。對了，還沒說那些馬賽克牆面，琉璃瓦中國式的翹簷頂的樓房呢！那是華舍鎮的至高點，萬物之領。那金燦燦的一個點，一個點，分布在小鎮子霧幢幢的上方，像從天而降的金箔。任何方向的光，只要一接觸到那銳利的幾個角，立刻，迸射出光芒。它們要是金箔，底下的馬賽克就是玉磚了，那可就是瓊樓玉宇。現在，這時候，人家還灰著呢，它已經亮出來了，每一個頂上都接了那麼一炬光。

在那灰裏透著白，略有些細水珠子，雖然寒凜凜，但卻是晶瑩瑩的晨曦裏邊，差不多是同一時間，從各家門裏走出了上學的小孩子。本是散著的，越走越聚到了一起，分幾個方向，幾條路，滙成幾條流。男生和女生們，分著派別，或單個，或三個兩個，在大人們的腿腳，自行車輪子間，走著路。全都穿上秋衣了，很厚實的。書包雙肩背地馱在背上，手裏還叮呤噹啷地提著飯盒、水瓶子。要好的呢，就摟頭抱頸，竊竊私語。不要好的，就互相遞白眼。走著走著，忽然間就有兩個人前後追逐起來，總歸是那男生手腳閒不住，惹了人家淑女。淑女們哪一個是好惹的？腿腳也飛快，不出五十米就逮住。逮住，只是照原樣還了一記，平了。可到底沒面子，只能訕訕地笑，一個人孤零零地再往前去。

其中，目不斜視地走著秧寶寶和蔣芽兒。前一個穿一件帶帽夾風衣，黃紅格子，是她媽媽穿下來給她的，所以，有點大，袖口挽起了，空落落地罩在厚毛線衣外面。後一個也學她樣，穿了她媽媽的衣服。這一個的媽媽身量比較小，衣服倒還稱身，只是這一件是西裝，翠綠的女衣呢，兩顆扣，收腰，大墊肩，就把人又襯小了。總之，兩人都有些蒼蠅套豆殼似的。但自覺是長大成人了，便神情莊重，不與身前身後的小孩子一般眼界。倘有人斗膽撩她們，單是眼神就能將人逼倒。走到校門口不遠，就可看見從對面方向來的張柔桑，和她新結交的女伴。張柔桑穿的是毛線外套，間色的，又摻了幾股金銀絲，看上去就很華麗。但張柔桑是文靜溫柔的，所以，這華麗便被壓下去一些聲色，不那麼眩目。領子是翻領，荷葉般地托著她白皙的臉龐。像張柔桑這樣的賢淑的女孩，總是比較早地長成少女，有了少女的風韻。倘是秧寶寶繼續和她做朋友，也可受些感染，早一點成熟，因她也是有一些溫存的潛質的。而和蔣芽兒朝夕相處，她身上的另一種潛質，就是動物性的活力和生氣，卻被激發了。她變成另一類小孩子。表面看有一些乖戾，是因爲有著一股子力量在往外拱，打破了協調，漸漸地，卻形成某一種嬗變。到某一個時期，她會超越張柔桑成熟起來。現在，伴在張柔桑身邊的新朋友，正有意無意地接受著張柔桑的女性氣質影響。可是，她是那種人們稱作「書蠹」的小孩子，在某一方面發展得特別快，其他方面幾乎是發育滯後。你看她，東施效顰地也穿一件毛線外套。小女伴們都喜歡穿一樣的衣服，以示友情。可她的毛線外套顏色不對，是花俏的老太太穿的那種暗紅，間著喧鬧的雜色圖案。她那張教近視眼鏡遮去一半的小臉，埋在渾濁的花色裏，幾乎看不見了。好在，她臉上有一種天才一樣的表情，木訥、遲鈍，但絕不是愚蠢，而是一種稱得上睿智的聰明。所以，她雖然滑稽，可是超凡脫俗。就是這股子超凡脫俗，使她與張柔桑，這兩個天差地別的人聯繫了起來，配成一幅別樣的圖畫。

這兩對人，爲避免照面說話，一對人加快腳步，另一對放慢了。正好前後錯過去，相繼進了校門，穿過操場，上樓梯，經過幾個二三年級的教室。那裏邊就像鴨棚，吵翻了天。她們四年級的教室，吵得略好些。一些晚熟的同學，尤其是男生，還在吵。女生們，大多已不屑於和他們說話，矜持地在各自的座位落了座，等待第二遍鈴響。此時，太陽升起來了，朝南的教室裏斜進一片金光，小孩子身上都染了顏色，明晃晃的。課本、作業本、鉛筆盒，噼噼啪啪，帶著怨氣似地，往桌上攢。桌椅腿磕碰著，第二遍鈴就響了，一天的課程開始。

這時的操場，簡直就是金沙海了，朝陽勻勻整整地布在上面，每一顆小沙粒都投下極小的一滴影，沙面就起著絨頭，看上去綿綿的。但只一瞬間，那層金光就揭起了，沙面重又白下去，絨頭也沒了，卻很明亮。賴腔賴調，而又是朗朗的讀書聲，從各個窗口傳出，此起彼伏。你要問他們讀的什麼，十之八九是朝你翻白眼，一個字回答不出的。但很神妙的，日復一日，他們就學會了讀、寫、計算，各式各樣的本領，長大後不曉得要成什麼精呢！

此時的鎮子呢，也略靜下些了。小孩子都攏到課堂裏去了，外鄉人一半在車間做工，一半剛下夜班，在宿舍裏補覺。菜市場裏一半攤位收了，還有一半，生意也零落不少。老茶客們，都鑽在黑洞樣的茶館裏喝茶吃饅頭。也還有些閒人，也鬧不起來，至多隔了河喊幾聲閒話。高風朗日之下，話音散得很開。鵝啊、雞啊、貓和狗，倒成了半個主人，慢慢地踱步、找食，左顧右盼地看風景。誰家的門檻上立一會兒，聽裏頭的私房話。誰家起炊了，米飯香和草木灰香瀰漫開來。好像時間倒流回去，回到古時。鎮子裏露出一點古意，亦只是一現，又掩過去了，再是一現，再掩過去。

秧寶寶走在路上，有時抬頭一望，會覺著是頭次看這鎮子。樹葉子凋零，這鎮子全顯出來了，多少變得空廓了一些。無遮無掩的，幾條高壓線淡淡劃過去，在白色的山牆上留下幾道影。有一種肅穆的氣氛，浮現出來。要是在老街的外緣，新街上，則有幾分荒涼了。水泥路面，慘白著。臨時搭建的水泥房屋，縮在兩邊路沿上。樹，這一個夏天雖然長大不少，可樹蔭也遠不夠遮擋路面。現在呢，又落了葉，更顯不出了。那些小吃攤子，下午四五時，依然生火開油鍋，天很快黑了。暗中，那搖曳的爐火、油鍋的爆炒聲，反而顯得更寥落。這個鎮子，在這個季節，變得闊大一些，不那麼壅塞，前後左右推擠著，故而也變得敞露了一些。許多曲折逼仄的角落，如今一下子豁朗開來。她們曾經七繞八拐，穿街走巷的祕密去處，這會兒不知怎麼，三兩步就走到了。比如那教堂，不就在丁字巷盡頭，一拐的地方，靜靜地佇立著？四周都是居家的自建的小院子、廁所、垃圾堆，和幾架藤蔓作物。教堂其實也不是那麼高聳森嚴，不就是個水泥預製件搭成的建築？只不過，窗是圓拱形，凹進去，窗廓比較深和寬。再不過，頂是尖的，立著一個十字架。還不過，有幾步臺階，坐地高幾步。再比如，那小埠頭邊上的木廊橋，站在李老師家陽臺上，都幾乎望得見那位置，也是靜靜的。木廊頂上的草落了大半，可看見天了。那埠頭就像廢了，底下的不是水，而是漿。可有時候，你就看見有一部小划子，停在那裏。又比如，倒閉織綢廠前的水泥橋，橋上的老公公，竟看見他在菜市場買菜。特別愛與人搭話，勿管認不認識，照樣攔住，指了人家籃裏的魚說：這樣小的魚，無須油，無須醬，甩兩個蛋，打散，澆在魚上，一蒸，就好。或者：這樣的菜，老葉留下來，切切，醃醃，加進毛豆，一炒，就好。

原來，什麼都是相互挨著，不出百十米的距離。可以說，盡收眼底。就因爲這個吧，反而，覺著不認識了。這是個神奇的鎮子，簡直有些鬼魅氣了，一會兒藏，一會兒露，一會兒放大，一會兒縮小，一會兒是這一面，一會兒是那一面。現在，秧寶寶無須各處搜尋，她無論在哪，都看得到這鎮子的全貌。它的角角落落，全在秧寶寶的視野裏。她走到哪裏，這小鎮子都跟在她的身後，一回身，卻看不見了。再背過身，再又悄悄地跟上來了。

35

陸國愼臨近她的預產期了，因爲是有一定危險的產婦，於是，又一次住進醫院，等待生產。這一回，進去一個人，出來就是兩個人了。

這個小孩子還沒出世，他的東西已經一天一地了。各種奶瓶、小碗、小勺，排在桌上。尿布，不曉得撕了多少舊床單、舊被裏，花花綠綠的幾大摞，堆在櫃子上。最多的是衣服，絨布的內衣內褲、毛線織的厚薄衣褲、棉的、單的、帶帽的大敞、帶拉鏈的小被窩、鞋、襪、帽，還不包括陸國慎娘準備的那些，櫥裏都放不下，放到了床上。晚上，回家等候陸國慎生產的亮亮，就睡在這一堆嬰兒衣物的旁邊。這些東西，一半是陸國慎自己準備的，一半是閃閃、李老師、陸國恬準備的。本來各自收著，這時候就紛紛亮寶樣地亮出來，送到陸國慎房間來了。好事的鄰居們，都跑來參觀。蔣芽兒很多嘴地說：夏靜穎，你給小孩子鉤的帽子呢？秧寶寶臉一紅，沒搭話。大家正在熱烈地討論著一次性紙尿布好不好，沒有聽見蔣芽兒的話，也沒注意秧寶寶的表情。倘是陸國慎在場，就不會錯過了。這就是陸國慎和其他人不同的地方。可是，陸國慎不在，在醫院裏。

一次性紙尿布是陸國恬送來的，說一張尿布可以管六個小時。人們便懷疑地說：六個小時，那將有多少尿？起碼要有兩斤吧，綁在身上，不要說是剛出生的嬰兒，換一個大人試試！所以，萬萬使不得的。可是，陸國恬說，現在她的同學生下孩子，都用這樣的一次性尿布。人們就說：那是大人懶，要是大人勤，誰捨得將尿布一捂六個小時？閃閃正好上來拿東西，聽見這話，笑道：好像人家都在虐待嬰兒呢！說罷又下去了。李老師則出來斡旋：備是要備一包的，要是出門做嬉客，就不用帶尿布了。關於尿布的問題結束了。接下來看的是一個吸奶器，也是陸國恬送的。陸國恬可眞是個新派人，送的東西都帶有革命性。據稱，這個吸奶器是套在母親的奶頭上，通過吸奶器的奶嘴送奶進嬰兒嘴裏，爲的是防止奶頭被嬰兒叼破。眾人又嘩然：還有不叫小孩叼奶頭的嗎？不叼奶頭，能認親娘？這都是沒做過父母的人想出來的名堂。從前華舍鎮，有個女人，生下兒子，一叼她奶頭，就甩開，一叼就甩，原來她的奶是苦的，這女人的命苦不苦？這一回，李老師也想不出什麼話來辯解了，站在一旁抱歉地笑著。

秧寶寶悄悄地走了出來，蔣芽兒跟在後面。沒有陸國慎，事情總是不一樣。儘管，儘管秧寶寶還是不和陸國慎說話。可有陸國慎和沒有陸國慎，就是不一樣。兩人一前一後走過陽臺，穿出客堂，下了樓，被畫廊裏面的閃閃叫住，讓她們進去幫忙。幫什麼忙呢？搬東西。凡是花、月季、鳳仙、梔枝花、海棠花，如今都凋敝得很，就統統搬上樓，放回陽臺，只留下常青的、觀葉的植物。於是，這兩個小工，端著花盆，一趟趟上下來回跑，不一會兒便氣喘流汗，腰也佝僂了。閃閃就說：還沒到冬至祭祖，怎麼就磕頭了？秧寶寶直起身，斜過去一眼，說：你自己怎麼不搬？閃閃看她一眼，將一個條案橫在肩頭，然後，一手提起一個花盆，腰不彎，氣不喘地上了樓。這就閃閃敢說話的原因，她能幹。秧寶寶憋足氣，也像閃閃那樣，一手拿一個花盆，手拿不住，就屈下身子抱起來，蹬蹬上樓去，再屈下身子放地上。李老師看見了就說：當心別了腰！閃閃說：她有什麼腰？三寸丁長的人。秧寶寶又能說什麼呢？什麼也無須說，閃閃又不是陸國慎。

花盆搬走了，只剩下兩棵龜背，一盆萬年青，還有一盆鐵樹，分置在四個角上。房間顯得疏闊多了。上回，周家橋老友畫的四幅荷葉，只剩三幅，其中一幅讓顧老師送給另一位老友了。顧老師的百子圖半賣半送地出手了，新一幅還未畫出來。歐洲風景圖畫，送是送的多了，賣只賣出一幅，就是抄書郎買走的。倒是閃閃做的風鈴，最大的一串，教人買走了。於是，房間上方，也空廓不少。當然，多出一架衣服，依牆立著。除了陸國恬，閃閃別的一些女同學，也拿來一些七成新的代銷。閃閃乾脆將自己的，不愛穿的時髦衣服也掛了出來。這些衣服，現在差不多是唱主角了。當然也是看的多，買的少，但到底使這店鋪熱鬧了一些。蔣芽兒的媽媽送來幾尊瓷觀音銷，造型均很呆板，工藝也粗糙，連嘴唇都點不準顏色，歪著，看上去就像有兩張嘴。但這店鋪是租人家的，又一點不講究租金，就沒法推辭了。迎門的地方，還放有一個洗臉盆，裏面浮著陶土的小人兒，提起來，對準人，便撒出尿來。是一個同學從宜興那邊批來的，分給閃閃一點。

這會兒，閃閃收拾了一遍，小店略顯出點新氣象，又鼓起一些勁的樣子。忙完，閃閃在書桌後邊坐下，不再理睬她的小工們。自顧自從抽屜裏拿出一面鏡子，端詳著。端詳一會，再取出一套化妝盒，開始化妝。濕海棉細細擦淨臉，從一個小瓶子裏倒出一些透明液來輕輕敷上，手當風扇，搧了幾下，讓它晾乾。薄而勻地擦上一層乳液，再晾一會兒，開始上粉。閃閃的臉漸漸變得很白，很細嫩，原先有的一些雀斑都隱去了。她每完成一道工序，就要左右側著臉，從不同角度端詳一遍。她很投入，完全把秧寶寶和蔣芽兒忘記了。但同時，她又好像走著神，在想其他什麼心事。勻整了臉，她拿出一個鑷子，湊近鏡子，將幾根凌亂的眉毛拔了去，開始描眉。她並沒有照一般描眉那樣，描成漆黑，而是用筆尖沾了一種深灰帶紫的眼影粉，一筆一筆掃上去。奇怪的是，眉毛並不顯出灰紫，也是黑的，但不是那麼對比強烈的黑，而是比較自然。這兩個小孩子也入了神，擠在跟前，差不多要碰著閃閃手裏的眉筆。眼影粉是分兩層，一層肉紅，從眉毛底下開始，由淺漸深，在眼瞼處，再加一色黑灰。描眼線是細工，閃閃抬眼看她們一下，她們不由共同朝後退了退。閃閃將眼線筆削尖，幾乎是對準了眼眸，移過去，留下一條極細的墨線。這還不夠，閃閃又拿出棉簽，在細墨線上擦一道，將墨線擦得略有些糊。本來就夠大的眼睛，忽然就陷入一圈黑暈之中，變得神祕、朦朧、幽深。這一回，閃閃端詳的比較久了。她在鏡子前停了一段時間，一動不動。兩個小孩子，斂聲屏氣，等待著。良久，閃閃抬起手，用一柄較粗的筆，掃上腮紅。以下的工作就比較快速，描唇線，點唇膏，最後再上一層定妝粉。

好了，一個美人在了眼前。那兩個人睜大眼睛，發不出聲來了。美人對著鏡子，慢慢地眯起眼睛，停了一時，再慢慢睜開眼睛。然後，就不動了，神不知遊走到什麼地方去了。房間裏很是靜默，半天，聽蔣芽兒喉嚨口咕咚一下，發出一種驚歎的聲音。這聲音將美人喚醒了，她向兩個孩子轉過臉，一笑，這一笑竟有些瘮人。人，要美過頭了，就多少有些恐怖。她笑著說：像不像妖精？兩人不曉得如何回答好，停了會兒，遲疑地搖搖頭。美人收起笑容，生氣了。她抓起一個瓶子，憤然向手心裏扣著，扣出一大團乳白色的膏液，一下子抹了滿臉，美人一下子成了厲鬼。白色的乳液轉眼間攪成了烏、青、紅一片，一雙奇大的眼睛就在後面閃光。厲鬼似乎有意地，將臉上烏七八糟的顏色調了很久，還不時咧一咧嘴。稀髒的顏色裏就現出兩行白牙。終於調夠了，這唬人的把戲玩得有點乏味了。抽出兩片紙，草草將臉抹一遍，厲鬼又變回閃閃。這一個閃閃，比先前的那個有了什麼主意，神情不再是恍惚的。她伸手「啪」一聲將鏡子拍倒在桌面上，站起身來。

這天晚上，亮亮從柯橋醫院探視回來，說預產期到了，但陸國慎卻沒什麼動靜。醫生說不要緊，等兩天看看。雖然有醫生的話在，可終究是令人不安，大人孩子都有些沉悶。前後相繼吃罷晚飯，閃閃將哥哥喊到她的房間裏，還有小季，三個人商量什麼事情去了。李老師在廚房洗碗，不用人吩咐，秧寶寶自己擦拭了桌子，掃了地，又將剩菜用網罩扣在桌面上，自己在一邊做作業。小毛很乖地，坐在沙發上看一本圖畫書。因李老師不讓妨礙秧寶寶做作業，看過新聞聯播後電視機就關了。客堂裏很寂靜，李老師從廚房出來，看兩個孩子一點不教大人操心的樣子，到底因爲有心事，顧不得表揚他們。也只是拾了一張報紙，在一邊靜靜地看。

電燈很危險地閃了幾閃，然後滅了。先是一片漆黑，人都在原處不敢動。略停一會，適應了眼前的黑，窗外透進的天光，依稀映照一點輪廓。那三個人從房間裏摸出來，兩個男的找出電筒，準備查看電錶的保險絲。閃閃則說：慢！到陽臺上一張，見整幢樓房，以及對面蔣芽兒家、路燈、華舍大酒店，全是暗的。說：不必查電錶，是停電。大家便釋然，從抽屜裏取出蠟燭，分派給各人，點上。遠近處的工廠，一下子也止了機器聲，隔壁人家的說話聲一下子到了耳邊。過了一時，有一兩家自備供電設施的，又陸續響了起來。房間裏亮了幾盞燭光，搖曳著，小毛不知不覺在暗中睡著了，倒在李老師懷裏。李老師抱起他，送去閃閃房間，嘴裏喃喃了一句：早不停，晚不停，偏偏今天停電。要說，李老師的牢騷是沒有道理的，爲什麼是「偏偏今天」？「今天」爲何偏偏不能停電？當然，這是不言而喻的。一陣憂懼抓住了秧寶寶的心。她沒有心思做功課了，呆呆地望著燭火。明天，明天，陸國慎會怎樣呢？唉，陸國慎啊，滿街滿市的小孩子，偏偏陸國慎生一個，會遇到這麼多危險。

燭光，本來小小的一點，漸漸大了，充滿秧寶寶的眼睛，彷彿滿眼都是燭火。可是，沒提防地，燭光陡地又跳了回去，變成暗淡的一點。四周圍的其他東西，卻回到眼前。來電了，裏外房間相繼吹息蠟燭，一股燭油味，熱呼呼地瀰漫在空氣裏面。秧寶寶欠起身，呼一下吹滅蠟燭，跑到陽臺上，抬頭一看，整幢房子，窗戶都亮著。華舍大酒店的霓虹燈亮了，遠處鎮子裏，螢螢地亮著，對面蔣芽兒家也亮了燈。那些遠遠近近的華屋豪宅、琉璃瓦下，也有了光。機器聲一下子轟鳴起來。李老師在客堂說：秧寶，功課做完了嗎？做完了就開電視。秧寶寶趕緊回屋答應做完了。電視機打開，房間裏有了聲音。這一個夜晚，活躍了起來。所有不好的兆頭，全都煙消雲散。

第二天，秧寶寶放學回來，先上樓一趟，沒看見亮亮。又到閃閃的店裏，也沒有亮亮。陸國恬倒在，仰臉坐在閃閃跟前。閃閃在替她化妝，耳朵裏塞了個耳塞子，連著電線，連到桌上一架小放音機上，旁邊翻開一本英語四級教材。陸國恬臉上已上好粉底，正到描眉的工序，眼睛一眨不眨，說：秧寶，你走遠點，不要碰著我。秧寶寶心裏暗說：陸國慎躺在醫院裏，你們倒在這裏扮妖精！轉身出門，過到對面，幫蔣芽兒餵貓去了。

原先的小貓已長成大貓，肥壯得很。但又新添進一隻小小貓，是自己跑來的。因天寒了，每日洗澡這一項免了，改成每禮拜洗一次。禮拜日的中午，在太陽底下進行。這時候，蔣芽兒正在奮力砸蟹腳。前一日家裏吃了螃蟹，她將吃剩的蟹腳收集攏，砸碎了和魚肚腸一併煮。貓們似乎曉得這是牠們的大餐，很關心地圍成一圈看。秧寶寶來到，就去搬來一塊砧板，用一柄斧子，翻轉了斧背，一起砸著。蟹殼四濺，飛到她們的臉上、身上、頭髮上，有人走過，只聽咚咚的，以為蔣老闆家在做木器活。將蟹腳砸得稀碎，和進魚肚和剩飯，坐上鍋，兩人才有暇歇一歇，穿過店堂來到街面上站一站。鎮碑處停下一輛中巴，下來一個人，是亮亮。秧寶寶來不及和蔣芽兒道再見，隨著亮亮後邊，跑回李老師家去。

亮亮今天帶回的消息和昨天一樣。陸國愼依然沒有動靜，醫生還是那句話：不要緊，等兩天再說。但是，今天晚上沒有停電，電力很足。

36

這樣的情形又繼續了保持了兩天，第三天，亮亮回來，神色則有些緊張。醫生說，胎音有點不正常，可能要動手術破腹產。吃過晚飯，李老師從櫥櫃裏翻出幾盒保健營養品，又讓閃閃去店裏摘一幅荷葉畫，便要出門。李老師要去找她一個老同事，老同事的兒子在柯橋衛生局工作，請他到人民醫院關照一下。倘眞要動手術，主刀醫生、麻醉師，都要打招呼的。臨出門，李老師又吩咐一聲，讓閃閃洗碗。等閃閃回到飯桌邊，見桌上碗盞已收拾了。再進去廚房一看，碗盞都堆在水斗裏，秧寶寶正往裏擠洗滌液，滿廚房飛揚著肥皀泡。閃閃滿意地說：很好。退出去讀英語了。顧老師進廚房拿畚箕撮垃圾，看是秧寶寶在洗碗，搖頭道：眞是大懶使小懶！秧寶寶悶頭說：我自己要洗的。盤碗在泡沫裏洗去油膩，再放自來水，洗去洗滌液。然後，放進盆裏，舀一瓢積下的雨水，沖一遍。最後，就用一塊乾抹布，一只一只擦乾。秧寶寶將擦乾的碗放在一邊，一雙小手卻捧起走了，低頭一看，是小毛。很危險地捧了一只碗，送進碗櫥。秧寶寶沒有喝他，這時候，她和小毛，似乎有些知己的意思。這麼多人裏面，只有她和小毛，共同們以爲的那樣漠然，是因爲經的事情多，就比較冷靜。

地感到憂懼。而他們又都人小力薄，無甚可做，只有乖，乖，乖！其實大人們並不像他

洗過碗，放好，兩人就來到客堂，並排坐在沙發上，看電視。閃閃出來拿東西，很奇怪地看看他們，然後進去對小季說：這兩人就像一對呆頭鵝。看了一會兒，秧寶寶起身關了電視，回自己房間，小毛也爬下沙發，回房間去了。這天九點多時，李老師方才回來，神情很愉快。老同事的兒子正好在家，當場記下陸國愼的名字和床號，答應明天一上班，首先去人民醫院婦產科彎一趟。餘下的時間，就是李老師和老同事敘舊。至於帶去的東西，營養品，老同事無論如何不肯收，說你媳婦開刀，正好要吃，趕緊帶回去，到時候送紅蛋來吃吧！至於那幅荷葉，老同事則說她實在喜歡，就留下來了。最後，她們講好以後要多多碰頭的約定，依依不捨地分了手。

第二天早上，亮亮就去醫院了。閃閃也跟他一起去，小店開張後頭一次白天關門。秧寶寶腳跟腳下樓出門，到對過邀了蔣芽兒一同去學校。走到半道，忽然想起，昨天的作業沒寫，一下子，魂都驚飛了。秧寶寶撒腿奔跑起來，蔣芽兒在後頭緊追不捨。路上，一個男生很有心機地遠遠站著，伸出一條腿等著絆秧寶寶，叫蔣芽兒搶過去，撲了一個趔趄。兩人再繼續跑，跑進校門，斜穿過操場，操場上的麻雀呼啦一聲飛起來。蹬蹬上了樓，一頭扎進教室，氣沒喘勻，就從書包裏拔出作業本，攤開來，飛快地寫起來。蔣芽兒在一邊，伴讀丫頭一般，扶著書頁，眼睛緊跟著秧寶寶手中的鉛筆，一行一

行下來。恨不能加進一隻手，幫她一同寫。寫完生字，做算題的時候，值日的同學來收作業了，獨缺秧寶寶一本，不能上交給老師，一勁地催，催得秧寶寶更是心焦萬分。一些顯而易見的題目，就是并住了，做不出來。蔣芽兒忍不住大聲提示，邊上那值日生便喝：不可作弊！威脅要告訴老師。蔣芽兒只得放低了聲音，湊在秧寶寶耳邊說。秧寶寶本來就煩躁，耳朵又讓她弄癢，就讓她走開點。隔了兩排座位，張柔桑和她的新女友冷眼看著這一幕，嘴角帶著些譏誚的微笑。今天，新女友梳了一個和張柔桑同樣的髮型。頭髮散開，側旁挑頭路，挑一圈，到另一邊，合著一股彩色頭繩，編一條細辮子。這樣別致嫵媚的髮型，哪是她這樣的怪人可以梳的！散髮叢中一副偌大的眼鏡，又看不見臉了。當蔣芽兒不會笑？

好了，不管對錯，秧寶寶已經寫到最末三道了。第一遍鈴已響了，值日生用手扯住作業本的一角，說無論做完不做完，都要收走。蔣芽兒則全力按住作業本，不讓抽走。在兩隻手的爭奪中，秧寶寶匆匆寫下最末道題的算式。終於，第二遍鈴響起，老師進來，蔣芽兒魂飛魄散地驚叫一聲，鬆了手，那同學刷地收了去。在這千鈞一髮之際，秧寶寶寫下最後一個答數。最後一筆，長長地劃過整張頁面，差點兒拉破紙張。

一整天，秧寶寶都是心神不定，盼著下課回家。可今天就是事多，一節課，一節課地捱，好容易捱過去，老師又留下作業有錯的同學糾正錯誤，其中就有秧寶寶。糾正了所有錯誤，又額外多做了幾道題，才出得教室。不想，張柔桑與新女友卻等在樓下，那新女友送來一張字條，讓秧寶寶看。上面寫著：昨天，沈漊捉了一個翻牆頭的賊，當場把贓物搜出來，現都在村長家，讓各家去認。今天秧寶寶哪裏有回沈漊的心情，可那女友立在跟前就是不走，要等回應。只得從書包裏翻出紙筆，讓蔣芽兒托著書包當桌面，回復了一張字條：今天有事，不去沈漊。交給那女友，張柔桑看了字條，與女友一起走了，她倆才得繼續走自己的路。走到菜市場口上，本來要進去撿魚肚腸的，因秧寶寶沒心情，蔣芽兒也不便勉強，隨秧寶寶走到樓底，自己再一個人返回菜場去。

秧寶寶上樓，拿鑰匙開了門，客堂裏沒有人。小毛在幼兒園還沒領回來，李老師顧老師大約在那頭自己房裏。秧寶寶看看四周，房間很整潔，玻璃窗亮亮的，桌面擦拭得發光，紗罩扣了兩碗菜。樓後面的中學，喇叭裏在說著什麼，然後又播放起音樂。是一個寧靜的下午。一天裏，直到此時，她的心才稍稍安定下來。李老師過來燒晚飯時，秧寶寶已經做好作業，拿了本語文書看課文。李老師有些詫異地看她一眼，心想，小孩子說懂事竟就一下子懂事了。李老師在廚房裏淘米、洗菜，鍋碗磕碰著。自來水一會兒開，一會兒關，一會兒，油鍋又爆了，油煙氣躥了滿屋。這些動靜令人心安，教人覺著，一切都很正常，沒什麼兩樣。

傍晚，閃閃帶了小毛回來了，說陸國慎已經進了手術室，昨晚託的老同事的兒子也到了，陪著亮亮。因她要接小毛，便回來了。又說醫生同亮亮一席話，談得他臉刹白。醫生說不做手術，小孩子就難保住，大人也有危險。做手術呢？也存在著一定危險。因爲任何手術都會有危險：麻醉隱性過敏，血壓陡然高或者低、心律異常、腎功能衰竭……倘要是有意外，保大人還是保孩子？說罷就要亮亮簽字。亮亮簽不下去，那麼，小孩大人就都難說了！聽起來，左也不好，右也不好，不知如何才可保命。李老師說：凡手術，醫生對家屬都是這一套，阿寶背書似的，那一年，你們還小，我在醫院開畸胎瘤，要你們爸爸簽字，也是差不多同樣的一番話，也是嚇得你們爸爸渾身上下篩糠。

此時，秧寶寶的臉已經刹白了。她勉強扒了幾口飯，就推開飯碗，離開桌子。等這邊都吃完，李老師收拾碗筷，讓閃閃到那邊儲藏間裏拿桂圓、紅棗，給陸國慎燉湯。這些都是早備下的，就等這一日用。閃閃走過去，看見秧寶寶已經上床，臉朝裏睡著。拿好東西走出來，已經出了門，想想不放心，又回過去，摸摸秧寶寶的額頭，看是不是發燒不舒服，卻摸到一手眼淚。閃閃睜大眼睛，慢慢直起身，「咦呀」一聲。秧寶寶的頭直往枕頭底下鑽，在心裏嚷：笑好了，笑好了，當我怕你！出乎意料，閃閃一句話沒有說，在床跟前站了一會兒，然後，推門出去了。

這天夜裏，也不知是什麼時候，有人將秧寶寶推醒，在她耳邊說了句：陸國慎生了個妹妹！秧寶寶努力睜開眼，睜了幾下沒睜開，只覺得房間裏都開了燈，將陽臺照得亮晃晃的，人在陽臺上走來走去。紛沓的腳步聲中，秧寶寶又睡熟了。

早上起來，客堂裏滿是紅棗燉雞的香味，桌上放了一淘籮洗過的雞蛋。李老師正在一個大碗裏調顏料，一邊和閃閃說話：要早早將紅蛋發出去，親家母昨晚上就說，現世，生了個囡！這叫什麼話？我說我們家就缺囡，是喜上加喜呢！閃閃說：陸國慎的娘也忒封建，沒聽亮亮說，人家都羨煞陸國慎，一晚上，都是男小孩，只有陸國慎一個囡，是童子護觀音。看見秧寶寶進來，母女倆不由停了停，相互一笑，再又繼續說話。秧寶寶低了頭，盛了一碗泡飯，悄悄吃著。閃閃接著說：我倒是想和陸國慎換呢！我喜歡囡，囡好打扮，梳辮子、穿裙子、插花戴朵；囡有情有義，嘴上不說，卻心知肚明。閃閃後兩句話說得認眞了，秧寶寶也都聽懂了，將臉埋在飯碗裏，一聲不響。吃完飯，進廚房將自己的一只碗洗了，拎了李老師備好的飯盒水瓶。背起書包正要出門，閃閃叫住了她：秧寶寶，下午去醫院不去？秧寶寶的心別別跳起來，臉漲得通紅，低頭站了一會兒，小聲說：我要上課呢！然後，推門下樓了。

李老師和閃閃都能夠理解，一個小孩子，是如何羞於流露感情。因爲他們把感情看得非常鄭重，甚至是嚴重的，於是便慌了手腳。可是他們慢慢地會長大，不是嗎？自從來到她們家，秧寶寶至少長高半頭，人也漂亮了。再過些日月，她將會長成一個嫵媚的多情的姑娘。她將從容鎮定地面對很多事情，明析自己的愛和不愛，自然順暢地表達出來，免受它們的壓力。可是現在還不行，她做不到坦然和開朗，許多情形都是渾沌一片，半明半暗。她，他們，還在努力啄著包裹他們的殼，啄開殼的脆壁，光明一點一點進來，最終完全照亮他們。

雖然沒答應跟閃閃去醫院，秧寶寶卻答應李老師，幫忙發紅蛋。她和蔣芽兒兩個，一左一右拎著籃襻，提了一籃紅蛋，一層一層地上樓去，敲開門，每戶送進四個紅蛋。連三樓苗族人租住的那套單元，她們也敲開了門，頭一次見到那個女人。那女人看上去幾乎還是個孩子，個頭比秧寶寶高不了多少，但肩膀很寬，背上馱一個嬰兒，額上已有了細細的皺紋。一雙眼睛則格外的大，而且很稚氣。她緊張地看著這兩個孩子，不曉得為什麼敲她的門。當看見籃裏的紅蛋，表情便鬆弛下來。大約，這是與她們家鄉相似的習俗，使她想起了一些熟悉的情景。她一定讓她們進去坐，因為要忙著分發紅蛋，她們執意不答應。最後，女人便側過身子，讓背上的嬰兒喊她們阿姨。嬰兒發出一些奇怪的聲音，她們連連答應著告辭了。這一幢樓發過，再到相鄰的另一幢教工樓發一圈，籃裏的蛋只餘下三五個，兩人的手已經教紅蛋染紅了。

回到家中客堂裏，桌上還放有幾籃紅蛋。李老師正在分派，一籃是給陸國慎單位同事的，一籃則分成幾攤，一籃是讓陸國恬帶去給她娘家鄰里的，再又半籃是給女婿小季帶回家的，餘下的一籃則分成幾攤，一攤當然是給李老師那位幫忙的老同事，一攤準備著請人捎給周家橋顧老師的老友，還有一攤是蔣芽兒帶回家的。李老師的兩隻手也是紅彤彤的，小毛的臉上都染上紅了，打著噎，不知吃了多少雞蛋。這時，陸國恬從醫院來了，給大家看一張卡紙。卡紙上，用墨印了個小腳爪，新生兒的小腳爪。五個小腳趾頭，腳心這裏缺進去一塊，紋路絲絲可見。李老師留陸國恬吃飯，陸國恬不依，說她娘在家等，拎了紅蛋走了。蔣芽兒也拿了紅蛋走了。大家又圍了腳爪印欣賞一時，才理清桌子吃晚飯。

以後的幾天裏，就是等待陸國愼帶嬰兒回家。將她的房間打掃一遍，被褥抱出去，大太陽裏，轟轟地曬，再用藤拍拍遍拍透，重新鋪上。正巧寒流來了，早晨起來，玻璃窗上全蒙了白霜。出去進來的人，一律哈手跺腳，耳鼻通紅。過一會兒，太陽出來了，天晴得碧藍，一絲風沒有，可就是站不住。空氣像摻了冰渣，吸一口，涼得胸口痛。李老師說：冷得好！冬至都過了，卻冷不下來，冬天不冷，春天就會作病，天要隨季候，現在終於霜凍了，太好了！所以，新生的嬰兒，就叫她小好吧！

37

天寒了，蔣芽兒邀秧寶寶幫忙，給貓圈蓋暖和些。原本，只是在蘆席棚底下，木料方子的一頭，與籬笆之間，大約一米寬的距離，三面再圍一張蘆席，比較簡陋的一個貓圈。現在，她們又加一面，用兩扇舊櫥門一攔。頂上，架了兩根木條，一頭插在方子中間的夾縫裏，一頭插在籬笆縫裏。上面蓋一張塑料布，敲幾枚釘子，固定住。這還不行，上面還須鋪些稻草。稻草好辦，到種稻人家的場院裏，拾一點，抽一點，積少成多，就有了。然後，又找來些舊衣服、碎布，鋪在地坪上，蒙半張舊床單，四邊用磚壓住，就做成一張席夢思。

下一日，氣溫似乎略微回升一些，也可能只是適應了，不像暴冷的第一天那麼覺著凍。放學之後，先將貓食的事擱一擱，因前一日剩的也差不多盡夠了，她們總是做多。從前一天起，兩人都穿上了厚厚的羽絨衫。秧寶寶是一件黃色的，蔣芽兒是藍紅白鑲拼。圍巾、手套、帽子，全都上身。因爲空氣乾燥，兩人的臉都皴了，嘴唇開了裂。蔣芽兒的耳垂，臉頰還生了凍瘡。凍瘡是紫紅的，擦上黃白的藥膏，越發醜了，也越發像某一種動物。就像方才說的，將貓食擱一擱，先去覓稻草。蔣芽兒提議去沈漊，秧寶寶不作聲。自從知道公公去世，她再沒回過沈漊。蔣芽兒只得隨她朝相反的方向走去。

她們從學校後面下了新街，朝裏走去，那裏的村子叫小桃園。走了不多幾步路，就遇一座三間頭瓦屋，門前果然有一個稻草垛。兩人過去，左右看看沒人，就動手扯起來。卻聽「吪」地一響，鎖住的兩扇門中間，伸出一隻鵝頸，對了她們嘎嘎地叫。於是，趕緊撤退，再往前走。過了一爿橋，沿河走到一個漊頭，也有一個場院，隔幾架豆棚才有一排水泥樓房。場院上也有一些散著的稻草，用戴了手套的手划拉到一起，又是一小把。豆棚上的藤蔓都已枯了，地裏亦沒有莊稼，裸露出褐色的地皮。漊頭的灌木叢都落了葉，光禿著河岸。所以，雖然隔得遠，可站在那樓上平臺，一搭眼，便一覽無餘。那樓上人正是她們的同學，野得很，下樓來，輕著手腳逼近她倆，忽地大吼一聲：兩個宵小，哪裏逃！說罷，手中早準備好的爛泥就一團一團扔將過去。兩人轉身就跑，乾淨的羽絨衫被砸得泥星點點，卻牢牢握住手中的稻草。這樣，又聚了幾把，合起來有一小捆。攤開來，也有薄薄一層。今天的任務就算完成，兩人打了回票。

因爲天冷，街上人到底要少一些，不得已出門的人，也是腳步匆匆。太陽只是略斜了一些，氣溫就又低許多。街沿底下，方才化了不久的薄冰，似又要凍結起來，顏色泛白。雖然天冷，但冷得很爽，不是像江南通常的寒天，氣溫並不怎麼低，可天色陰沉，飄著粉狀的小雨，落到地上，似凍非凍，卻變成膠狀的泥濘。寒氣是從四面八方，一點一點沁進來，骨頭縫裏都是。老年人的風濕痛，就是這種氣候作下的。而這場來自西伯利亞的寒流，則是北國風範，響亮。小孩子血脈活，多是不怕冷，你很奇異地發現，這兩個額頭上還在冒汗。走路、驚嚇、幹活，教她們都忘了天冷。走過水泥橋，她們逕直去了蔣芽兒家。店門開著，卻沒有人。蔣老闆今天到柯橋進貨，蔣芽兒的媽媽在樓上經堂唸經，聽得見木魚的「篤篤」聲。穿過店堂，走到後院，貓圈裏怎麼沒有貓？這才發現情形不對，這般的靜，只有木魚響。

貓教人偷走了。人們被蔣芽兒淒厲的哭聲驚了過來，穿過店堂，湧進現場。蔣老闆回來了，唸經的人也下了樓。一些可疑的跡象被回憶起來。這三天裏，就在這街尾上，有一個河南磨刀人，來來回回著，有幾次在蔣老闆的店後面，扒著籬笆往裏張，還問過一個路人，這家的貓賣不賣？路人回答他：是養了放生的，不賣。他便走開了。再有一個人剛巧下了中巴，也走過來探察，忽然一拍腿說，這個河南人上午與他一趟車去的柯橋，手裏提一個大麻袋，往地上一放，麻袋便軟軟肉肉地墩下來，裏面一定就是貓！奇怪的是，爲什麼一點聲息都沒有，要知道，養熟的貓是認生的，都能把麻袋抓碎。立刻有人解答了這個謎：很簡單，吃藥，給貓吃安眠藥。這下子，真相大白，就有年輕的小夥子，要騎摩托車去追。可是，還有一個問題，河南人要這許多貓做什麼？要是廣東人還差不多，那邊人吃貓肉，叫作「龍虎鬥」。答案也來了，有一則小報上說，河南有鼠患，貓都賣高價。聽是這麼說，蔣芽兒媽媽倒釋然了，說反正不是殺了吃，就讓牠們到河南去吧！可是，小孩子不依呢！蔣老闆搓著手看蔣芽兒。

蔣芽兒已經不哭了，她鑽到貓圈裏坐著，暖和的床舖上還留著貓們的體溫。那兩個小夥子又要發動摩托車，可是，現在去追又如何追得上？那河南人偷了貓還不加緊趕路，恐怕火車已經到徐州了。這才悻悻地息了火，歎息一陣，人們漸漸散去。蔣芽兒一直坐在貓圈裏，不肯出來。秧寶寶說，你不做作業，明天交什麼？蔣芽兒聽見這話，動了動，將背在肩上的書包卸下來，墊在腿上作桌子，開始寫作業。

從這天起，蔣芽兒除了吃飯、睡覺、上學，這三樁事，其餘時間都坐在貓圈裏。她將那一日覓來的稻草薄薄地鋪在塑料布棚的頂上，兩扇櫥門板分別用鐵絲纏上，中間正好有個扣，別上，鎖上一把小鎖，以防別人拉她出去。她在圈裏放了一雪碧瓶的冷開水，坐在裏面的時候喝。甚至還把她喜歡的一些小玩藝拿到這裏，佈置起來。比如，她爸爸有一次出門乘飛機，飛機上吃飯用的塑料刀叉；她媽媽去杭州靈隱燒香，買回給她的一套小竹器家什：一張桌子、四把椅子；再有，暑假在外婆家，表姊妹送給她的花粘紙；包括秧寶寶不久前送她的小肥皂、小牙刷、小瓶沐浴露和洗髮香波。她認真地安頓著這個空棄的貓圈，任別人笑也好，說也好。

早上，她照常和秧寶寶一同去上學，放學回來，則一頭鑽進去，將門扇鎖上，再不出來，將秧寶寶留在外面。兩個好朋友就一個在圈裏，一個在圈外，做功課、說話。蔣芽兒變得寡言了，而且不笑，都是秧寶寶找話給她說。有時候，她也請秧寶寶給她的雪碧瓶裏添點水，或者，請秧寶寶向她媽媽要塊烘山芋，一掰兩，兩人一裏一外地吃。好在這些日子漸漸回暖，不那麼凍人，否則，這兩個可是要受罪了。秧寶寶守著她，一直到天暗下來。這時候的風多少是料峭的，但她們還堅持著，直等到蔣芽兒媽媽來喊吃飯。不得已地，蔣芽兒開了鎖，鑽出來，秧寶寶才放心回家。人家說，蔣芽兒出毛病了，貓的靈魂附上身了。貓最性靈，所以最容易附身。你們看，這些人說，這小孩子的臉越發像貓臉了。也有比較科學的說法，就是她媽媽得過癔症，她自然就有癔症的遺傳基因。蔣老闆這下苦了！持這派觀點的人說。秧寶寶心裏很著急，她曉得，無論是前種，還是後種的說法，原因其實只有一個，那就是傷心。蔣芽兒太傷心了，她傷心得不知道如何是好了。

李老師家有一本檯曆，每天都有一則幽默故事。秧寶寶從上面抄錄了幾則，帶到貓圈外邊，唸給蔣芽兒聽。她自己都憋不住笑起來，蔣芽兒卻一聲不出。秧寶寶懷疑地問：蔣芽兒，你聽我說了嗎？蔣芽兒幽幽地說：聽了。秧寶寶又問：你爲什麼不笑呢？這麼好笑的故事。蔣芽兒歎一口氣，停一會兒，說：秧寶寶，只有你看得起我。秧寶寶聽了一驚，都說蔣芽兒糊塗了，卻何以說出這樣明白的話來？可見心裏是十分清楚的，眞教人鼻酸。秧寶寶向貓圈的門扇前更挪近了些，說：我們到教堂聽唱禮拜去，聽講蕭山來了一個牧師。蔣芽兒搖搖頭。秧寶寶無奈地坐回去，一時無語。這個星期天，差不多回暖到寒流之前的氣溫了。天高日朗，曬得人暖烘烘的。籬笆外邊，零落幾塊田地裏，早已播下冬麥。平整的地表上，留下整齊的耙梳的齒痕。褐色的土粒子裏面，有一點一點白色晶瑩的閃動，是前些日的霜凍，尙未化盡。這些麥地，就像一方方柔軟厚實的栽絨布料，嵌在更大部分廢耕的粗疏板結的土地上，就像一件舊衣衫上的新補丁。幾棵柏樹，東一處，西一處立在田間，流露出孤寂的表情。遠近處的廠房，不停息地轟鳴。轟鳴聲使得這些景物看上去都在震顫，微微跳動著。蔣芽兒，蔣芽兒，怎麼才能讓你笑一笑，哪怕只笑一笑呢？

中午，秧寶寶離開蔣芽兒，穿過街面，回李老師家裏去。上樓、推門，客堂裏電視機開著，正播午間新聞。桌上擺著菜碗，冉冉地冒著熱氣，人卻不知到哪裏去了。走到陽臺上，聽那邊有聲音，便走過去。穿過外間，走到陸國愼房門口，裏面都是人，圍著床，一人傳一人地看著什麼。這時，閃閃回過頭來，秧寶寶沒躲及，被閃閃看見了。秧寶寶來了。閃閃說。床邊圍著的人讓開一條道，有個人坐在床上，笑盈盈地對著她，陸國愼回來了。閃閃命令道：讓秧寶抱小好。於是，正把小好抱在手裏的陸國恬，就只得把小好送到秧寶寶跟前。呀！這是個什麼樣的小好啊，粉粉的，茸茸的，眉眼都嵌在肉裏，嘴呢？也是。然而，竟然，很有表情。微微一撮，成圓形，再鬆開，又回復成一條線，在表示著什麼意見。秧寶寶眞怕把她抱壞了，可是，又實在想抱她。還好，她那軟軟的小身子裹在小被窩裏，裹成一個很扎實的鉛筆頭樣子。抱在手裏，好比抱了一個小被窩捲。可是，秧寶寶還是感觸到小被窩裏的小人兒。這小人兒有一種輕微的，幾乎覺不出的悸動，傳達到了秧寶寶的懷抱裏。人們看著秧寶寶，忽然靜下來，這孩子有什麼地方令大人們受了感動。她，那麼溫柔。

吃過午飯，客人散了，已是下午三點時光。閃閃回到樓下小店，約好有客人來化妝，然後要到小小影樓拍婚紗照。畫廊門上早已經貼了告示，說明兼營「新娘化妝」，化妝的生意可是要比賣畫好得多。亮亮到菜市場買菜，小季帶小毛出去兜，李老師看報紙，顧老師畫百子圖。秧寶寶在裏外房間轉了幾圈，乘沒人注意，悄悄地踅到陸國慎房門口，朝裏張望。陸國慎背靠了床腳頭的床檔，坐在被窩裏，給小好餵奶。她低著頭，太陽光正好照了她的一邊臉頰，也在小好的臉上照了一點光。秧寶寶往裏探探頭，輕輕挪了幾步，看得見小好的半邊臉了。眼睛依然閉著，臉頰則鼓動著，用力地吸奶。這下，秧寶寶管不住自己的腳了，她一步一步邁了進去，最後抵到了陸國慎的背後。陸國慎哪能聽不見，裝不知道罷了，怕又把這小姑娘驚跑了。她這麼敏感，這麼氣性大，又這麼害羞。陸國慎便一動不動。小好吸一陣奶，吸累了，就停下。歇一歇，再接著吸。有一次，還歎了一口氣，好像很無奈的樣子。冬天午後的，疲弱的淡金色太陽光，在她臉上慢慢爬著。臉上一層細得肉眼幾乎看不見的絨毛，在光裏面，一會兒立起，一會兒伏倒。這張還顯不出輪廓的小臉，顯得生動起來。秧寶寶的頭漸漸從陸國慎肩膀上伸過去，伸過去，冷不防，陸國慎的臉，狠狠地在她臉上貼了貼。秧寶寶的臉一下子通紅了，她不好意思地直起腰，打了陸國慎一記。兩人就算和解了。

陸國慎說：把鞋脫了，上來！秧寶寶便脫了鞋，上床，腳伸進陸國慎的被窩。兩人腳對腳地坐著，看小好吃奶。看了一會，陸國慎抬頭問：你給我送頭生蛋，爲什麼不上樓來？秧寶寶說：我沒有送過頭生蛋。陸國慎說，好，就算你沒有送雞蛋，那裝雞蛋的盒上面的字，是不是你寫的？秧寶寶說：我沒有寫過字！陸國慎就說：你不曉得啊？我在公安學校讀過書，專門學過筆跡學。秧寶寶一急，說道：你住在醫院裏保胎，還有心思去對筆跡，騙人不騙人？這話就有點漏餡，陸國慎一笑，秧寶寶頭一低，過去了。停了一會，秧寶寶抬起頭，橫了陸國慎一眼：人家生小孩子容易得很，就你困難，幾進幾出醫院，還要開刀！陸國慎就笑，笑得答不上來話。秧寶寶得意了，又添一句：搞得雞飛狗跳！好，一對一平，不輸不贏。等陸國慎笑停了，兩人才開始正式講話。陸國慎告訴她醫院裏的見聞，兩個媽媽的小孩子換錯了，只錯了一天，第二天便糾正了，可她倆都哭了，捨不得。一個喜歡她抱的小孩子有一個酒窩，另一個喜歡的則是雙眼皮，你看麻煩不麻煩？秧寶寶則告訴學校裏的事情，張柔桑如何與一個小四眼狗做了朋友，小四眼狗樣樣學張柔桑，眞正東施效顰！當然，蔣芽兒的事不能不說。這時，她方才想起蔣芽兒。因爲她今天是這般快樂，就更覺著蔣芽兒不幸，更加心疼蔣芽兒了。

38

臨近元旦，準備辦喜事的人多了，閃閃便忙起來。閃閃已經停止做風鈴、布貼畫什麼的。壁上的原有的畫，也已送得差不多。就在這時，收到了東北寄來的一幅刨屑畫。一艘帆船在波濤之上，上空是翻捲的白雲，鑲在一個樺木的框裏。確是非常別致。閃閃將畫掛在如今空落落的牆上，端詳許久，心裏不知在想什麼。她稱化妝爲「畫面孔」，其中多少含有著自嘲。不過，這並不妨礙她認眞負責地對待生意。客人坐到她跟前，她先要仔細打量，看幾號粉底配她原本的膚色，再配何種眼影、眼線、胭紅、唇紅。第二要看臉形，結合了眉型和眼型，哪裏需要給些陰影，哪裏又需亮些。凡是紋過眉或紋過眼線的，閃閃一律不接，她對人說：你已經紋過了，無須再化妝了。倘若求她給打打粉底，掃些胭紅，修修唇型，她就說：那你不就不划算了？一樣花錢，只做一半。再要說：那就收一半費用，閃閃則抱歉地笑笑：我只做全套，不做半套。將人家辭出門外。背地裏她對自家人，或者要好的同學朋友說：一張臉紋過眉，紋過眼線，就算是受了傷，壞了，再要挽救，只有去醫院。很快，閃閃的「新娘化妝」做出了名氣，有一些還沒做新娘，喜歡作張作姿的小姑娘，也來化妝，然後跑到小小影樓拍婚紗照。令人驚異地，華舍人一下子變得捨得花錢了。要說，閃閃的收費不算低，可人們掏得很爽氣。也有還價慣了的，也要還價，可你知道閃閃的脾氣，一點不屈就的。還價的人立刻就不好意思了，把話收回去，坐到閃閃跟前。等閃閃要往臉上擦粉底了，生怕方才惹閃閃不高興，手下做顏色，不由解釋幾句，說著玩玩的，怎麼怎麼。閃閃一聲不響，只管手下操作，各號的筆，各號的顏色，一點一點描上去。完事後，鏡子裏一看，自己都不相信自己的眼睛：這人是誰？是天仙嗎！

現在，閃閃的藝術畫廊熱鬧起來，連帶著，老街口上的小小影樓也熱鬧了。新娘和假新娘們，在這頭化了妝，再跑到老街口上，進影樓拍照。擱舊的婚紗送到柯橋洗衣店裏乾洗、織補、熨燙，開始起用了。還新進了幾套古裝戲服，供拍照者挑選。就見那影樓小小的店堂間裏，時常壅塞著妝容鮮麗的美女。櫥窗裏放舊的相片，換了新的。上面的人物多是本鎮的明星。也有人留連了，看那相片，互告相中人是誰家的囡，住哪條河沿與巷子，做什麼工作，如意郎君又是何人。有一日，秧寶寶與蔣芽兒放了學，從影樓前走過，門口躥出老闆娘妹囡，攔住這兩位小姐，手裏送上一只荸薺籃，籃裏不知盛了什麼，沉甸甸的，說道：帶給李老師家的囡吃！秧寶寶盯了妹囡看，看得妹囡都有些發毛，然後笑了：閃閃吃？閃閃會得吃你的東西，當閃閃什麼人！妹囡勉強笑道：我的東西爲什麼不能吃？又當我什麼人？秧寶寶斂起笑容，厲聲說：你是秦檜，專門作奸作怪！妹囡氣得渾身打顫，追了秧寶寶說：你小小的人，說話這麼毒，不怕嘴上生瘡！秧寶寶拉了蔣芽兒一溜煙地跑了。想起妹囡一系列不光彩的行徑，心下十分解氣。走出一段，才想起身邊的蔣芽兒。方才與妹囡對嘴，從頭至尾，她不發一言，只是低了頭，不禁又愁上心頭。秧寶寶攙著她的手，那手一動不動，貼著秧寶寶的手心，有一些依賴，又有一些呆。秧寶寶更緊地握著她的手，兩人走過水泥橋，向蔣芽兒家走去。

差不多走到了蔣芽兒家五金店舖門口，又要如通常那樣，穿過店堂，來到後院。蔣芽兒鑽進貓圈，秧寶寶坐在貓圈外的木料方子上，一裏一外地寫作業……秧寶寶忽站住腳，牽住蔣芽兒的手說：我們今天不到貓圈裏去！蔣芽兒不說話，只是掙著手。秧寶寶不放開，說：我們去陸國愼那裏，抱小好玩！蔣芽兒疑惑地看她一眼，秧寶寶被自己突發的念頭激動起來：我們去抱小好，小好很聰明，會打噴嚏、會打哈欠，還會打嗝，走，走啊！蔣芽兒被她拖了兩步，又站住，說出一句話：陸國愼不肯的。秧寶寶睜大眼睛，跺了一下腳：你當是誰？是陸國愼呀！說罷，她拖起蔣芽兒，再不讓她停下，跑過街面，鑽進門洞，蹬蹬地上了二樓，摸出鑰匙，開了門。與蔣芽兒兩人，穿過客堂間，走過陽臺，一頭扎進陸國愼房間。陸國愼正給小好餵奶，聽了秧寶寶的請求，很慷慨地拔出奶頭，掩掩衣服，將鉛筆頭樣的一捲小好送到蔣芽兒懷裏一放。蔣芽兒不由伸出手接住，小好就到了她手裏。

因為突然被抽出奶頭，不曉得發生了什麼事情，似乎是需要了解一下周圍的情況，小好轉了轉臉，掀起一隻眼睛的眼皮，看了一下。秧寶寶狂喜地叫道：蔣芽兒，她看你，她看你了！蔣芽兒臉一紅，笑了。這是河南人偷走貓之後，蔣芽兒頭一回笑，秧寶寶歡喜得幾乎落淚。抱了一會小好，還給陸國慎，秧寶寶建議到客堂去做功課，蔣芽兒也沒反對。秧寶寶不放心地攙著她的手，生怕她突然一起念，又回到貓圈去。牽著蔣芽兒走過陽臺，回到客堂間，竟然看見妹囡坐在沙發上，茶几上端端正正放著那只被秧寶寶拒絕了的荸薺籃，正與李老師說話。看見秧寶寶進來，笑著說：喏，岳飛來了！因當了李老師，不敢胡亂放肆，秧寶寶裝聽不見，拉了蔣芽兒到吃飯桌上，攤開本子寫作業。李老師不曉得其中的典故，自然聽不懂，沒法搭腔，接著與妹囡應酬。

妹囡說，自己家磨了些糯米，蒸了各色年糕，讓李老師和閃閃嘗味道，要是喜歡，家裏還有好許。李老師說：這也太過客氣了，怎麼好意思吃你的年糕，還是留給你家自己的老小吃吧！妹囡很誠懇地說：我是誠心誠意送給你們吃的，要不是閃閃化妝得好，哪會有人來小小影樓拍婚紗照？婚紗都要叫老鼠拖去娶親用了。秧寶寶這邊聽了，不由與蔣芽兒對相看一眼，一笑。蔣芽兒這是第二次笑了。李老師說：妹囡你也忒抬舉她了，一句話要兩頭說，倘不是有小小影樓，也不會有這樣多人要化妝，化了妝給誰看去？所以是互惠互利，你要是給她送年糕，她就當與你送湯團。妹囡皮厚地說：閃閃給我送湯團，我就吃！話鋒一轉：所以你也要收我的年糕。李老師只得笑。妹囡以爲李老師這就算收下了，更是話裏調蜜：李老師你福氣好得來，又抱孫，又抱孫囡，人丁這麼旺，還都是人裏的尖子，閃閃現在做出名了，四鄉八里都曉得此地的新娘化妝！李老師則緊著擺手：哪裏有如此好的光景，全靠大家幫襯，店面是對面蔣老闆，半送半租，賃得來的，又有你家小小影樓招攬的生意，沾光而已。妹囡向沙發邊上坐了坐，與李老師離得近一些，說：其實，我說，這個店面退給蔣老闆算了，不需要，閃閃到我那裏去，闢一間房給她，專做化妝間，一分租金不要，也省得這些小姑娘化了妝，端著張臉從鎮梢上走到鎮當中，李老師你說是不是？妹囡說到此時，才說到正題上。李老師說：小孩子的事情我從來不過問，你自己與她去談吧！妹囡本是想繞過閃閃，因曉得閃閃是個厲害人，不好說話，才迂迴地找李老師。不想李老師還是要她與閃閃自己說，不由神色有些畏縮。李老師手已提著了籃襻，要遞回給妹囡，現看她這樣的心灰，便有些不忍，改了話頭說：年糕我收下了，家中這些老小都是饞嘴貓，謝謝你，妹囡！妹囡臉上這才略有些喜色，又說了些好話，退出門，下樓找閃閃說話去了。

李老師打開荸薺籃蓋，果然是各色年糕，便招兩個孩子過來看。有一種綠色的糕，拿到鼻前嗅嗅，有一股薺菜的清香。李老師說，這其實是艾果糕，原先是在清明時分，用艾和米粉做成，現在季節不對，採不到艾，就換作薺菜乾。籃中又有一種褐色糕，則是用乾菜做成，也是艾果糕一類的。再有，雪白的糕中摻有松仁，李老師告訴說，這種糕是叫作樊江松子糕。因爲在紹興東邊，皋埠鎮邊上一個極小的鎮子，樊江，最盛產。在此基礎上，妹囡又發展了嵌瓜子、嵌葡萄乾，各種形狀點綴其中，花色各異，香味也各異。又有一種松花色的團子，本名爲「松花饃粢」，裏面有餡，一是芝麻白糖，一是細豆沙。這些都是講得上名堂的，另外，還有沒名目的：赤豆色的、苔條色的、棗色的、菊花色的；長的、方的、扁的、團的。李老師不由說：妹囡何苦開影樓呢？不如開糕團店了！這其中的好多色，早已經失傳，她居然還會蒸。李老師各色挑一塊，用張乾淨報紙包了，讓蔣芽兒帶回去。又挑了少幾樣，拿進廚房上籠蒸起。這邊兩個，收拾好書包，一個拿好年糕，一個送著，下樓去。出門洞，見妹囡正從畫廊裏走出，雙方都作看不見，交臂而過。

過了街面，走至蔣芽兒家店門口，秧寶寶拉住蔣芽兒，請求道：蔣芽兒，你今天已經笑過兩次，一定要再笑一次，湊足三笑。蔣芽兒很爲難地低下頭。她不笑，秧寶寶就不鬆手，不讓她回家。冬日天短，此時天色已有些暗了，兩人還僵持著，局面有些尷尬。一個高女人從跟前走過，穿大紅滑雪衫，瘦腿牛仔褲像兩根筆桿筒，頭髮在腦後束一把，不小心踩了菜皮，滑了一跤，一邊罵一邊爬起來。方才認出，不是女人，是男人。不是別人，而是抄書郎。兩人一起笑了。秧寶寶湊到蔣芽兒臉面前，驚喜道：三笑，三笑！蔣芽兒害羞地勾住秧寶寶的頸脖，兩人擁抱著，感到心心相印。各自在心中發誓：永遠，永遠要好，永不分離。

等秧寶寶回來，晚飯已經擺出來了。吃到一半時，閃閃才上樓來，問小毛在幼兒園乖不乖，一邊洗手拿碗盛飯。待她坐定，李老師就問她有沒有應妹囡的話。閃閃說：這如何能應？要應下來，我不就變成給她妹囡打工了？李老師又問她是如何說的，要知道，一樣話有幾樣說，可把人說得笑起來，也可把人說得跳起來。閃閃告訴道：我就說，我到別人家地方不自在，想那妹囡也是聽得懂的。李老師覺著話雖然露骨了些，卻可斷了妹囡的念，也好，便不再問了。一家人吃了飯，又吃了糕，各回各的房間。隔了一天，李老師讓秧寶寶上學去時，順便把妹囡的荸薺籃還了。籃裏的糕換了兩斤蓮心，兩斤桂圓。秧寶寶拎到影樓，往店堂中間地上一放，不看妹囡一眼，轉身跑了。

可是，千萬不要以爲這就算完了。還沒完呢！妹囡是把這當開端的。自此，她幾乎隔日就要過來送一樣東西。而且，非常坦然地，敲開門，逕直走入。是吃的，直接送進灶間；是用的，就穿過陽臺，放在李老師房間的書桌上。你要與她推讓爭執，她就說：你當是誰？當是外人呀！非常稔熟的口氣。送的東西裏有自家醃製釀作的莧菜桿、鮮米酒；有鄉下塘裏捉撈的野鱉；有玉石廠裏，出廠價買來的一盒玉石小壺，手指甲大小，一共二十四個，嵌在紅絲絨上。元旦前一日，又送來一隻半大的鵝娘。這隻鵝娘被送入陽臺的一角，順手用磚頭壘了一個窩，說養到舊曆年，正好殺了祭祖。要阻擋妹囡是很難做到的，她行動堅決，說一不二，而且理由這樣充足。要不收，完全是你的不對，你的無理，是你作下的冤情。弄得李老師萬般爲難。李老師一家並不知道，鎮上紛紛揚揚有一種傳說，說「閃亮藝術畫廊」要改成「閃亮影樓」，已經到紹興請了攝影師。這攝影師不是別人，正是李老師家的一名侄子。你說妹囡能坐得住？

39

元旦，秧寶寶的爸爸媽媽沒有來，但因爲她做成功一件事，所以補償了她的心情。這件事情是，她終於、最後地、徹底地，拆除了蔣芽兒的貓圈。開始，她是哄著蔣芽兒，將貓圈裏的擺設取出來，借給她。比如那套小竹器桌椅，秧寶寶她很想在床跟前擺幾天。塑料刀叉呢，借給小毛用一天，第二天再還。這些東西，從貓圈裏取出來，還回去時，就還到了樓上，蔣芽兒的房間裏。花粘紙呢，都被秧寶寶討出來，貼在書包上、課本的封面，還有櫥櫃、冰箱、熱水瓶上。然後，貓圈的門又被秧寶寶討了半扇去，做鵝娘的小磚房的門。至此，那貓圈已經七零八落，土崩瓦解。到了元旦這一天，秧寶寶向顧老師討來一棵只開花不掛果的石榴樹，要栽到貓圈的地方。看蔣芽兒並沒有反對，秧寶寶便立即動手，三下五除二，揭了塑料頂，掃清地上的鋪墊，另半扇門拆下來扔一邊，在地上刨一個坑。蔣芽兒甚至還提來半桶水，澆在坑裏。然後，將石榴樹連盆端進去，培上土，一棵樹就站在了貓圈的舊址上。在這寒風料峭的冬季，完全不適合栽花種樹，可只要能治好蔣芽兒的貓圈病，管它是死是活。

栽好樹，秧寶寶拉著蔣芽兒從院子走出，走到後邊的田間。草木謝了，視力可一直抵到河岸。河岸的線條也變得簡潔，幾乎是一條平行的直線。邊上有一些落葉的灌木，枝枒錯亂著，繁複了一些，但因爲邊緣乾淨細緻，又加上天然的有秩序，看上去相當均衡，還是簡潔。對岸的鴨棚，漸漸提升在視野裏，陡直，更顯得面積闊大的蘆草棚頂，就像是用齒耙梳理過似的，細緻整齊極了，有一股宋風。它充實了冬天裏多少有些虛空的畫面。在一大片淡青色的背景上，塡進一塊均勻的深灰，突出了水墨的效果。走近去，鴨棚裏便發出騷動的聲音，不是鴨鳴，而是一種低沉、密集，由幾百、幾千，甚至上萬具活生生的身體，擠壓、摩擦，而發出的細碎聲響。有些像五月靜夜裏，麥子拔節的「刷刷」聲。不是濁音，是清音，不振動聲帶。單個的，幾乎聽不見，集起來，就形成轟響。這轟響與這裏那裏的工廠車間的機器轟鳴不同，那種轟鳴是持續在一條線上，而這種，則是含有著顫動，只是因爲頻率整齊才不覺著。那種轟鳴還是堅硬的，金屬的碰撞咬合，這一種，卻是肉感的，有著纏綿粘連之音。

她倆走到河邊，想起上回與鴨棚女人吵架的一幕，已經很久遠似的。所經歷的事故會將時間放大。她們沿了河岸，朝了老街的方向走。前邊有臨水的豪宅，四層高，頂上覆著琉璃瓦，面上貼馬賽克。後門開著，有女人在埠頭上洗涮。門裏有魚肉香味，一直飄到河面上，與河水的腥氣攪在一起。她們上了一面坡地，繞到樓房的正面，離開了河岸。走過這幢華麗宮殿，有一塊杠豆地，棚上的藤蔓早已枯了，發出鐵銹的黃褐色，質地也有些像鐵絲，很有韌勁的樣子。杠豆棚過去，有一片人家，平房頂擠簇著，牆與牆之間有垃圾堆、糞坑，還有幾株草木。魚肉的香味更濃郁了，垃圾和糞便的氣味也更重。從平房裏穿過去，就已到了老街。老街的上空，漂浮著節日裏，烹魚煮肉的葷腥氣，與底下的水腥合在一處，倘沒有煤煙與草木灰的土本氣味，就要變得肥膩，令人作嘔。現在還好，只是顯得豐腴。從中走過，頭髮絲和衣服縫裏，都要染上油煙氣了。天是前面說過的，江南最常有的潮冷的天氣，空氣中含著水分，看上去什麼都是濕漉的。氣味就變得很重，粘得到處都是。賣菜的鄉下人，都打回票了，濕籮筐底粘著菜葉，兩個對摞起來，豆腐格子也對摞起來，放在船頭，船從橋下鑽了過去。菜葉的腐味，豆腐的酸味，還有種種霉腐品的霉臭味，也都加入進來。氣味真是複雜極了。老遠的，就嗅得見，就曉得，華舍到了。

她們先是在一戶人家的木廊底下，看盆裏的一條怪魚。魚身窄長，像帶魚；頭卻像花鰱，大、圓、扁；魚鱗黑色，比較細小。人們說是養魚塘裏漏跑出來，躥了種的雜種魚。隔壁一家殺雞，雞肚裏破出一串雞蛋黃，有一個都帶了殼，殺雞人連連喊「造孽」。再過去一家在軋螺螄，咔嗒一聲，剪好一隻，「的」一聲落在盆裏。還有，在拔豬腳上的毛，煮開鍋了，連沫帶湯倒掉，用一把鑷子，細細地一拔，一拔。一家一家挨過去看了，就到了街口，走過去，拐角上，是剃頭店。今天放假，生意就好，條凳上坐了兩個人在等。座上的人披了張黑擦擦的白布單，被剃頭師傅強按了頭，下巴頷抵在胸前。一看，是班上的男同學，眼裏的餘光也瞥見了她們，很沒面子的，一聲不響。過去兩家，一扇門裏，一個老公公，拖了長鬚，老花鏡掉在鼻尖上，對了一張小照畫炭筆肖像。先在紙上打格子，然後，拿一支筆，對了鼻尖看一看，落筆了。從左上角第一個格子裏開始，橫倒了筆輕輕蹭著。旁邊站兩個女人，說畫出來的比照相好，照相板，畫出來的活，等等。從直巷子裏穿過去，到了老街的外沿。一家百貨小店，櫃檯上圍了民工，看店堂裏的電視，昨晚上的元旦晚會，地方台重播。走這一圈下來，飯香也起來了，合著飯鉢頭上蒸的鰲魚乾、梅干菜、鹹肉片的氣味一道，潮起潮湧。

各自回到家中，都在攏桌子端飯菜。抓緊吃中飯的一刻空閒，妹囡又來了。這一回，她男人，小小影樓的老闆，錢小小，也一同來了。妹囡在前面走，錢小小跟在後頭，懷裏抱一個大紙盒，進門往地上一放，二話不說就拆包。原來是一架影碟機。李老師自忖應付不來這局面，讓秧寶寶將閃閃叫上來。閃閃一身香粉地進來，一看，曉得事情是捱不過去了，乾脆把話統統倒出來。她說：你們放寬心，我決計不會到小小影樓坐堂的，即便是在這裏，我也不打算長做，只不過臨時性，掙點錢，把開店投資的這個坑填平，再掙點，有個一年兩年的花銷，我是要去杭州讀書，再尋找別的機會發展，我哥哥已經幫我在杭州師範找好助考班了。閃閃這一番話，不僅妹囡夫妻聽了意外，李老師顧老師也是第一次聽說。大家這才曉得閃閃的計畫。妹囡有些慚愧地說道：到底是李老師家的囡，志向大，想想也是的，華舍這個地方，眼看是要報廢了，有出息的，哪個肯在這裏謀生計？李老師就說：話要兩頭講，有出息的在哪裏都有出息。然後一定要錢小小將影碟機怎麼拆，就怎麼裝，原樣帶回去。妹囡夫妻哪裏肯，推讓幾個來回，簡直就像要打起來一樣。最後，李老師板臉了，說，倘若不肯帶回去，那麼，從年糕算起，一樣一樣都計價，一併還上。又轉身喊一聲：秧寶，把鵝娘抱進來。秧寶寶立即去陽臺上，將正曬太陽的鵝娘抱起。來的時候是隻半大的小鵝，如今已是滿滿一抱，抱都抱不動了。這樣，妹囡才不得不將影碟機裝箱，兩人又一前一後出得門去。雖然討到了定心丸，可心情卻有些惘然。閃閃不與他們競爭，多少像是看不起他們，拋棄他們。

客人走後，李老師對閃閃說：那樣大的事情，如何不聽你說起？閃閃辯道：與哥哥商量過的。李老師說，那也是亮亮的不好，大概是怕我攔你了。閃閃自知有錯，弱下聲腔：早曉得你會不開心。李老師說：我倒不是不開心，只不過是憂慮，人人都往外面跑，這鎮子怎麼辦？閃閃說：關門打烊。李老師罵一聲：說死話！不再理論，接著擺菜端湯，吃飯。李老師顧老師畢竟是開明的人，其實是不會妨礙子女的追求。不過，人到底上了歲數，喜歡看到一家人大大小小，吵吵鬧鬧地圍在身邊。但事實擺在眼前，亮亮在杭州讀研究生，有一天總要把陸國慎母女接去。閃閃這又要從頭來過，保不住有一天，小季和小毛也跟出去。到那時，只剩兩個孤老，不免是會有些暗淡的。調過頭，再看眼前呢？滿眼裏都是人，心裏就又踏實下來。將來的事將來說，一天一天有得過了。所以，午飯的氣氛就沒有受影響，那個話題也不再提起。

飯後，兩點鐘，閃閃的店裏就沒有斷人。多是新娘，化了妝，再去拍婚紗照，然後直接往柯橋某個酒店喜宴上去了。也有自備攝相機，等在汽車上，候在門口。汽車上都結了彩帶，車頭上立一對西洋娃娃，一男一女，洋裝禮服。車裏面，最好的一部竟是奧迪，其餘的也是帕薩特，桑塔納兩千型。閃閃的店門前，真是稱得上車水馬龍，非往昔可比。可誰能想到，這樣熱騰騰的生意，隨時都會停掉，女老闆幹別的去了。這就是閃閃與一般人不同的地方，她服現實，又不服現實。

一下午，秧寶寶和蔣芽兒都是在這些香粉胭脂堆裏鑽著，看一張張臉，在閃閃手下變色變調。原本各不相同的臉，在紅粉綠脂的堆砌之下，漸漸變得彼此相像，幾乎分辨不出你我他。都是一色的美人，忽閃著蒲扇樣長睫毛，有曲線的紅嘴唇，面如桃花。一旦變了美人，走路行動就都有些飄逸，嬝嬝婷婷，扶搖而去。小店的有一面牆，空出來了，鑲了一面大鏡子，幾乎滿牆滿壁，將美人們映出了雙份。鏡中人有著一種流光溢彩，天人一般。兩個小孩子混在其間，看著看著就動起手來。先是秧寶寶給蔣芽兒畫臉，再是蔣芽兒給秧寶寶畫。因是生手，所以各項都很誇張，粉底搽得雪白，眉描得極黑，睫毛液滴得下水來，唇膏用的是一號，豔紅。腮紅拍了兩大片，看上去怪極。閃閃不由停下手，驚異地看了她倆，然後說：可演「情探」中的小鬼。兩人就帶了這樣的妝，走出門去，也不管人家怕不怕。果然有許多人回頭看，看一眼，她們就給個白眼：怕你！這一天，恰巧兩人都穿了立領對襟排鈕的中國式綢棉襖。一個是紅底子上，用花布剪了團花貼上；另一個是綠底上織進去隱福字。更像戲裝。蔣芽兒又回來些活潑勁，卻有些害羞，和她以前不太像。她很依戀地拉著秧寶寶的手，一刻不捨得鬆開。

就這樣，她們又來到老街。老街這時候讓太陽曬暖了，也乾燥了一些。氣味略散了，有一點熱烘的太陽氣透出來。淡薄的水面上，映出她們立在橋上的影子。看不眞，花團錦簇的兩片。幾乎每個河埠頭上都有人洗涮東西。河邊廊下也站了人，抱著小孩。都看這兩個孩子，以爲是唱觀音戲的小童子。引來這許多目光，她們並不難堪，存心似地，秧寶寶說：我們叫！叫什麼呢？蔣芽兒膽怯地問。自從得過貓圈病以後，蔣芽兒變得膽小了，總是低著頭。秧寶寶鼓勵道：我先叫，你跟我。於是，她深深地吸一口氣，喊道：呵囉囉囉……這是趕鴨人的叫法。蔣芽兒小聲跟上來：呵囉囉囉……叫聲從水面上彈跳著過去，雖不很響，可傳得很遠。橋洞裏藏著的兩隻鴨子竟被喚出來，伸頭探腦地望著。然後，秧寶寶換了一種叫法，「寶玉哭林」的叫法：林妹妹，我來遲了，我來遲了！這一聲喊，一點不悲，而是慷慨激昂。哭過林妹妹，秧寶寶忽轉了調門，逼尖嗓子叫道：咦哎——這一聲，叫得人要捂耳朵，銳利異常。蔣芽兒也同樣來一聲，氣要弱一些，就像秧寶寶的回聲似的。無來由地瞎叫一陣，秧寶寶唱起了公公的歌來：狀元墨有個曹阿狗，田種九畝九分九厘九毫九絲九……蔣芽兒這就跟不上來了，眼饞地看著秧寶寶嘴動。秧寶寶的節奏自是要比公公快得多，磕瓜子吐皮似地吐出字來：買得個淒，上種紅菱下種藕，田塍沿裏下毛豆，河磡邊裏種楊柳。楊柳高頭延扁豆，楊柳底下排蔥非……河岸邊的人都靜了聲，聽這又高又尖的聲音數落著，某人某年裏勤勞的生計，一寸一寸地種著食糧瓜菜。一首歌謠唱完，秧寶寶哈哈哈地笑幾聲，拉著蔣芽兒跑下石橋，跑進巷子，不見了。

晚上，都聚在客堂裏看電視，忽然有小小的聲音在陽臺下叫：夏靜穎！別人聽不見，只有秧寶寶聽得見。她立起身跑出去，從陽臺邊上往下看。月光下站著蔣芽兒，仰著頭叫她。秧寶寶問：什麼事，蔣芽兒？蔣芽兒說：你在做什麼？秧寶寶說：看電視，你在做什麼？我也在看電視，蔣芽兒說。兩人一上一下地說了這些話，然後，蔣芽兒回轉身跑回街對面自己家，秧寶寶也轉身回了房間。

40

元旦一過，時間變得急驟起來。備考、考試、發放成績單、放寒假，直逼著春節過來。都在備年貨了。路上常可見人，手裏捉著白鵝的一對翅膀，快步走著。橋下船板上，也是用草繩縛了白鵝的腳，伏著。一年中，最隆重的祭祖日子將要到了，白鵝是最珍貴的祭品。人們不叫鵝，而是叫白狗。聽說過沒有，此地一句俗諺：家有萬貫，不用白狗下飯。就是這個意思，白狗的尊貴性。然後，黃酒甏，乘在船上，走在路上，過來過去，酒香撲鼻。菜場裏，花鰱最走俏，因爲要做魚圓。一做一臉盆，養在清水裏，年裏邊好燒砂鍋。蒸糕、醃肉、醉蟹、凍豆腐、鹽煮筍、敲板栗、鹵鴨、凍大腸，徽菜頭、曬乾菜、烤蝦乾、臘豬頭、醬黃瓜、糟雞、包蛋餃。新街老街的店舗裏，一齊擺出了炮仗攤：大響、小響、連響、一響、二響、千響、萬響，堆起了。紅彤彤的大本小本日曆，也堆起了。紅蠟燭，一對一對裝，線香，一把一把封。再往前過去，工廠陸續停工，外鄉人開始回鄉過年。中巴來來往往。滿的去，空的回。機器聲不知不覺中全停息下來，但是呢，討債的開始來了。到東家廠討燒煤錢，到西家廠討丙綸絲錢，到北家廠討酒水錢，再到南家廠討打麻將的賭債錢。前莊後莊，大廟小廟，都在掃塵清燭油，打扮菩薩，準備正月初一迎高香。張漊的古戲臺張燈結綵，新戲臺也扎起幾座，多是些養殖大戶請了班子來唱紹興戲。總之，一片過年的喜氣。年關一天一天臨到眼前了。

小年夜這一天，秧寶寶的媽媽來了，要接秧寶寶到紹興的娘娘家去過年。並且，這一去，不再來了，因爲已經替秧寶寶報進了紹興市區戶口，報名進了一所住宿小學。這所小學是一個海外老闆投資，三年級就開英語課。秧寶寶已經脫掉了一年半，所以要趕緊插進去，跟上。這所小學還開電腦班、奧林匹克數學班、電子琴班，等等。爸爸都安排好了。平時，秧寶寶住校，禮拜，就到孃家過。孃家開一爿理髮店，剛買起新房子，四室兩廳。媽媽先帶秧寶寶到沈漊去，看看老屋，這一次去了，不知什麼時候再來了。路上，媽媽問秧寶寶，去紹興讀書高興不高興？秧寶寶答不出，就說：還好。去紹興，她不能說不高興，如今，人人都在往外走，她也是喜歡去新地方的。但是，因爲有了從沈漊住到華舍的經驗，她對去一個新地方又有幾分生怯。她比去年長了一歲，不像那時候天真簡單，她預先地，已經對新生活有了茫然的心情。她坐在媽媽的自行車後架上，穿過老街口，上了新街。遠遠看見自己的學校，降了旗，一根旗杆孤零零地矗著。外鄉人一走，這鎮子一下子清靜下來，再是冬天，更是人少了。太陽很好，暖冬的日頭，有些光暈，是空氣中的肉眼看不見的塵粒子。所以，投下的影，邊緣亦有些毛，洇開了一些。車下了新街，騎過土路，一片糞坑，在近午的太陽下，有些化開，散出發酵的酸臭。路邊的小片麥地，修整得馬虎，稻茬也沒犁乾淨的樣子。地邊上扔了一只化肥袋。醃臘醉鹵的香味也籠罩了這個小村子，凄頭的水洗葷腥，洗得都發膩了。堆積的泡沫塑料塊，都變成黑灰色的一堆油。自行車騎過石橋，直向老屋騎去。

水杉雖不落葉，可畢竟凋零了些，疏落地掩映著老屋的院牆。老屋的院牆似乎矮了一截，牆基的一周花崗岩往地裏埋了埋。院前的空地上，東一堆稻草，西一堆稻草，草叢裏出沒著幾隻骯髒的草雞。媽媽掏出鑰匙開了院門的鎖，推開來。出乎意料地，院子顯得大了一些，是因爲空。牆角的雞窩空著，石凳上沒東西，一根晾衣服的繩是空盪盪的，簷下的鴿籠也空著。石板地白森森的，落了幾片水杉的葉。秧寶寶隨媽媽走進穿廊，走過灶間。灶間也是意外的乾淨，柴草掃淨了，灶空著，碗盤都歸進菜櫥裏，不知從何方向進來一葉陽光，落在灶臺上，有些像下午三四時的光景。媽媽推開通後院的門板，幾乎就在推開的這一秒鐘裏面，後院裏，黃燦燦的淒草「刷」地抬起頭，又「刷」地伏下來。眞是荒得驚心！所有的藤蔓葉桿，全收成筋和絲，變成一種白霜霜的顏色，又讓陽光照黃了。草將親人們的墳丘、井沿、水池子，都掩埋了，頂上又落了一層香椿樹葉。

媽媽喃喃了一句什麼，又將門掩上，回到穿廊前頭，摸鑰匙開了東西廂房。上回撩起的帳子，如今依然撩在帳頂上，露出床後的櫥櫃、箱籠。媽媽開箱翻出幾條棉絮毛毯，打成一個包，準備帶去紹興，給秧寶寶做鋪蓋。又撿出一堆鞋，全受潮生黴，又乾癟走形，沒一雙秧寶寶再能穿上的。媽媽罵了秧寶寶一聲：吃人的腳！將鞋歸進一個紙板箱。秧寶寶爬上床，又去檢索櫥上的抽屜。可拉開抽屜，看見那些成年舊月的灰暗雜物，興致一下子沒了。推上抽屜，又下了床。百無聊賴地站一會兒，就走到了西廂房裏。米缸、麵缸、舊自行車、破紡車，和一些犁耙農具，依然放在原處，佔了半間屋。那套沙發木胚，險伶伶地壘著，其中一隻單人的，卸下來安在屋角，旁邊是公公的床。公公的鋪蓋席枕全收走了，只剩一張光板。秧寶寶忽有些害怕，她好像看見公公坐在床上唱歌的樣子。堅持一會兒，還是掉頭出來，站在院子裏，微微打著顫。院子的地上全是陽光，可她還是害怕，老是有公公的身影，走來走去。忽然，背後傳來砰一聲響，她幾乎尖叫出聲。掉過身去，原來媽媽找了塊木板，在釘穿廊底上，通後院的木門。秧寶寶趕緊過去，幫媽媽扶了木板，讓媽媽騰出手，拿釘子，敲榔頭。釘上門，再釘窗，最後，將穿廊這頭的門也釘上了。這一下，老屋便被封住了。

這天的中午飯，是在沈漊，媽媽要好的小姊妹家吃的。蒸了梅干菜肉，又切了鹹鴨、五香茶葉蛋、清蒸鯽花魚、燙黃酒。小姊妹問媽媽老屋如何處置，媽媽說也想不出來。賣是賣不出手的，住又不可能，暫且這麼封著，不管怎麼說，後院裏還有幾個陰人呢！小姊妹說：難免就要荒了。媽媽道：已經荒得嚇人了。大人們說話喝酒，秧寶寶只是扒飯，不一會兒就吃好了，離了桌子，在門口站著。小姊妹家的房子是三兄弟合造，連成一排，有點像秧寶寶她們的教室樓。三層，門前一條長廊，可彼此走通。水泥方柱撐頂，樓頂是平臺，可曬稻穀、麥種、菜籽。底層長廊前，水泥鋪了地坪，三家合打一眼機井。此時，其中一位妯娌正在井邊地上斬羊排，地上一片血糊，邊上立了幾個小孩看。這一家是做羊肉買賣，收購了羊，宰了，分部位斬開。烹的烹，煮的煮，送去近處幾個鎮上賣。這時，從前邊一排樓轉出一個人，穿一件橘色的羽絨衣，袖口、底邊、帽圈、領口，鑲鼠灰色人造毛，頭髮編成兩股辮子，辮梢上繫著彩色絲帶，腳上穿一雙半高的藍色小靴子，靴口也鑲著皮毛，不過是白色的。這個絢麗的小人兒，低著頭，慢慢地走過來。走到這一排樓房跟前，走進與秧寶寶隔一扇的門裏。這個人是張柔桑。

秧寶寶聽見那邊屋裏傳出熱情的招呼聲，過一會兒，主人搬了幾張竹椅出來，放在廊下，陽光正好照在那裏，照在張柔桑身上。張柔桑低了頭，在一堆毛線織物上挑著針腳，手飛舞著，令人眼花撩亂。女主人在一邊看，僕從似地替她放著線，嘴裏嘖嘖地誇獎、讚歎。看斬羊的小孩兒，現在又圍攏到張柔桑跟前，秧寶寶只能從人縫裏看見張柔桑。她覺著張柔桑也看見了自己，因爲她始終低著頭，不往這邊看一眼。秧寶寶便也不往她那裏看了，轉過頭，看淒底，石板橋上，立了一個男人，背了半爿豬，回答著人們的招呼。過了一會，媽媽就叫她走了。

回李老師那裏，是小姊妹送她們母女的。用自行車馱著她們帶走的東西，還有她送媽媽的東西，一條醃肉，一大包梅干菜。秧寶寶依然坐在媽媽的書包架上，兩輛自行車一併往鎮上去。飛快駛過老街口上，駛過水泥橋，停在了教工樓底下。上樓推門，見客堂桌上放一個大包，是李老師送秧寶寶的東西，有新書包、筆記本、鉛筆盒、一件毛線衣、一雙旅遊鞋，還有些吃的。蜜餞、米花糖、自家炸的五角星泡芙。媽媽喘息未定，便到李老師房裏收拾秧寶寶的東西。秧寶寶也跟了去，留下小姊妹自己同李老師應酬。媽媽將秧寶寶的衣服從櫃子裏拖出，一件件理好，見其中有一頂粉紅色開司米小帽，問是誰的。秧寶寶一把搶過，跑到陸國慎房間，陸國慎正伏在睡熟的小好身邊，用一把小剪刀剪她小手的指甲。秧寶寶將帽子往小好枕邊一放，不看陸國慎一眼，跑了出來。

秧寶寶的東西很快收拾停當，來的時候不多一點，以後又陸續往這裏拖一點，拖一點，不知不覺，此時已經是兩大旅行包。加上方才從老屋帶來的，李老師送的，滿一地的行李了。李老師家的人都從各房間裏聚來，人多，東西多，又要說上路的話，又要說道別的話，要互作介紹，要互表謝意，再要爭著拿東西，喧喧嚷嚷地出了門，下了樓，過到路對面，到鎮碑處去候中巴，前前後後走了一片人。走過蔣芽兒門前，陸國慎說：秧寶，不去和蔣芽兒講一聲，今後不知什麼時候見面呢！秧寶寶不出聲，低了頭兀自走著。其實蔣老闆已經往樓上喊了兩聲，蔣芽兒就是不出來。忽然間，閃閃又站住了，說忘了一件東西，讓秧寶寶跟她回去小店。秧寶寶跟了她穿過街面，進了小店。閃閃從牆上取下那幅蟋蟀，周家橋老友畫給她的，當時，閃閃說好，借它掛一掛，走時讓她帶走。閃閃把畫塞給秧寶寶，說：原以為我先走，結果卻是你先走了。牆上又少了一幅畫，更加空廓。這個熱火火的小店，終顯出一些敗落氣。秧寶寶將畫抱在懷裏，轉身走出小店。

停了一會兒，大家話都說得差不多時，去往紹興的中巴開到了。拉開車門，讓秧寶寶先上去，再一件件東西遞上去，媽媽最後一個上來。秧寶寶一直埋著頭，下巴頦抵在懷裏的畫框上，無論車下人怎麼喊：秧寶，再見！秧寶，下一年再來！她就是不探頭。她還聽見媽媽罵她沒良心，代她向李老師道歉。然後，在一片熱烈的道別聲中，車開了。車搖搖晃晃地開走了，沿了柯華公路，向東開去。這鎮子漸漸地拋在了身後，它的腥臭的氣味漸漸地拋在了身後，它那始終蒙了一層霧，模糊著視線的空氣，在了身後。它這粘稠沾手的，不斷滲出濃郁體液的小鎮子的院牆、房屋的山牆、青磚地、青石板橋、瓦呀、磚的，一併在了身後。它是那麼彎彎繞，一曲一折，一進一出，這兒一堆，那兒一簇。看起來毫無來由，其實是依著生活的需要，一點一點增減、改建、加固。如同所有的水鄉小鎮，因為有著太多微妙的彎度和犄角，很不好處理。但是，它忠誠而務實地循著勞動，生計的原則，利用著每一點先天的地理資源。比如，臨水的房屋，少佔地，水上又有風，多用青磚鋪地，青磚透風透氣，不回潮。杉木的板壁最經得起風吹水噬。瓦呢，冬暖夏涼。那沿水而設的街市，與河道互相依偎，便於起居和出行。河道窄處設一領橋，好過河，寬處，建鴨棚，好放鴨。無數個斷頭河，也就是漊，那就「上種紅菱下種藕」。高處防潮，簇擁著多一些的院落，凹處地肥、栽樹，或者瓜棚豆架。你要是走出來，離遠了看，便會發現驚人的合理，就是由這合理，達到了諧和平衡的美。也是由這合理，體現了對生活和人，深刻的了解。這小鎮子眞的很了不得，它與居住其中的人，彼此相知，痛癢關乎。

可它眞是小啊，小得經不起世事變遷。如今，單是垃圾就可埋了它，莫說是泥石流般的水泥了。眼看著它被擠歪了形狀，半埋半露。它小得教人心疼。現在，它已經在秧寶寶的背後，越來越遠。它的腥臭烘熱的氣息，逐漸淡薄、稀疏，以致消失。天高雲淡。

二〇〇一年六月二十日　一稿
二〇〇一年九月三日　二稿

國家圖書館出版品預行編目資料

上種紅菱下種藕／王安憶著. -- 二版. -- 臺
　北市：麥田出版：家庭傳媒城邦分公司發行
　，2006〔民95〕
　　面；　　公司 .　--（王安憶經典作品集；6）

　ISBN 986-173-023-0(平裝)

857.7　　　　　　　　　　　　　　94024492